은주의 살루스

아름다운 청소년 ㉖

# 은주의 살루스

초판 1쇄 인쇄 2021년 9월 15일 | 초판 1쇄 발행 2021년 9월 24일
**지은이** 안나 | **펴낸이** 방일권
**펴낸곳** 별숲 | **출판신고** 2010년 6월 17일 | **주소** 경기도 파주시 광인사길 68, 403호
**전화** 031-945-7980 | **팩스** 02-6209-7980 | **전자우편** everlys@naver.com

© 안나 2021

ISBN 979-11-91204-77-3  44800
ISBN 978-89-965755-0-4  (세트)

# 은주의
# 살루스

안나 장편소설

별숲

상처로 인해 자신을 어둠 속에 가둔 은주가

제 삶을 점점 빛나게 해 줄 살루스를 찾아가듯

당신 또한 삶을 빛나게 해 줄 살루스를 꼭 찾게 되길!


-안나

★ 차례

# 1. 꽃이 피지 않은 봄

나는 아침에 학교로 향하는 아이들과 달리 혼자서 반대로 걸어 갔다. 치킨 가게로 가기 위해서다. 어제 통장에 아르바이트비가 이 십만 원이나 덜 들어왔기 때문이다.

가게가 있는 골목으로 들어서자, 반대편에서 주인아저씨가 배를 출렁거리면서 걸어오고 있는 게 보였다. 나는 아저씨보다 먼저 가 게 문 앞에 섰다. 아저씨는 나를 보고 살짝 놀란 눈치였다. 그런데 애써 켕기는 걸 감추려는 듯 시큰둥하게 말했다.

"아침부터 웬일이야? 이제 전단지 알바 안 쓴다고 했잖아."

"알바비가 이십만 원이나 덜 들어왔어요."

"뭔 소리야? 어제 다 넣었는데."

아저씨는 내가 문 앞에 있는데도 아랑곳하지 않고 열쇠로 문을 열기 시작했다. 나는 아저씨와 몸이 닿는 게 싫어서 할 수 없이 몸을 옆으로 피했다. 문이 열리고, 나는 아저씨를 따라 가게로 들어갔다. 아저씨가 입구에 있는 스위치를 누르자 좁은 가게 안의 조명들이 하나둘 켜지기 시작했다. 벽에 걸린 액자에도 불이 들어왔다. 가게 이름인 '푸드득 꼬꼬 치킨'을 흘려 쓴 글자와 앞치마를 맨 암탉이 양념치킨을 들고 있는 동물 학대 사진이 선명하게 보였다.

어느새 가게 안은 환해졌다. 그러나 아저씨는 저 잔인한 현상을 모른 척한 것처럼 나를 투명 인간 취급했다. 마치 고정시킨 가구인 것처럼 내 몸을 이리저리 피하며 가게를 정리했다. 입간판과 오토바이를 가게 밖으로 내놓더니 바닥에 흩어져 있던 전단지를 모아 한쪽에다 정리하고, 탁자에 뒤집어서 올려놓은 의자를 바로 내렸다. 나는 참다못해 주방으로 들어가려는 아저씨의 앞을 가로막았다.

"아저씨, 제 돈 언제 주실 거예요?"

"내가 너한테 무슨 돈을 주냐?"

"시간당 8,590원이니까 세 시간씩 이십 일 일했으면 515,400원이잖아요."

"그래서 내가 수습비 30프로, 세금 3.3프로, 작업 가방값 다 제하고 어제 정확히 삼십만 원 넘게 넣어 줬잖아."

"무슨 수습비요? 처음엔 그런 말 없었잖아요?"

"다 아는 사실인데 뭘 말해? 이것도 모르니 내가 초보 수습비 뗐

10

지. 그리고 네가 프로처럼 전단지를 잘 붙였다면 이렇게 주문이 없을 수 있냐? 오죽하면 내가 아침부터 전단지를 붙이러 나올까?"

말도 안 돼. 주문이 없는 게 내 탓이라고? 학교에서 멀리 떨어진 데에서 일하느라 교통비까지 들었다. 그럼 나는 한 달 동안 뭘 한 거야? 너무 어이가 없어서 움직일 수가 없었다. 기운이 빠지더니 고개가 바닥으로 떨궈졌다.

"네 시간 넘게 붙인 적도 있는데."

전단지를 정리하던 아저씨는 작업 가방은 자기가 쓰겠다며 선심을 쓰듯 삼만 원을 내 두 손에 쥐여 주었다. 나는 순간 한숨과 함께 콧방귀가 나오고 말았다. 내가 받아야 할 건 이게 아니라 이십만 원이다. 나는 그 자리에서 돈을 반으로 찢었다. 흔적도 없이 잘게 찢고 싶었다. 그런데 갑자기 아저씨가 돈을 가로챘다.

"야, 너 돌았어?"

내가 그 돈을 뺏으려 들자 아저씨는 나를 가게 밖으로 밀쳤다. 버티려고 애썼지만 아저씨의 덩치를 감당하기에는 역부족이었다. 결국 나는 가게 앞에 덩그러니 서 있게 됐다.

첫 아르바이트가 이렇게 끝나다니. 이런 걸 취업 사기라고 하는 건가?

이번에는 헛웃음이 나왔다. 그래, 안다. 이런 상황에서 시궁창에 빠지게 될 인간은 나 같은 인간이라는 것을. 따져 봤자 소용없다는 것을. 그래서 그냥 당할 수밖에 없다는 것을. 이미 알지만 쉽게 발이 떨어지지 않았다. 나는 살짝 고개를 돌리다 문 앞에 있는 오토바이에서 시선을 멈췄다. 그리고 가까이 다가갔다. 아저씨가 나를 밀었듯 오토바이를 밀어 버리고 싶었다. 그래서 오토바이의 백미러를 두 손으로 잡기까지는 했는데, 그러지 못했다. 한 번 넘어트렸다고 해서 심하게 고장까지는 나지 않을 테지만 이력서에 적힐 나의 신상 정보부터 수많은 생각들이 발목을 붙잡은 것이다. 하지만 이대로 갈 수는 없었다. 그래서 그 옆에 있던 입간판을 발로 북 밀었다.

탁. 나보다 큰 입간판은 땅바닥에 철퍼덕 쓰러졌다. 나는 그 위에 발 도장을 찍었다. 그러나 빨간 양념치킨 그림 때문에 티가 나지 않았다. 나름 복수라고 한 건데 마음만 더 무거워졌다. 오히려 비참했다. 내가 당당히 받아야 하는 돈, 말 그대로 내가 일한 대가를 달라는 것뿐이었다. 정말 그것조차 받을 자격이 없나? 그러고 보니 지금까지 내 노력의 대가를 제대로 받아 본 적이 없었다. 엄마, 아빠가 그랬듯이.

얼마 전에 아빠는 새벽 시장으로 가는 길에 졸음운전을 했다. 결국 중앙선을 침범해 봉고차와 접촉 사고를 냈다. 차량이 찌그러지긴 했지만 다행히 다친 사람은 없었다. 하지만 그 다행이라는 안도의 한숨을 다 내뱉기도 전에 합의금 이백만 원은 조일 대로 조인 아빠의 목을 더 옥좨 왔다. 열심히 살아 보겠다고 십 년 넘게 나간 새벽길이 사실은 아빠를 죽음으로 몰고 있었던 것이다. 아빠는 턱

까지 차오른 빚더미 때문에 숨이 막히는지 방바닥에 머리를 박고
는 긴 숨을 토해 냈다. 새벽녘마다 그 숨소리가 들릴 때면 나는 이
불을 머리끝까지 올려 덮어 버린다.

'빚이란 건 절대 줄어드는 게 아니다.'

이런저런 생각들이 꼬리를 물자 내 모습이 시장에서 굽실대는
아빠의 모습과 겹쳐졌다. 나는 고개를 저었다. 그리고 그 생각들
에서 빨리 벗어나고 싶어 학교까지 뛰어갔다. 내 마지막 희망이 숨
쉬는 곳, 돈 따위가 아닌 실력으로 인정받을 수 있는 유일한 공간
으로.


교실은 일 교시가 끝난 터라 어수선했다. 내가 자리에 앉자마자
보라가 다가왔다.

"어제 이모네 갔다가 너 봤어. 전단지 알바는 언제 시작했어?"

나는 가방을 책상 고리에 걸다가 멈칫했다. 내가 아무 말도 하지
않자 보라는 내 옆으로 바짝 붙었다.

"나도 소개시켜 주라. 두발 자율화는 됐는데 돈이 없어서 파마를
못 한다니까. 엄마는 죽어도 못 준대."

"나 그런 거 안 해. 학교 끝나고 과외받기도 바빠."

우리 반 아이들은 내가 고액 과외를 받는 줄 안다. 고등학교를
수석으로 입학해 학년 대표로 신입생 선서를 하는 내 모습을 보고
는 어느 학원을 다니냐고 물었다. 내가 다니지 않는다니까 고액 과

외를 받는 것으로 소문이 났다. 굳이 해명은 하지 않았다. 그 흔한 참고서 하나 살 돈이 없어 억척스럽게 도서관에서 빌려 가며, 주워 가며 밤새도록 독하게 공부하는 아이로 보이는 것보다 나으니까.

아르바이트도 그렇다. 고작 머리 스타일 때문에 돈을 버는 아이와 아빠의 합의금에 단돈 오십만 원이라도 보태야 하는 집구석 때문에 전단지를 붙여야 하는 아이. 사람들은 어느 쪽을 보고 눈물을 흘릴까? 나는 그런 구차한 동정을 받고 싶지 않다. 그럼에도 불구하고 공부를 잘한다는 말, 열심히 산다는 말, 마음은 곱다는 말 따위 듣고 싶지 않다. 그냥 원래 그런 아이인 것처럼 잘 살고 싶다.

다행히도 보라는 그래, 라는 별 뜻 없는 반응을 하고 제자리로 돌아갔다.

가방에서 책을 꺼낼 틈도 없이 이번에는 부반장이 나를 불렀다.

"김은주, 담임이 오래. 지각 때문인가 봐."

나는 부반장의 얼굴을 보자마자 웃음이 나오는 것을 참느라 바로 대답하지 못했다. 부반장이 제 얼굴과 전혀 어울리지 않는 빨간색으로 머리를 염색했기 때문이다. 반장 선거에서 떨어진 후유증으로 판단력이 흐려졌나 보다. 차라리 예전처럼 바보 같아 보이더라도 범생이 스타일인 검은 단발을 유지하는 게 나을 뻔했다.

나는 겨우 웃음을 참고 교무실로 내려갔다. 담임은 분주하게 복사를 하고 있었다. 내가 부르자 나를 보지도 않고 "잠깐만."만 되풀이했다. 복사물을 다 챙기고서야 눈짓으로 자신을 따라오라고 했다. 나는 담임을 따라 상담실로 들어갔다. 담임은 별말 없이 의자에 몸을 늘어뜨리고 피곤한지 눈을 감았다. 그러고는 대뜸 나에게 무슨 일로 왔냐고 물었다. 내가 먼저 지각이라는 단어를 꺼냈다. 그제야 담임은 아차, 하는 표정을 지으며 의자에서 몸을 추슬러 바로 앉았다.

"오늘 중요한 분이 오신대서 정신이 없네. 은주야, 반장이면서 지각하면 돼? 또 요즘 지각, 결석으로 교사 평가 한다고 난리야. 앞으로는 늦지 마. 그리고 그거 있잖니?"

담임은 말을 늘어뜨리더니 대뜸 나에게 차를 마시겠냐고 물었다. 내가 괜찮다고 말하자 갑자기 편한 자리에 앉으라며 의자 하나를 가리켰다. 나는 자리에 앉았다. 그러자 담임은 내가 사양한 코코아 한 잔을 기어이 타서 내 앞에 갖다 놨다.

"너도 이제 곧 전교 임원 선거 있는 거 알지? 부회장은 일 학년 중에 뽑는 건데 반장 생각은 어때? 부회장으로 나가고 싶어? 내 생각에는 부회장 되면 신경 쓸 것도 많고, 반장 일에 부회장까지 힘들 것 같은데? 어머니도 장사하시는데 학교 활동을 하기 버겁지 않으실까? 그래서 말인데 우리 반 부반장을 부회장 선거에 내보내면 어떨까 싶어. 마침 부반장 어머니가 학교 운영위원회장이라서 학교 오시기 번거롭지도 않을 테고."

나는 한 모금 마시려고 든 종이컵을 탁자에 내려놓았다. 잠깐이지만 고작 코코아를 반장 특별 대우라고 여긴 내 마음이 창피해서 아무 말도 할 수가 없었다. 그러자 담임은 이런 내 모습을 암묵적 동의로 해석했는지 나에게 고맙다고 했다.

"네가 이해할 줄 알았어. 선생님은 은주가 반장 활동 하면서 공부에 집중할 수 있게 도와줄게."

갑자기 담임은 잠깐 기다리라고 하고는 급하게 밖으로 나갔다. 나는 꽉 쥐고 있던 손을 폈다. 손바닥에 손톱자국이 깊게 나 있었다. 억울했다. 나도 부회장도 되고 장학생도 돼서 수시전형으로 좋은 대학에 가야 한다. 그래야 구덩이 같은 삶에서 벗어날 수 있으니까. 그런데 예전처럼 내 입에서 선거에 나가겠다는 말이 나오지 않았다.


중학교 일 학년 때, 그러니까 삼 년 전 봄에도 나는 이런 상황에 홀로 서 있던 적이 있었다.

"은주야, 선생님이 지금까지 설명했는데도 못 알아듣겠어? 그럼 선거 후보로 한 반에서 두 명이 나가?"

"나간다면 반장인 제가 나가는 게 맞지 않아요?"

"무슨 고집인지 모르겠다. 네 마음대로 해."

결국 전교 부회장 선거에 후보가 한 반에서 두 명이 나왔다. 나는 후보 등록에 필요한 선생님들의 추천서도 직접 받았다. 그리고 보란 듯이 당선되기 위해 밤잠을 설치며 플래카드도 만들고, 연설문도 마지막 한 글자까지 꼼꼼히 신경 쓰며 썼다. 하지만 결과는 낙선이었다. 그 친구도 마찬가지였다. 결국 나는 중학교를 졸업할 때까지 선거를 엉망으로 만든 독한 아이로 선생님들의 눈에 찍혔다. 내 뒤통수를 향한 그들의 비아냥거림을 공부를 하며 버텼다.

중학교에 가면 초등학교 때 알았던 애들도 기억에서 지워 버리고 모든 걸 새롭게 시작할 수 있을 거라는 믿음이 깨진 것이다. 하지만 괜찮았다. 나에게는 공부가 있었으니까. 분명 공부는 성적 우월주의에 빠진 고등학교에 입학하면 나를 다르게 만들어 줄 테니까. 하지만 달라진 건 아무것도 없었다. 수능은 학교 수업만으로 높은 점수를 받기 힘들다기에 수행평가, 봉사활동 등으로 내신 점수를 채워 좋은 대학에 갈 생각이었다. 우리 집 형편에 학원, 과외는 꿈도 못 꾸니까. 그러나 그 기대는 반장 선거 때까지만 유효한 착각이었다.

다시 상담실에 들어온 담임은 나에게 문제집을 건넸다. 출판사에서 무료로 보내 준 것으로 짐작되는, '교사용'이라는 도장이 찍힌 문제집 세 권이었다. 묵인, 아니 내 양보의 대가가 무료 문제집 세 권이라니. 내 출전권을 포기하는 대신 받는 게 이거라니. 마치 내가 비렁뱅이가 된 기분이었다. 손이 부들부들 떨려 문제집이 손에서 떨어질 것만 같았다. 그럴수록 손에 더 힘을 주었다. 그때 갑자기 담임이 내 한쪽 어깨를 꽉 잡았다.

"이거 너만 주는 거니까 열심히 해. 반 편성 시험 점수 보니까 교과는 좀 하는 것 같은데 모의고사는 완전 꽝이더라. 신경 좀 써. 그

리고 너 수시 쓰게 되면 개근이라야 좋을 것 같아서 지각 처리는
안 했다."

웃기네. 내가 걱정돼서가 아니라 교사 평가 점수 깎일까 봐 한
짓이면서. 갑자기 닭살이 돋아 몸이 움찔거렸다. 차라리 중학교 때
선생님들처럼 대놓고 나를 무시하고 경멸하는 게 더 낫다는 생각
이 들었다. 적어도 그들은 솔직하게 학생을 대한 거니까.

그런데 담임은 끝내 나에게 왜 지각했냐고 묻지 않았다. 나에게
벌어진 일들의 억울함은 풀어 주지 못한대도 가벼운 질문 정도는
해 줄 수 있는 거 아닌가? 그러나 담임은 이제 나한테 용무가 끝났
는지 두 발을 다른 의자에 올리고는 펜을 손으로 돌렸다. 나를 위
해 그럴 마음이 정말 지우개 똥만큼도 없어 보였다. 의자를 밀어
버리고 싶은 충동을 가까스로 참았다.

그때 상담실 문이 열리고 교감이 들어왔다. 그러자 담임이 벌떡
일어났다. 그러고는 바로 나를 향해 왜 아직도 여기 있냐는 표정을
지었다. 나는 인사도 없이 그 둘을 무시하고 밖으로 나왔다.

하지만 교실로 걸음이 옮겨지지 않았다. 숨이 턱턱 막힐 정도로
답답해 복도에 주저앉았다.

'너 대체 뭘 기대했던 거야? 등신처럼 왜 가만히 있었냐고?'

나에게 주어진 건 절망뿐이라는 걸 알면서도 희망을 향해 손을
뻗고 있는 내 모습이 정말 한심했다.

나는 벌떡 일어나 후문 주차장 구석에 있는 작은 벤치로 갔다.

이 교시 수업이 한창인 교실 대신 벤치로 향한 건 이제 더는 공부를 하고 싶지 않아서다. 쉬는 시간이 되면 교실에서 가방을 가져와 학교 밖으로 나갈 것이다.

그동안 공부는 유일하게 나를 도와주는 친구였다. 또 현실을 잊게 해 주는 도구였다. 지금보다 더 나은 미래로 나를 데려가 줄 수 있는 희망이기도 했다. 그렇게 나는 공부가 만능이라는 환상에 갇혀 있었던 것이다. 현실에서는 공부와 다른 것들이 필요했다. 돈, 아니면 돈을 가진 부모.

어차피 예전처럼 일 분도 허투루 쓰지 않고 밥 먹을 때도, 화장실 갈 때도 미친 듯이 공부해서 지금처럼 전교 상위권을 벗어나지 않는대도 달라지는 것은 없을 것이다. 선생님들은 나에게 합격이 유리한 대학교를 알아봐 주지 않을뿐더러 설령 알아봐 준다고 해도 각자 나름의 핑계를 대면서 내 추천서보다 자기한테 유리한 학생의 추천서에 공을 들일 테니까. 사실 대학에 들어가도 문제다. 엄청난 등록금은 어떻게 감당해야 할까? 학자금 대출? 빚에 허덕이며 죽어 가고 있는 부모와 스무 살의 청춘을 빚으로 시작하는 딸. 참, 그지 같은 가족이다. 차라리 여기서 포기하는 게 현명한 선택인지도 모르겠다.

벤치에 앉자 나도 모르게 똑같은 말만 되풀이했다.

"헛헛하다, 헛헛, 하다⋯⋯."

아빠가 자주 하는 말이다. 아주 어렸을 때 한번 아빠한테 물어본 적이 있었다.

"아빠 '헛헛해'가 무슨 말이야?"

"그냥 혼잣말이야."

그때 아빠는 허전한 느낌이라는 사전적 의미조차 설명해 주지 않았다. 아빠에게는 그 이상의 어떤 의미를 가지고 있던 것 같다. 뭐, 맹물을 마시고도 가끔 이 말을 하는 걸 보면 입버릇인 것 같기도 하지만.

어쨌든 지금 누군가가 나에게 헛헛하다가 무엇이냐고 묻는다면 나도 아빠처럼 대답할 것 같다.

그냥 혼잣말이라고.

여느 때처럼 교복 치마 주머니에서 각설탕 하나를 꺼내 입에 넣었다. 그리고 얼마 있다가 쉬는 시간을 알리는 종소리가 울렸다. 나는 조금 전에 담임한테 받았던 문제집을 바닥에 내던지고 교실로 올라갔다. 가방을 챙기자 물결 파마를 한 짝꿍이 의아하게 쳐다봤다.

"반장 뭐 해? 수업은 왜 안 들어왔어?"

"그냥."

"내가 과학한테 담임이랑 상담하는 것 같다고 했어."

일반적으로 이럴 때는 고맙다고들 한다. 하지만 이제 나에게는 고마운 일이 아니다. 그래서 아무 대꾸 없이 가방을 들고 교실을 나왔다. 내가 지금 학교를 나가는 이유를 굳이 말하자면 사실 공부

의 불필요성보다 담임이 그렇게 목매는 평가 점수에 흠집을 내서
곤란하게 만들고 싶다는 마음이 더 크다.

후문으로 나가려는데 주차장에 몇몇 사람이 모여 있었다. 담임
과 교감 그리고 저 아줌마는, 다미 엄마였다. 초등학교 때 이후로
한 번도 본 적이 없지만 큰 선글라스 뒤로 보이는 매서운 눈매는
여전했다. 나는 본능적으로 옆에 있는 기둥 뒤에 숨었다. 다미 엄
마가 손끝으로 천천히 선글라스를 살짝 올렸다.

"우리 다미가 학기가 시작되고 전학을 오는 거라 낯설 테니 각별
히 신경 좀 써 주세요."

"그럼요."

교감의 말에 담임은 추임새를 넣듯 환하게 웃었다. 다미 엄마는
일관된 표정과 말투로 말을 이었다.

"선생님도 아시다시피 수시, 정시 모두 염두에 두고 있어서 교외
에서 하는 대회에도 적극적으로 참여할 예정이에요. 이번에 나가
는 영어 토론대회도 그렇고. 그런데 조퇴나 결석이 잦으면 내신에
안 좋잖아요. 그런 부분 선생님께 부탁드려도 될까요?"

"부탁이라니요. 당연히 제가 할 일인데요."

담임은 극진하게 두 손까지 모으고 있었다. 그런 담임의 등을 교
감이 가볍게 두드렸다.

"김 선생님이 잘할 겁니다. 다미가 좋은 대학에 가면 우리 학교
도 좋은 거니까요. 여기서 이럴 게 아니라 상담실 가서 자료도 보

시고 따뜻한 차도 마시죠."

셋은 학교 건물 안으로 들어오고 있었다. 나는 일단 그들이 상담실로 모두 들어갈 때까지 계단에 숨어 있는 게 좋을 것 같았다. 그래서 내려왔던 계단을 다시 올라갔다. 그런데 몸이 서서히 굳어지고 있었다. 난간을 붙잡고 겨우 올라가 자리를 잡았다. 그러고는 바로 주머니에서 각설탕을 꺼내 먹었다. 덕분에 조금씩 긴장이 풀리는 것 같았다. 그러나 내 입에서 각설탕이 다 녹을 즈음 다미 엄마에 대한 기억 하나가 떠올랐다.

'은주야, 사람은 저마다 오르지 말아야 할 나무가 있고, 가지 말아야 할 길이 있어. 태어나면서부터 정해지는 거지. 너에게도 마찬가지야. 하지 말아야 하는 행동이 있고, 말하지 말아야 하는 것들이 있어. 그걸 지키지 못하면 그건 사람이 아니라 그냥 천한 것에 불과해. 그러니까 잘 생각하고 행동하면 고맙겠구나.'

천·한·것.

그날 이후 주홍 글씨처럼 내 몸에 박힌 이 단어를 나는 쉽게 떨쳐 내지 못했으며, 다미의 집에도 놀러 가지 않았다. 어차피 다미와 나는 다른 중학교로 가서 만날 기회가 없기는 했다. 어쨌든 어린 나에게 그 말은 충격이었다. 물론 그 말의 의미를 이해하는 데에는 시간이 걸렸다. 이제야 조금은 알 것 같다. 어쩌면 살아가면서 나는 수없이 많은 힌트를 받아 왔는지 모른다. 선생님들을 통해서, 엄마를 통해서, 다미 엄마를 통해서, 그리고……

22

나는 각설탕을 하나 더 입에 넣고 계단을 내려와 뛰기 시작했다.

'이제 다시는 그러지 않을 거다. 어차피 아무것도 달라지지 않는다. 운명을 이길 수도, 거부할 수도 없다면 모른 척해 버릴 거다. 더 이상 운명에 놀아나지 않을 거다. 확실하게 무시해 줄 거다. 그럴 거다.'

금세 눈시울이 뜨거워졌지만 눈물이 흐르지는 않았다. 흘리고 싶지 않았다는 게 더 맞는 표현일 것이다.

학교 앞 정류장에 섰지만 어디로 가야 할지 목적지를 정하지는 못했다. 나에게는 이제 계획이 없어졌다. 정류장 의자에 앉아 몇 대의 버스를 의미 없게 흘려보냈다.

내 다이어리에는 목적과 목표, 계획 들로 가득 차 있다. 다른 사람들처럼 친구와의 약속이 적힌 적은 단 한 번도 없었다. 늘 공부할 장소와 분량으로 빼곡했다. 장소도 집과 학교가 전부다. 그런 생활을 하며 나는 하루도 계획을 어긴 적이 없었다. 하루에 영어 단어 백 개면 백 개, 암기 열 장이면 열 장 모두 다 했다. 그걸 지키기 전에는 잠도 자지 않았다. 학원과 과외라는 지름길로 가는 아이들을 잡기 위해서는 어쩔 수 없었다. 그 아이들과 같은 위치에 서려면 매 순간 내가 어디쯤 서 있는지 무엇을 하는지 정확히 보여 줄 수 있는 점수가 필요했고, 이러한 계획들이 그것을 얻을 수 있는 나의 유일한 방법이었다. 그러나 학년이 올라가고 고등학생이 되면서 그 점수조차 나를 배신하기 시작했다.

나는 가방에서 다이어리를 꺼내 쓰레기통에 던져 버렸다. 그깟 다이어리 하나 없어진 건데 가방이 깃털처럼 가벼워진 것 같았다. 가방의 양쪽 어깨끈을 꽉 잡았다.

'잘했어. 이제 필요 없잖아.'

그러나 쓰레기통에서 쉽게 눈이 떨어지지 않았다. 나는 억지로 입꼬리를 올렸다.

처음으로 학교를 무단으로 나왔지만 전혀 불안하지 않았다. 간혹 몇몇 사람이 나를 힐끔거리는 것 같지만 지금 나에게는 그 시선이 중요하지 않았다. 나는 자연스럽게 정류장 주위를 살펴봤다. 높은 빌딩들, 화장품 가게 앞에 있는 내레이터 모델들, 쉴 새 없이 어딘가로 가고 있는 자동차들……. 심지어 움직임이 없는 가로수까지 세 보았다. 그러다 문득 내 분신과도 같은 영어 단어장도 쓰레기통에 버리고 싶었다. 내가 다른 것을 보지 못하게 만들던 영어 단어장을 말이다. 그런데 그때 갑자기 누군가가 내 이름을 부르는 소리가 들렸다.

"은주야!"

놀란 마음에 주위를 둘러봤지만 아무도 없었다. 헛소리를 듣고 뒤를 돌아본 나 자신이 민망해서 얼른 영어 단어장을 쓰레기통에 던졌다. 그러고는 집으로 가는 버스에 올라탔다. 집에 가서 할 일이 생겼기 때문이다.

한낮에 탄 버스에는 사람들 대신 무의미하게 흘러나오는 라디오

소리가 빈 공간을 채우고 있었다.

"날이 예년보다 춥더니 삼월이 다 지나는데도 아직 진달래가 안 피었군요. 아쉽지만 조금만 더 기다려 보죠. 요즘은 옛날처럼 계절에 맞춰 꽃이 딱 피지는 않는 것 같더라고요……."

나는 창문을 활짝 열었다. 그러자 찬바람이 느슨하게 묶은 내 긴 머리카락을 날리기 시작했다.

## 2. 헛헛한 오후에

　버스에서 내려 바라본 땅이 낯설게 느껴졌다. 늘 영어 단어장에 눈을 고정시키고 발의 감각을 이용해 집을 찾아갔는데 이제는 바닥, 건물, 하늘을 보며 걷게 된 것이다. 단어장을 들던 손은 치마 주머니에 쑥 넣었다.

　작은 사진관을 끼고 돌아 비탈길을 오르자 조금 전에 단어장을 버린 게 후회됐다. 공부에 대한 미련 때문이 아니라 십 년 전 재개발이 확정되고부터는 낮에도 으스스해진 동네 분위기 때문이다. 여기저기 부서져 있는 연탄재와 쓰레기, 말라비틀어진 나뭇가지들이 꽂혀 있는 화분 들을 보지 않게 내 눈을 가려 주던 도구가 그리운 것이다.

　나는 가방으로 앞을 가리려다 너무 갑갑할 것 같아서 집까지 달려갔다. 뻑뻑한 현관문의 열쇠 구멍에 열쇠를 넣고 몇 번 돌리고서야 문이 열렸다. 현관은 여느 때처럼 어수선했다. 열 켤레가 넘는 낡은 슬리퍼와 운동화들 때문이다. 나는 더러운 신발들이 보기 싫어 주인이 있는 네 켤레를 빼고 모두 갖다 버린 적이 한두 번이 아니다. 그럴 때마다 아빠는 어김없이 신발을 다시 주워 와 현관을 빈틈없이 채웠다. 나는 참다못해 아빠에게 볼멘소리를 했었다.

"왜 자꾸 더러운 걸 주워 와?"

"사람 많이 사는 것처럼 보이려고."

작은 방 두 개, 거실 겸 부엌, 고작 세탁기 하나에도 빈틈없는 화장실이 다여서 세 명이 살기도 벅찬 이 집에 열 명이 넘게 산다는 말을 믿을 사람은 아무도 없을 것이다. 그러나 나는 아빠의 말에 더 대꾸할 말이 떠오르지 않아 입을 닫았다. 난해하고 이해할 수 없는 아빠의 말들은 나에게 호기심이 아닌 무시를 생성시켰다. 나는 그 낡고 더러운 신발들 위에 조금 덜 낡은 내 운동화를 벗어 놓았다.

집으로 들어가서 봉지를 찾으려고 싱크대를 뒤적였다. 엄마와 아빠가 새벽에 일을 나가기 전에 먹는 믹스커피와 각설탕이 눈에 띄었다. 나는 습관적으로 치마 주머니에 각설탕 몇 개를 넣고 입에도 하나 넣었다. 그리고 봉지를 계속 찾는데 멀쩡해 보이는 게 하나도 없었다. 그런 데다 싱크대 서랍까지 삐걱거리며 활짝 열리지도, 닫히지도 않자 나를 약 올리는 기분이 들어 점점 불쾌해졌다.

멀쩡한 봉지 하나를 바라는 것도 내 분수에 넘는 욕심이야?

나는 살짝 열린 서랍을 발로 차서 억지로 밀어넣고는 그나마 괜찮아 보이는 파란색 큰 봉지를 집었다. 그리고 찢어진 부분을 매듭지어 묶었다. 봉지를 찾은 건 내 책들을 모두 버리기 위해서다. 그런데 갑자기 찌그러진 냄비, 너덜너덜한 수세미, 방바닥에 널브러져 있는 옷들, 방문 고리에 걸어 놓은 보풀이 심한 수건 들까지 모두 버리고 싶었다. 하지만 내가 이것들을 버려도 다음 날이면 또 원래대로 있을 것이다. 나는 현관에 있던 신발들을 무시한 것처럼 그 옷들을 밟고 내 방으로 들어갔다.

우선 책상 책꽂이에 꽂아 둔 참고서부터 봉지에 담기 시작했다. 책들은 내가 헌책방에서 원가의 반도 안 되는 가격으로 구입한 것들이다. 사용 흔적이 많을수록 가격은 저렴하다.

'열심히 공부한 사람이 쓰던 걸로 공부하는 게 더 운이 좋을 거야.'

애써 다짐하며 새 책으로 공부하고 싶은 마음을 억누르곤 했다. 지금껏 나는 책이든 참고서든 어디에도 내 이름을 적어 본 적이 없다. 헌책은 이미 다른 사람이 이름 쓸 자리를 차지했고, 새 책은 나중에 헌책으로 팔려는 생각 때문에 적지 않았다.

'이제 의자에 앉아 허리 굽히고 책에 코 박는 병신 같은 짓 안 할 거야.'

한 권씩 책을 빼던 나는 봉지에 던지듯 쓸어 담았다. 그리고 벽면에 덕지덕지 붙인 포스트잇도 모두 떼었다. 화학과 수학 공식은 나에게 닥친 답답한 문제들의 해답을 내어 주는 열쇠의 역할을 못한 지 꽤 됐다.

절반 이상 채운 봉지를 들고 나가려다 장롱 위에 있는 운동화 박스와 책들도 모두 꺼냈다. 이 집에 아무것도 남기고 싶지 않았다. 내용도 기억나지 않는 동화책과 그림책 몇 권이 있는데 펴 보기가 겁날 정도로 먼지에 뒤엉켜 있었다. 보물을 발견한 것처럼 먼지를 털고 내용을 상기하고 싶지는 않았다. 박스 또한 그렇게 버렸어야 했다. 그러나 나는 마구잡이로 날리는 먼지를 참으며 박스를 열었다. 그건 어쩌면 그 안에 들어 있는 게 무엇인지 기억났기 때문일 것이다. 그리고 그 기억은 틀리지 않았다.

곰팡이까지 핀 박스를 열고 물건들을 방바닥에 하나씩 꺼내 놓았다. 파리 에펠탑 열쇠고리, 키티 얼굴이 달랑거리는 연필, 코끼리를 수놓은 동전 지갑, 러시아 인형 마트료시카, 연한 분홍색 립글로스, 외국 노래가 담긴 MP3 그리고 흔하게 구할 수 있는 펜과 액세서리 들까지. 부피가 작음에도 불구하고 물건들이 하나씩 박스에서 나올 때마다 숨이 막힐 정도로 방 안이 답답하게 느껴졌다. 아마도 중학교에 들어가면서 이제는 나와 상관없는 아이라고 단정 지었던, 곧 우리 반으로 전학 올지도 모르는 아이, 바로 다미 때문인지도 모르겠다. 저 물건들의 원래 주인인 다미 말이다.

다미를 처음 만난 건 초등학교 오 학년 가을이었다.

어느 날 아침 조회 시간에 선생님이 긴 머리를 하나로 바짝 묶은 여자아이를 교실로 데리고 들어왔다.

"우리 반에 새 친구가 왔어요. 이름은 차다미. 사 년 동안 외국에 있다 와서 서울에는 친구가 많지 않대요. 이 학기 때 전학 와서 더 어색할 테니까 우리 친구들이 신경 많이 써 줘요. 알았죠?"

선생님의 염려와는 달리 다미는 친구들의 눈치를 보거나 의기소침하게 제 자리나 지키는 성격이 아니었다. 나에게 다가왔을 때도 마찬가지였다.

"은주야, 쓰레기 치우는 거 도와줄까?"

"아니, 괜찮아. 주번 된 사람들이 돌아가면서 치우는 거야."

"그래? 그러면 미리 배우게 어떻게 하는지 알려 줘."

다미는 할 필요도 없는 주번 예행연습을 한다며 나를 일주일 동안 쫓아다녔다. 덕분에 나와 같이 주번이던 남자아이는 칠판 정리조차 할 필요가 없었다. 처음에는 혼자 쉬는 남자아이가 얄미웠다. 하지만 하루 이틀 지나자 일을 두 번씩 하게 만드는 남자아이보다 내가 시키는 대로 하는 다미가 편해졌다. 물론 가끔 사소한 것에 꽂혀 따지듯 묻는 바람에 귀찮은 적도 있었다.

"이거하고 이거는 리사이클 아니야?"

이럴 때면 나는 선생님이 이렇게 하래, 하고 간단하게 답했다. 다미는 멈추지 않고 선생님에게 건의하자며 한국 학교의 현실과는

30

맞지 않는, 그보다 나를 귀찮게 만들려는 제안을 했다. 그러면 나는 여긴 다르다는 한마디로 다미의 의욕을 잠재웠다. 이런 우리가 주번 활동이 끝나고도 친구가 될 수 있었던 건 내 호기심 때문이었다. 일주일 동안 들은 다미의 미국 생활 이야기는 나를 새로운 곳으로 데려가 주는 주술과도 같았다. 자신이 미국 학교에서 파티를 열고, 유니폼을 제대로 갖춰 입은 치어걸이었다는 등의 이야기는 내 귀를 번쩍 뜨이게 만들었다. 가끔은 내가 다미처럼 미국에서 살다 온 기분이 들기도 했다.

육 학년 때도 우리는 같은 반이 돼서 더 가깝게 지낼 수 있었다. 그런데 이건 친해졌다는 의미와는 조금 달랐다. 정확히 풀이하자면 내가 다미가 돼 가는 느낌이었다. 그리고 어느 순간 다미가 될 거라는 기대, 희망까지 있었다. 그래서 다미와 똑같이 하고 싶었고 할 수 있는 모든 걸 따라 했다. 머리 묶는 모양이며 왼손으로 글을 쓰는 습관과 말투까지. 그래도 안 되는 건 비슷한 점을 억지로 찾아 자기 합리화를 하기도 했다. 하얀 토끼털 목도리와 흰색 니트 목도리가 흰색이라는 공통점을 가지고 있다는 사실을 구태여 찾아낸 것처럼 말이다. 아이들한테 종종 듣던 자매라는 소리는 그동안의 내 노력에 대한 대가를 받는 것처럼 성취감까지 들게 했다.

그렇게 시장 채소 가게의 딸이 아닌 유학을 다녀온 아이로 내가 변할 수 있다고 생각했다. 그러나 그것은 그리 오래가지 못했다. 나는 점점 다미와 공통점을 찾는 게 어려웠고, 비슷하게라도 할 수 없는 게 많다는 것도 깨닫기 시작했다. 어쩌면 그날 다미의 집에 놀러 가지 않았다면 나는 거기서 멈췄을지 모른다.

그날 학교가 끝나고 나는 다미가 타고 갈 버스를 같이 기다려 주고 있었다. 평소에는 다미 엄마가 직접 차를 가져와 등하교를 시켜 주었다. 하지만 목요일에는 봉사활동을 가서 다미가 혼자 버스를 타고 집에 가야 했다.

그때 한 수녀님이 계속 고개를 갸웃거리며 나를 보더니 이내 내이름을 부르며 걸어오는 것이었다. 나는 마침 도착한 버스에 다미를 밀듯이 태우고 뒤따라 올라탔다. 창밖을 보니 수녀님이 당황한 표정으로 나를 바라봤다. 황당해한 건 다미도 마찬가지였다.

"너 저 수녀님 알아?"

"아니. 오늘 너희 집에 놀러 가도 돼?"

우발적으로 나온 말에 나는 다미 집에 놀러 가게 됐다. 그때 수녀님을 알은체했다면 나에게 공부방에 오지 않는 이유를 물었을 것이다. 그리고 다미 또한 공부방에 초대했을 거다. 다미는 그깟 공짜 밥과 교육이 필요한 아이가 아니라는 것도 모르고서 말이다.

나도 초등학교 삼 학년 때는 단순한 초대라고 생각했다. 밤늦게까지 혼자 있던 나에게 공부방은 수녀님의 말처럼 축복이었다. 그러나 그해 맞은 크리스마스에 저주였다는 것을 알았다.

수녀님이 산타라고 소개한 사람은 까만 머리에 기름칠을 잔뜩한 남자였다. 수녀님만 환하게 반겨 주는 상황에서도 남자는 아랑곳하지 않고 자신의 임무인 선물 주기와 사진 찍기를 하고 공부방에서 사라졌다. 흰 봉투를 수녀님에게 주는 것도 잊지 않았다. 그때 한 언니가 나에게 귓속말로 저 남자가 우리를 사진 모델로 이용하기 위해서 공부시키고 밥을 먹이는 거라고 했다. 그 뒤로 공부방과 연결된 모든 것이 싫었다. 할 수만 있다면 그 사진에서 나를 도려내고 싶었다.

우리는 세 개의 정류장을 지난 뒤 내렸다. 다미의 집은 정류장에서 꽤 걸어야 하는 것 같았다. 우리 동네보다는 완만했지만 비탈길이 보이자 내가 다미를 불편하게 만드는 건 아닌지 걱정이 되었다. 예전에 나는 친구와 우리 집으로 가는 비탈길을 걷게 되면 무슨 말을 해야 할지에 대해 고민한 적이 있었다. 사실 낡고 좁은 집보다 비탈길을 보여 주는 게 더 싫었다. 그렇다고 동네 친구를 집에 초대한 적도 없지만.

나는 이마에 송골송골하게 맺힌 땀을 닦으며 발걸음을 멈췄다.

"나 그냥 갈게. 엄마가 집에 일찍 오라고 한 걸 깜빡했어."

"나도 금방 학원 가야 해. 한 시간만 놀고 간다고 집에 이걸로 전화해."

다미의 휴대폰을 받아 들었지만 집에는 전화하지 않았다. 받을 사람도 없기 때문이다. 나는 다시 다미를 따라 비탈길을 오르기 시작했다. 그런데 이상했다. 다미의 집으로 가는 풍경이 우리 동네와는 달랐다. 칠이 벗겨지거나 녹슬어 원래의 색깔을 파악하기도 힘

든 대문들이 아니라 매끈한 돌로 쌓은 벽들 사이에 크고 반듯한 대
문들이 줄지어 있었기 때문이다.

그중 가장 멋진 대문으로 다미가 들어갔다. 나는 집으로 들어서
며 눈이 휘둥그레졌다. 공원에나 있을 법한 연못에 그림같이 생긴
소나무, 잔디 들이 작은 산책길처럼 마당에 펼쳐져 있었다. 그 길
을 가로질러 우리는 현관문 하나를 또 지났다. 집 안으로 들어가자
다미는 아무도 없는 거실을 향해 "간식 주세요."라고 말한 뒤 이 층
으로 올라갔다. 나는 다미를 뒤따라갔다. 다미는 여러 개의 방문
중에 하나를 열며 제 방이라고 소개했다. 다미의 방은 내가 이 집
의 대문을 들어서면서 상상한 그대로였다. 연한 핑크색 이불이 덮
여 있는 침대, 그 위에 놓인 쿠션과 인형들. 무언가에 이끌린 듯 나
도 모르게 침대에 걸터앉았다. 푹신했다. 유치한 표현일지 모르지
만 솜사탕에 앉은 느낌이었다.

한 아줌마가 웃으며 방으로 들어와 과자 바구니를 책상에 두고
나갔다. 다미는 그 바구니를 들고 와서 침대에 누웠다. 내 시선은
한쪽 벽면을 가득 채운 책장으로 옮겨졌다.

"책 많다."

"그냥 엄마가 사다 놓은 거야. 안 읽은 것도 많아."

다미는 무심하게 책 하나를 꺼내 와 다시 침대에 누웠다. 그러나
나는 다미처럼 선뜻 책장 앞으로 다가가지 못했다. 장식품이 아니
라 진짜 읽을 수 있는 책이라는 게 믿기지 않아서다. 어떻게 저렇

게 많은 책이 집에 있을 수 있지? 천천히 책장으로 다가가 책들을 하나씩 들춰 보았다. 진짜 책이었다.

은주가 내 옆으로 다가왔다.

"보고 싶은 거 있으면 봐. 가져도 되고."

지금 다미는 내가 마음만 먹으면 저 책들이 내 것이 될 수 있다고 말한 것이다. 나는 책 한 권을 꺼내 들었다. 작은 흠집도 없는 새 책이었다. 책을 펼치기는 했지만 내용은 눈에 들어오지 않았다. 내가 놀란 건 이름이 적혀 있지 않다는 사실이었다. 그러고 보니 다미는 물건에 이름을 적지 않는다. 연필은 물론이고 심지어 교과서에도. 만약 숙제 검사가 없다면 노트에도 적지 않았을지 모른다. 불현듯 내 연필 끝부분을 칼로 깎아 낸 뒤 김.은.주.라고 정확히 적은 게 생각났다.

밖에서 다미를 부르는 소리가 들렸다. 다미는 내가 들고 있는 책을 내 가방에 넣고는 아래층으로 내려갔다. 나는 그 가방을 들고 뒤따라갔다. 거실에는 검은색 선글라스를 쓴 다미 엄마가 서 있었다.

"옷 갈아입고 와서 학원 데려다줄 테니까 잠깐 기다려. 근데 누구?"

"안녕하세요."

그날 나는 까만 선탠이 된 승용차의 창문을 통해서가 아니라 실제로 다미 엄마를 처음 보게 됐다. 마치 흑백텔레비전이 컬러가 된 것 같았다. 선글라스 뒤로 살짝 보이는 쌍꺼풀 없는 가는 눈은 그리 크지 않지만 또렷해 보였다. 빨간 입술은 다미 엄마를 더 날카롭게 보이게 했지만 차갑다기보다는 도도하다는 표현이 맞을 것 같았다. 검은색 재킷과 어깨에 살짝 걸친 호피 무늬의 스카프는 내게 '우아'라는 익숙하지 않은 단어까지 머릿속에 떠오르게 했다. 짧은 만남이었지만 이제는 다미가 아니라 다미 엄마의 모습처럼 되고 싶다는 생각이 들었다.

다미의 집에서 나와 우리 집으로 가는 비탈길을 오르고 내 방으로 들어올 때까지 나는 그 집 생각에서 쉽게 벗어나지 못했다. 마치 중독된 듯 자꾸만 놀러 가고 싶었다. 다미와 놀고 싶어서가 아니라 다미의 물건들과 함께 있고 싶어서였다. 학원과 과외로 바쁜 다미가 시간이 있다고만 하면 다미의 집으로 달려갔다. 단 이십 분밖에 있을 수 없다고 해도 상관없었다.

나는 다미의 집에 갈 때마다 계획을 세웠다. 오늘은 책상을 내 것처럼 사용해 봐야지, 책을 마구 꺼내 놓고 봐야지, 침대에 누워서 음악을 들어야지, 계단에 여유롭게 앉아 있어야지, 아줌마에게 간식을 만들어 달래야지 등. 계획은 순조롭게 이뤄졌다. 그러나 집으로 돌아오면 알 수 없는 기분에 휩싸였다. 무엇이라고 쉽게 표현할 수가 없어 답답하던 그 순간 한 단어가 떠올랐다.

'헛헛하다.'

처음 그 단어를 입 밖으로 꺼낸 것이다. 그때부터 나는 다미의 집에서 다미의 물건들을 몰래 가져와 내 방에 두기 시작했다. 다미의 책상 서랍에는 동네 문방구에서는 볼 수 없는 캐릭터 학용품들이 많았다. 하지만 다미는 서랍에 어떤 연필이 몇 개나 있는지도 모르는 것 같았다. 하긴 나한테나 특별하고 신기한 것이지 다미에게는 길거리에서 마구잡이로 나눠 주는 전단지처럼 흔하고 가벼운 것들일 테니까. 가끔은 내가 몰래 가지고 가려고 눈치를 보고 있던 물건을 대수롭지 않게 툭, 주기도 했다.

그러나 우리 집에 모인 다미의 물건들은 다미의 집에서처럼 빛을 내지 못했다. 다미 아빠가 외국에서 사 왔다는 것도 교실 바닥에 굴러다니는 것들처럼 보였다. 그러면서 나는 점점 다미의 물건을 내 것으로 만들었다는 쾌감보다 다미에게 필요 없는 학용품들이 우리 집에 버려진 기분이 들었다.

한번은 다미가 준 연필을 학교에 가지고 가서 글씨를 적고 있었다.

"이 연필 다미가 준 거지? 예쁘다. 나도 달래야지."

연필에 내 이름까지 적혀 있었지만 그 아이는 한눈에 다미의 물건이라는 것을 알아챘다.

단순히 물건을 가져오기 편하던 무기명이 무섭게 느껴지는 순간이었다. 무기명은 말 그대로 이름을 밝히지 않는다는 것을 뜻한다. 누구나 그것의 주인이 될 수 있다는 것이다. 그러나 이름을 쓸 필요가 없을 정도로 주인이 확실하게 드러나 있다는 의미도 상징하고 있음을 깨닫게 됐다. 내가 그 물건들을 훔쳐서 내 손에 쥐었음에도 불구하고 나는 주인이 되지 못했다. 다미와 똑같이 되기 위해 한 머리 모양, 표정, 행동 들은 그저 흉내에 불과했다. 결국에는 어느 것 하나 나의 헛헛함을 채워 주지 못한 것이다. 그러나 나는 다미의 물건들을 가져오는 것을 멈출 수가 없었다. 이제는 습관이 돼 버린 것 같았다.

나와 달리 자신이 원하는 건 무엇이든 가질 수 있는 아이. 하지만 다미는 자신이 그런 아이라는 걸 몰랐다.

"예쁘면 너 가져."

"엄마가 산 거야. 난 별로."

"너 그거 주고 난 다른 거 쓰면 돼."

단순한 대답, 고민 없는 말투, 관심 없는 반응. 다미는 아끼는 것도, 갖고 싶은 것도 없다는 듯이 늘 여유롭게 행동했다. 거드름을 피우는 것 같아서 다미에게 억지로 물건들을 달라고 한 뒤 길거리 쓰레기통에 버린 적도 있었다. 어차피 다미에게는 넘쳐흐르는 것들이기에 죄책감 따위는 없었다.

공부도 마찬가지였다. 유학을 갔다 온 것도 모자라 일주일에 두 번씩 찾아오는 원어민 영어 교사, 전 과목 과외 선생님, 들어가기 힘들다는 일 등급 학원. 다미는 엄마의 스케줄대로 움직이기만 하면 저절로 우등생이 됐고, 엄마가 주는 대로 입으면 아이들에게 패셔니스타 같다는 말을 들었다. 다미는 가만히 있어도 모든 것이 이루어졌다. 그게 그 아이의 운명이었다.

그리고 초등학교 마지막 겨울에 다미는 국제중에, 나는 집과 가까운 데로 뺑뺑이를 돌려 공립중학교에 입학해야 한다는 사실은 다미와 내가 다르다는 것을 명확히 알게 했다. 그리고 우리는 서서히 멀어졌다. 아니, 그 겨울에 우리는 확 멀어졌다. 그때 나는 몇 년 뒤에는 내가 다미보다 더 나은 모습이 돼 있을 거라고 결심했다. 그러나 지금의 나는 그때와 조금도 달라진 게 없다.

나는 다미의 집에서 가져온 것까지 모두 봉지에 담고 주둥이를 모아 묶었다. 그러고는 밖으로 끌고 나와 화분 더미 옆에 세워 두었다. 벌써 비닐이 찢어져 수학 참고서의 반이 비쭉 나와 있었다. 다른 봉지를 가져와야 하나, 하고 망설였지만 그냥 두기로 했다. 나는 지금부터 이게 뭔지도 모른다. 기억나지 않는다. 모두 기억할 필요도 없게 만들 것이다. 나는 주문이라도 외우듯 이 말들을 되새기며 내 아지트인 벤치로 갔다.

산꼭대기에서도 가장 외진 곳에 있는 벤치 주위는 거의 빈집들이라 스산한 기운이 돌았다. 벤치가 나무 그늘에 있어서 더 그런 것 같다. 나는 벤치에 앉아 아랫동네에 펼쳐진 고층 아파트며 자동차와 사람들을 바라봤다.

'운명은 정말 정해진 걸까?'

그동안 나는 초라할 정도로 유치한 상상 속에서 살아온 것이다. 하지만 헛된 상상을 하며 꿈만 꾸지는 않았다. 현실로 만들기 위해 죽을 만큼 노력했다. 그러나 언제나 중요한 건 운명대로 흘러가는 결과였다. 내가 아무리 앞으로 가려고 애를 써도 내 앞을 막는 운명. 그 결과는 뻔하다.

나는 벤치에서 일어나 그늘에서 벗어났다. 햇빛에 눈이 찡끗거려졌다. 나는 해를 피하지 않기 위해 눈에 힘을 주었다. 지금 나에게 두려움이나 아쉬움 따위는 없다. 그저 내 지난 기억들이 지워지길 바랄 뿐이다. 이건 이전에 내가 새롭게 시작하기 위해 과거를 지우고 싶던 그 마음과는 다르다. 지금 나는 내 운명에게 마지막으로 말을 거는 것이다. 이제 어설프고 구차한 노력 따위는 하지 않겠다고. 오늘이 그 노력의 마지막 몸부림이라고. 그러니 여기서 헤어지자고 말이다.

나는 앞으로 한 걸음 더 내디뎠다.

사람들은 이런 날을 대비해 마지막 소원처럼 자신의 장례식에서 울어 줄 진정한 친구 한 명만 있었으면 좋겠다고 말한다. 그것이 내 소원이라면 나는 이룬 것이다. 나의 베프인 벤치가 지금 옆에 있으니까.

나의 어린 시절에 벤치는 늦게 집으로 돌아오는 엄마와 아빠를 기다리는 장소였다. 벤치에 앉아 있으면 저 아래에서 올라오는 아빠의 트럭이 잘 보였기 때문이다. 또 쥐 오줌이 물든 집 천장보다 별들이 뜬 밤하늘을 보는 게 좋았다. 낮에도 예외는 아니었다. 이곳에서 아랫동네를 보면 아파트나 자동차들이 모두 장난감 같았다. 아래에서 볼 때는 위협적이기만 한 것들이 말이다.

벤치는 억지로 내 이야기를 하지 않아도 돼서 친구보다 편했다. 비밀을 공유해야만 베프가 될 수 있다는 말도 안 되는 공식을 내세우는 아이들을 이해할 수가 없었다. 설령 비밀을 나눈다고 해도 그건 금세 소문이 돼 버릴 게 뻔하다. 남자 연예인의 사진을 두고 왜 자기 남친인지에 대해 이상한 논리를 펼치며 싸우는 이해불능의 아이들이니까. 싸움에서 이겨도 그 연예인과 사귈 일은 절대 없다는 것을 정말 모르는 걸까.

그러나 사실 지금의 내 모습도 헛된 상상을 하며 추한 노력을 하는 그들과 다를 게 없을지도 모른다. 그래서 더 이상 세상에 조롱당하지 않으려고 이제 결정하려는 것이다. 나는 눈을 깜빡였다. 너무 오래 빛을 보고 있었던 탓일까? 눈앞에 뿌얀 안개가 자욱하게 펼쳐진 것처럼 보였다. 어느새 눈이 점점 뜨거워지더니 눈물이 차올랐다. 빛 때문에 눈이 시린 것 같았다. 그대로 눈을 감았다. 그러자 눈물이 뺨을 타고 흘렀다.

앞으로 한 걸음을 더 내디뎠다. 여기서 세 걸음 정도만 가면 낭떠러지다.

벤치는 이제 외톨이가 되겠지? 초록색 칠이 벗겨진 벤치는 동네 사람들에게 그저 쓰레기를 모아 두는 장소거나 재개발이 되면 부서질 폐품 정도일 테니까.

앞으로 한 걸음 더 내디뎠다. 내 몸은 빛과 더 가까워졌다. 따뜻한 볕이 내 몸을 스르르 녹여 주는 기분이 들었다. 다시 한 걸음을 뗐다.

"제발 이곳에서 그지 같은 내 운명과 헤어질 수 있게 해 주세요."

이번만은 정당한 대가를 받을 수 있게 되길.

이제 마지막 한 걸음만 가면 나는 운명에서 벗어날 수 있게 되는 것이다.

그런데 마지막 발이 잘 떨어지지가 않았다. 혹시 죽는 게 두려운 걸까? 천천히 눈을 뜨고 정면으로 해를 바라봤다. 아직 달라진 건 아무것도 없었다. 심지어 구름조차도 그대로였다. 다시 눈을 감고 간절한 마음으로 한 발자국을 뗐다.

툭. 탁.

순간 묵직한 무언가가 내 몸을 앞이 아닌 뒤로 내동댕이쳤다. 뭐지? 짧고 강한 바람이 나를 땅바닥에 주저앉힌 것 같았다. 정말 바람이었나? 내 의지와 상관없이 눈물이 한 방울씩 떨어졌다. 몸도 떨려 왔다. 나는 간신히 벤치 끝을 붙잡았다.

'죽는 것도 내 마음대로 못 하는 거야?'

나는 벤치의 나뭇결이 깊게 새겨진 손으로 눈물을 훔쳤다. 그리고 가빠진 숨을 진정시키고 일어났다. 그러나 천천히 고개를 들자마자 다시 주저앉고 말았다. 내 앞에 낯선 남자가 서 있었기 때문이다.

"누구세요?"

남자는 대답 대신 나에게 손을 내밀었다. 나는 남자의 손 대신 벤치를 지지대 삼아 일어났다.

"혹시 좀 전에 뒤에서 나 당겼어요?"

"무슨 소리예요? 난 저기 커피숍 간판 다는 것 좀 도와 달라고 부탁하러 방금 왔는데."

남자가 가리킨 곳은 일 년 전까지 슈퍼가 있던 자리다. 행복 슈퍼 간판이 있던 데에 '살루스 커피숍'이라는 간판이 붙어 있었다.

'살루스 커피숍?'

그러고 보니 커피 향이 나는 것 같기도 했다. 남자가 내 얼굴 바로 앞에다 손바닥을 펼쳐 들고 흔들었다.

"좀 도와줄 수 있냐고요? 바빠요? 그냥 위치만 잠깐 봐 주면 되는데."

나를 계속 지켜본 건 아닌 것 같았다. 나는 다시 슈퍼, 아니 살루스 커피숍을 바라봤다. 얼마 뒤면 무너질 이런 곳에 커피숍이라니. 남자는 이곳이 재개발 지역이라는 걸 모르는 걸까? 가끔 뉴스에 재개발 지역인 줄 모르고 세를 들어와 손해를 보는 사람들이 있다는 것을 본 적이 있다.

그때였다. 간판을 천으로 만들었는지 갑자기 불어온 바람에 간판이 날아가기 시작했다.

"어, 간판!"

내 말에 남자는 놀라 뛰어갔다. 남자와 다시 마주하기 전에 이곳을 떠나는 게 좋을 것 같았다. 그런데 남자는 금세 간판을 주워서 내 앞으로 왔다. 그렇게 나는 남자와 의도치 않게 커피숍 앞에 서게 됐다. 남자가 가쁜 숨을 몰아쉬었다.

"후, 지대가 높은 데는 바람이 센 것 같아요."

가까이서 본 간판은 생각보다 더 작았다. 남자가 흙을 털기 위해 쫙 폈을 때 고작 내 턱 정도에서 간당간당했다. 간판이 천인 것도 불안한데 얇기까지 했다. 못으로 단단히 박지 않으면 다시 바람에 날아갈 게 분명했다. 그런데 남자는 망치도 없이 달랑 천으로 된 간판만 들고 커피숍 오른쪽에 만들어 놓은 옥상 계단을 서슴없이 올라갔다. 그러고는 능숙하게 간판을 원래 붙어 있던 철 간판과 벽 사이의 네 부분에 끼워 넣었다.

"비뚤어진 데 있어요?"

나는 넋을 놓고 보고 있다가 간판의 위치를 봐 주게 됐다.

"'커피' 글씨가 조금 위로 올라간 것 같긴 한데."

남자는 천을 살살 내린 뒤 나에게 마지막 검사를 맡고 아래로 내려왔다. 분명 또 날아가고 말 거다.

"덕분에 잘 건 것 같아요. 고마워요. 간판 다는 것도 봐 줬는데 커피 마시고 가요."

남자는 나를 보며 소리 없이 웃어 보였다. 그러자 그의 얼굴에 입 주위를 따라 눈가까지 주름이 하나씩 생겨났다. 그 주름은 우리 아빠의 얼굴을 빼곡히 채운 주름과는 달라 보였다. 편안해 보이고,

부드러운 선처럼 보였다. 내가 선뜻 대답하지 않자 그는 무안한지 머리를 긁적였다. 마치 그 모습이 내게 다시 '커피 마실래요?'라고 묻는 것 같았다.

"참, 내 이름 말해 줬나요? 난 미재예요."

# 3. 살루스 커피숍

끼─익.

가게의 녹슨 미닫이문이 열리자 진한 커피 향이 코끝에 닿았다. 처음에는 시큼한 향에 코를 찡긋거렸는데 어느 순간 내 의지와는 상관없이 깊게 숨을 들이마셨다. 그리고 홀린 듯 보이지 않는 향을 따라 가게 안으로 걸음을 옮겼다. 하지만 나는 가게의 문을 연 채로 두는 것을 잊지 않았다.

물론 지금은 대낮이고 누구나 쉽게 왔다 갔다 할 수 있는 가게지만 동네 사람들은 이 안쪽까지 잘 다니지 않는다. 또 웬만한 비명 소리에는 반응을 보이지 않는다. 가정폭력에 시달리는 여자가 죽을 것처럼 소리를 질렀을 때도 누구 하나 집 밖으로 나와 여자를 구해 준 사람은 없었다. 아, 동네 사람들 대부분이 집 밖으로 나와 119에 신고한 적이 있기는 하다. 한 아줌마가 쓰레기에 불을 지피다 갑자기 분 바람에 불이 집에서 집으로 옮겨 가 동네를 모조리 태울 뻔했을 때다. 이곳 사람들은 자신들의 목숨이 직접적으로 위협받지 않는 이상 아무도 남에게 관심을 갖지 않는다.

가게 안은 행복 슈퍼가 있었을 때와는 많이 달라져 있었다. 입구 오른쪽에 놓여 있던 계산대, 왼쪽에 있던 음료수 냉장고, 양쪽 벽과 중앙에 있던 철로 만든 선반 모두 보이지 않았다. 이제는 입구에 서서도 안쪽 벽이 훤히 다 보였다. 그래 봤자 구멍가게지만 이전보다는 넓어 보였다.

남자는 자연스럽게 가게 안쪽에 둔 긴 탁자로 걸어갔다. 가만 보니 행복 슈퍼 때 계산대로 쓰던 탁자였다. 물론 지금은 탁자 위에 하얀 천을 깔고 원두, 컵, 숟가락, 비커 들을 올려 둬 고급스러워 보이지만 미처 천이 닿지 않는 아랫부분은 초라했던 슈퍼 계산대의 과거를 그대로 드러내고 있었다. 취객들이 술주정 출석 도장을 찍듯 툭툭 치고 가는 바람에 여기저기 파인 흔적들이 보였다.

똑, 똑……

아까부터 계속 물이 떨어지는 소리가 들렸다. 나는 수돗가가 있던 오른쪽으로 고개를 돌렸다. 그러나 그쪽 벽을 따라 겨자색 커튼을 달아 놓아서 잘 보이지 않았다.

"저기요, 수도 새는 것 같은데요?"

"고장 났는지 꽉 안 잠기더라고요. 사람 불러야겠어요."

"혹시 수도꼭지 세게 누르고 돌려 봤어요?"

슈퍼 아저씨가 수도관 고치는 돈을 아끼기 위해 터득한 방법을 우연히 들은 게 기억났다. 여기 사람들은 돈이 있다면 굳이 따라할 필요가 없는 창의적인 방법들을 종종 구상한다. 신발 끈으로 휴대폰 목걸이를 만드는 행위처럼 몇천 원, 아니 몇백 원을 아끼기 위해서 말이다.

남자가 커튼을 젖히자 수돗가가 보였다. 행복 슈퍼일 때는 콩나물을 키우던 자리였는데 지금은 개수대로 사용하고 있었다. 남자는 내가 알려 준 대로 수도꼭지를 돌렸다.

"신기하다. 정말 안 새네요. 근데 내 이름 까먹었어요? 저기 말고 미재라고 불러 줘요."

내가 미재라고 부르기에는 나이 차가 마음에 걸렸다. 아무리 어리게 봐도 이십 대 중반 정도는 돼 보였다.

"저보다 나이 많지 않아요?"

"많죠. 그래도 나는 다른 호칭보다 미재라고 불러 주는 게 좋아요. 나도 편하게 은주라고 부를게요."

내 이름을 어떻게 알았지? 이름표. 나는 자연스럽게 교복 상의에 단 이름표를 떼어 치마 주머니에 넣었다. 지금 남자의 눈은 내 얼굴을 향해 있지만, 내가 의식하지 못한 사이에 잠깐이라도 이름표가 달린 내 왼쪽 가슴을 봤다는 생각에 기분이 찜찜했다.

남자는 긴 탁자 위에 있던 갈색 통에서 커피콩을 꺼내다가 갑자기 멈췄다.

"참, 살루스 커피숍의 첫 손님을 계속 세워 뒀네요. 편한 데 앉아 있어요. 커피 맛있게 만들어 줄게요."

'줄게요'의 '요' 자가 내 귀를 조용히 울리기 시작했다. 남자는 내가 학생이라는 것을 알면서도 계속 존댓말을 했다. 누구나 합법적으로 반말을 해도 된다는 표지인 교복을 입은 나에게 말이다. 그러나 나는 남자에게 말을 놓으라는 마음에도 없는 인사치레를 하지 않았다. 그 '요' 하나로 내가 어른이 된 기분, 그보다 존중받는 기분을 조금이라도 더 느끼고 싶었다.

나는 어느 자리에 앉을까 두리번대다 바로 포기했다. 보통의 카페처럼 하나의 테이블에 의자 두세 개를 맞춰 둔 게 아니라 열 개 정도 되는 테이블과 의자를 마구잡이로 뒤섞어 놓았기 때문이다. 심지어 테이블과 의자가 모두 같은 사이즈, 같은 모양의 정사각형 플라스틱 맥주 박스다. 색깔까지 초록색으로 같다. 그 위에 네모난 천이 올려져 있는 것은 의자, 박스를 잘라 만든 널따란 골판지가 올려져 있는 것은 테이블이라고 짐작할 뿐이다. 커피숍 입구에서 남자가 커피를 만들고 있는 긴 탁자 앞까지 가려면 몸을 이리저리 비틀며 가야 할 정도로 테이블과 의자들이 복잡하고 어수선하게 배치돼 있었다.

나는 왼쪽 벽면에 걸린 그림을 정면에 두고 앉았다. 원래 그 벽면은 이곳이 슈퍼였을 때 과자와 라면을 가득 채운 선반이 있던 데다. 그림은 벽면의 반을 채울 정도로 컸다.

대체 뭘 그린 거야? 추상화? 여러 곡선들이 구불구불하게 뒤엉켜 있었다. 무수히 많은 선들 중에 어디가 시작인지 끝인지도 알 수 없었다. 선에 대해 짐작할 수 있는 거라고는 그림 밖으로 나간 게 없다는 것 정도. 어떤 물체를 크로키로 표현한 것 같기도 했다. 선과 선이 교차하면서 만든 면들에는 주황색, 바다색, 푸른색 등이 칠해져 있었다. 이런 그림, 이런 인테리어를 손님들이 좋아할까?

물론 나는 커피숍에 대해 잘 모른다. 지금껏 가 본 적도 없다. 고작 가끔 텔레비전이나 길에서 스치듯 본 풍경이 전부다. 그러나 살루스 커피숍이 보통의 카페와는 인테리어가 다르다는 것과 소위 럭셔리를 따지는 손님들에게는 매력적으로 보이지 않을 거라는 건 알 수 있었다. 그럼에도 정신없는 이 공간이 불쾌하게 느껴지지 않는다는 건 다행이다. 물론 아쉽게도 이건 나, 김은주 개인의 평이다.

그러고 보니 남자의 옷차림도 예사롭지가 않다. 전체적으로 진한 베이지색에, 옷의 모든 부분의 통이 넓고, 목 라인, 소매, 바지 밑단에 수놓아진 남색 문양은 인도 스타일 같았다. 개성이 아니라 난해해 보였다. 산에서 내려온 지 얼마 안 된 도인 같기도 했다. 정말 도인일까? 그래서 세상 물정을 몰라서 시대에 뒤떨어진 커피숍을 하겠다고 전 재산을 이 재개발 지역에 쏟은 걸까? 사기라도 당했나? 설령 그랬대도 나와는 상관없는 일이다. 그런데 나는 불쑥이 말을 툭 내뱉었다.

"여기 사람들은 이런 커피 안 마셔요."

"그렇군요."

"여기 올라오면서 재개발 지역 플래카드 못 봤어요? 조금 있음 저 비탈길 근처에 살고 있는 사람들도 모두 이사 갈 거예요. 이 주 위하고 비탈길 오른쪽 골목에 살던 사람들은 이미 떠난 지 오래고 요."

"알아요."

남자는 원두를 갈며 담담하게 대답했다. 걱정하는 표정은커녕 살짝 미소까지 지었다. 나는 황당해서 남자가 있는 긴 탁자로 갔 다.

"분명히 망할 거예요."

내 말에 느닷없이 남자가 소리 내 웃었다. 이 모습에 나는 아리 송할 뿐 아니라 으스스한 기분까지 들었다. 그래서 닫지 않았던 문 을 다시 확인했다. 겨우 웃음을 가다듬은 남자는 소곤대듯 말했다.

"이건 비밀인데 난 이런 데서 장사 잘해요. 절대 안 망해요."

"하아, 근데 여기 사람들은 미재보다 내가 더 잘 알아요."

흥분한 탓인지 나도 모르게 미재라는 말이 나왔다. 민망했지만 미재가 별 반응을 보이지 않아 시치미를 떼고 말을 이었다.

"이 동네 사람들에게 커피는 다른 동네 사람들처럼 여유 있게 마 시는 차가 아니에요. 그저 잠을 깨는 약 같은 존재라고요. 새벽에 자고 새벽에 일어나도 정신 차리고 다시 돈 벌러 갈 수 있게 해 주는 약. 커피가 이 사람들한테 그런 거라고요."

내가 말한 동네 사람들에는 우리 엄마와 아빠도 들어 있었다.

"커피 마신다니까 여기서 사 먹을 것 같죠? 아니에요. 한 봉에 비싸야 백 원 하는 믹스커피 대신 몇천 원씩이나 하는 커피를 사 먹을 확률은 전혀 없어요. 여기 사람들 대부분이 일 킬로그램에 백 원도 안 하는 폐지를 모으거든요. 그런 종이 박스를 서로 갖겠다고 얼마나 싸우는데요. 그러니까 커피를 사 먹을 거라는 기대는 안 하는 게 좋아요."

이번에는 미재가 미간에 힘을 주며 자신 있다는 표정을 지어 보였다. 순진하다 못해 어디가 좀 모자란 것 같았다. 어쩌면 짠 것처럼 이 동네에는 어리벙벙해 사기를 당하거나 억울한 사연을 가진 사람들만 모여드는지. 여기는 그런 운명을 타고난 사람들의 밀집소인가. 다시 한번 운명이 참 대단하다는 생각이 들었다. 내 주제에 누구를 돕겠다고. 일단 여기를 벗어나는 게 좋을 것 같아서 나가려고 몸을 튼 순간, 탁! 무언가에 머리를 부딪쳤다.

"아!"

유리병이었다. 긴 탁자 위에 매달아 놓은 모빌 중 하나였다. 머리가 울릴 정도로 너무 아팠다. 불쑥 화가 났다. 사소한 것까지 나를 걸고 넘어뜨리는 것 같아 참을 수가 없었다. 뭐 하나 조용히 넘어가는 게 없다. 그래도 참아야 했는데, 나는 앞에 있는 테이블과 의자를 신경질적으로 발로 찼다. 그러자 길을 내듯 박스들이 한쪽으로 쏠렸다. 순식간에 일어난 일이었다. 내가 왜 그런 행동을, 그 것도 처음 본 사람 앞에서 했는지 모르겠다. 어느 틈에 미재가 물에 적신 수건을 내밀었다.

"이걸로 냉찜질해요."

"괜찮아요. 이건 정리해 주고 갈게요."

"싫어요. 하하. 이렇게 한쪽으로 쏠린 게 새로운 인테리어 같아서 좋은데요. 정리 말고 커피 마시고 가요. 옛날에는 커피를 진통제로도 썼다니까 부딪친 데가 덜 아플 거예요. 그리고 내가 여기서 처음 내린 커피 맛도 평가해 주면 고맙고요."

바로 나오고 싶었지만 한편으로 미안한 마음이 들어 커피를 맛보기로 했다. 사실 나는 커피를 좋아하지 않는다. 지금껏 마신 적도 없다. 그냥 형식적으로 한 모금 마시고는 맛있다고 말해 줄 생각이다.

미재는 수건을 내 옆에 두고 커피포트에 물을 올렸다. 물이 끓는 동안 모빌을 그림이 있는 벽으로 옮겼다. 모빌에 달린 손바닥 크기의 병 하나, 작은 병정 장난감, 리본으로 묶은 노란 수건까지. 그러고는 커피를 내릴 준비를 했다.

"핸드드립 커피 좋아해요?"

"그냥."

나는 더 이상 질문이 이어지지 않게 하려고 애매하게 대답했다. 종종 사람들과 길게 말하기 싫을 때 쓰는 방법이다. 커피에 관심

이 없는 나에게 핸드드립 커피는 말 그대로 '손으로 내린 커피'일
뿐이다.

미재는 호리병처럼 생긴 주전자에 뜨거운 물을 부었다.

"이제 커피 내릴게요. 방법은 드리퍼에 원두 넣고 물 부으면 끝
인데 은근 섬세해요."

미재는 계속 설명하면서 종이 필터를 드리퍼 안에 밀착시키고
갈아 둔 원두를 넣었다. 그 아래에는 드리퍼에서 떨어지는 물을 보
을 수 있게 서버라고 불리는 투명한 미니 주전자를 받쳤다. 그러고
는 원두 위에 물을 찬찬히 부었다.

"처음에 부은 물은 뜸을 들이는 거라 아래로 떨어지지 않아요.
한 삼십 초 동안 뜸을 잘 들여야 나쁜 가스는 배출되고 좋은 성분
은 나오게 돼서 나중에 커피 맛을 좋게 한대요."

정말 아래로 한 방울도 떨어지지 않았다. 대신 평평했던 커피가
부풀어 올랐다. 그리고 시간을 재지는 않았지만 삼십 초가 지났는
지 미재는 다시 물을 원두 위에 부었다. 그러면서 속삭이듯 말했다.

"뜸 다 들이면 이제 나선형을 밖으로 여섯 번, 안으로 두 번 정도
그리면서 물을 부어 주면 돼요. 이제부터는 커피가 아래로 떨어질
거예요."

정말로 커피가 떨어지기 시작했다.

똑, 똑……

까만 커피의 물방울들이 투명한 비커를 채우기 시작했다. 서서

54

히 퍼지는 향을 맡자 이 커피는 단 몇 초에 후딱 만들어지는 믹스 커피와 다른 맛이 날 것 같았다. 내 통증도 사라지게 해 줄 것 같은 느낌이 들었다. 미재는 이런 식으로 세 번 정도를 반복하면 커피를 마실 수 있다고 했다. 커피에서 눈을 떼고 미재를 바라봤다. 집중해서인지, 긴장해서인지 입술 끝에 힘을 주고 있었다. 그와 반대로 쌍꺼풀 없는 미재의 눈은 부드러워 보였다. 아마 피부가 하얘서 그런 것 같았다. 눈 아래에 연하게 퍼진 주근깨가 도드라져 보이는 것도 말이다.

갑자기 미재가 고개를 들었다.

"이제 마시면 돼요. 평소에 어떤 스타일의 커피를 좋아해요? 진한 거, 아니면 연한 거?"

"커피 안 좋아해요."

이번에도 '그냥'으로 대꾸하면 됐는데 갑자기 미재가 나를 향해 고개를 돌리는 바람에 당황해서 솔직하게 말해 버렸다. 아무리 사실이어도 지금껏 커피를 만든 사람한테는 예의가 아닌 것 같았다. 나는 손바람을 일으켜 향을 맡았다.

"향은 좋네요."

사실이었다. 따뜻한 온기와 같이 퍼지는 향이 은은하게 내 주위를 맴도는 것 같아 기분이 나쁘지 않았다. 미재도 나처럼 손바람을 일으켜 향을 맡았다.

"오늘은 향이 더 좋은 것 같네요."

미재는 따뜻하게 컵을 데우기 위해 미리 부어 뒀던 뜨거운 물을 버리고 컵에 커피를 담았다. 그러고는 커피 두 잔을 들고 밖이 잘 보이는 자리에 앉았다. 나도 그 앞에 앉아 커피 한 잔을 받아 들었다. 그러자 내가 마치 다른 사람이 된 것 같은 묘한 기분이 들었다. 하얀 머그컵에 담긴 까만 커피 한 잔으로 큰길에 있는 멋진 카페에서 여유롭게 앉아 있는 사람이 된 기분이랄까? 아주 천천히 맛을 음미하고 싶어졌다. 한 손은 컵의 손잡이를 잡고, 한 손은 컵의 바닥을 받치고 천천히 한 모금을 들이켰다.

"으."

쓰다. 겨우 삼켰지만 역시 커피는 나와 어울리지 않나 보다. 하긴 커피를 마시며 여유라는 단어를 찾는 것부터가 어색한 짓이었는지 모른다. 나는 조건반사처럼 얼굴을 찌푸렸다. 대충 칭찬하고 커피숍을 나올 생각이었는데 오늘은 정말 계획대로 되는 일이 하나도 없다.

미재가 걱정스런 표정으로 나를 바라보고 있었다.

"많이 써요?"

"그냥, 뭐."

"잠깐만요."

미재는 커피를 만들던 긴 탁자 아래에서 무언가를 찾아 왔다. 검지 길이만 한 유리병인데 그 안에 하얀 가루가 들어 있었다. 설탕처럼 보였다. 자리에 앉은 미재가 유리병을 엄지와 검지로 잡고 흔들어 보였다.

"이거 마법 가루예요. 이 가루가 들어간 커피는 쓰지 않아요."

'웬 마법? 내가 초딩인 줄 아나?'

"사실 우리 커피숍 단골들만 주는 건데 오늘 너무 고마워서 특! 별! 히! 은주에게 주는 거예요."

'특별히'라는 말에 유독 힘을 준 미재는 뚜껑을 열고 하얀 가루를 내 커피에 넣었다. 뜨거운 커피에 빠진 가루들 주위로 미세한 기포들이 생겨났다. 가루들이 다 녹자 언제 그랬냐는 듯이 커피는 다시 평온해졌다.

"은주, 이 마법 가루가 든 커피를 마시면 좋은 일이 생겨요."

미재는 말을 끝내자마자 시선을 밖으로 옮겼다. 그리고 커피를 음미했다. 나는 커피를 가만히 바라봤다.

'정말 마법 가루라고?'

김은주! 무슨 생각을 하는 거야? 좋은 일이 생길 거라는 말을 믿는 거야? 정신 차리라고. 지금은 커피 맛만 평가해 주면 되는 거라고.

나는 커피를 한 모금 맛보았다. 처음보다는 부드러워진 것도 같지만 내가 마시기에는 아직도 쓴맛이 강했다. 하지만 다시 마법 가루니 좋은 일이니 등의 이야기를 듣고 싶지 않아서 괜찮네요, 하고 짧게 말했다. 미재는 나를 향해 가볍게 웃더니 다시 밖을 바라봤다. 나는 주머니에서 설탕 하나를 꺼내 입에 넣었다.

'이런 데에 왜 커피숍을 차린 거야? 정말 도인이라 산꼭대기를 좋아하는 건가?'

"전 산꼭대기가 좋아요."

'깜짝이야. 내 생각을 읽은 거야?'

"산 비탈길을 올라가거나 내려가면 내가 살아 있다는 게 느껴지거든요."

비탈길에서 살아 있음을 느낀다는 미재의 말에 나도 동감한다. 저 비탈길은 살겠다고 악다구니를 쓰는 사람들이 오르고 내리는 길이다. 새벽이 되면 약속이라도 한 것처럼 낡아 빠진 유모차를 밀며 폐지를 줍는 할머니부터 막노동하는 아저씨, 청소하는 아줌마들이 비탈길을 내려가고, 아주 늦은 오후가 되면 모두가 낑낑대며 비탈길을 올라온다. 눈이라도 오는 날에는 정말 가관이다. 물론 비탈길 가에 계단이 있기는 하지만 중간중간 골목길로 빠지는 부분에는 계단이 끊어져 있어 자칫하다가는 목숨까지 위협받는다. 그런 비탈길에서 삶을 느끼지 못하는 사람은 거의 없을 것이다.

"또 이런 산꼭대기에서 커피 마시면 공기가 좋아서 그런지 더 맛있는 것 같더라고요."

미재의 말에 다미가 생각났다. 나는 구질구질해 숨기고 싶은 걸 오히려 좋아하던 아이. 그런 말이나 행동은 친구에게 용기를 주는 게 아니라 수치심만 더 키운다는 걸 모르던 아이.

나는 어처구니없는 미재의 생각을 멈추게 하고 싶었다.

"이 동네 공기 안 좋아요. 나무가 많은 산이라야 공기가 좋지, 나무 다 베고 시멘트 깐 꼭대기의 공기가 뭐가 좋아요. 그리고 이 동네 사람들 쓰레기 봉지 사는 돈도 아깝다고 일반 쓰레기는 몰래 태우지, 음식물 쓰레기는 땅에 묻지, 좋을 틈이 있겠어요?"

나는 미재에게 여기에 왜 왔는지도 묻고 싶었다. 혹시 살면서 할 수 없는 밑바닥 경험을 하기 위해 온 건지, 그래서 잠깐만 있을 곳이기에 모든 것이 신기하고 아름답게만 보이는 건지 말이다. 하지만 나는 끝내 머릿속에서 맴돌던 질문들을 하지 않았다. 내 모습만 더 적나라하게 보게 될 게 뻔하다. 대신에 각설탕을 하나 더 꺼내 먹었다. 그러자 미재는 달라는 듯이 손을 내밀었다. 내가 자기한테 화를 냈다는 사실도 모르는 것 같았다. 일단 나는 각설탕 하나를 꺼내 줬다. 그러자 하나를 금방 먹더니 다시 손을 내밀었다.

"각설탕을 깨물어 먹는 거 처음인데 맛있네요. 또 있어요?"

"여기 커피숍인데 설탕도 없어요?"

"없어요. 커피에 넣어 먹을 건 이 마법 가루 하나면 충분하거든요."

나는 어이가 없어 코웃음이 나올 뻔했다. 커피의 쓴맛조차 없애지 못하는 저 가루를 왜 마법 가루라고 하는지 이해가 되지 않았다. 사실 그뿐이 아니다. 재개발 지역에서 장사를 잘한다는 말도, 무너져 가는 집들이며 쓰레기가 뒤섞인 이 산꼭대기를 좋아한다는 것도 이해가 되지 않았다. 미재와 이야기를 나눌수록 점점 미로 속으로 빠지는 기분이 들었다. 이런 미재를 다른 사람들이 본다면 모두 이상한 사람이라고 할 것이다. 나 역시도 그 말에 동의한다. 어떤 의심도 없이 무언가를 맹목적으로 믿는다는 것을 순진으로만 표현하기에는 부족하니까. 물론 아직 미재를 향한 물음표들이 모두 해결된 것은 아니다.

나는 가지고 있던 각설탕이나 다 주고 커피숍을 나가는 게 좋을 것 같았다. 그래서 주머니를 뒤적거리고 있는데 갑자기 미재가 손가락을 튕기며 내 이름을 불렀다.

"은주, 혹시 여기서 아르바이트할래요?"

"아니요."

뜬금없는 제안이었지만 나는 대답하는 데에 단 일 초도 망설이지 않았다. 그럴 마음이 전혀 없었기 때문이다. 그런데 이런 곳에서 일하면 아르바이트비를 얼마나 받을 수 있는지는 궁금했다.

"아르바이트 시간이랑 수당은 어떻게 되는데요?"

"원하는 시간에 원하는 만큼 일하는 거고요. 아르바이트비는 은주와 은주가 아는 사람 모두에게 커피가 무료로 제공된다는 것과 살루스 커피숍에 언제나 올 수 있다는 거예요."

미재는 정말 이상한 사람이 맞는 것 같았다. 무언가에 홀린 것처럼 그곳에서 빠져나오지 못하고 있던 내가 정신을 차릴 수 있게 됐다. 나는 마음에는 없지만 대화를 깔끔하게 끝낼 수 있는 대답을 생각해 냈다.

"하고 싶을 때 말할게요."

"언제든지요."

나는 각설탕 몇 개를 테이블에 놓고 문밖으로 나왔다. 미재도 나를 따라 나왔다. 친하지도 않은 사이에 배웅이라도 하려나? 어색하지만 보통들 많이 하는 일반적인 끝인사를 마쳤는데도 불구하고 미재는 계속 손을 흔들고 서 있었다. 나는 어쩔 수 없이 미재에게 손을 들어 주었다. 하지만 미재는 꼼짝도 하지 않았다. 미재가 계속 내 뒤에서 손을 흔들고 있는 것도, 내 뒷모습을 보고 있는 것도 부담스러웠다. 그래서 결국 나는 벤치 대신 몸을 숨길 수 있는 집으로 얼른 들어왔다.

현관문을 닫고 숨을 크게 들이마신 뒤 내쉬었다. 마치 빙글빙글 도는 놀이 기구를 탄 것 같았기 때문이다. 머리가 아프거나 어지럽지는 않은데 몸이 살짝 붕 뜬 기분이 들었다.

왜 이러지? 김은주, 정신 좀 차려 봐.

혹시 커피의 카페인 때문인가?

# 4. 하얀 가루

카페인.

그래, 내가 다시 집으로 들어온 건 카페인 때문이다. 아니, 내 뒷모습 때문일지도 모른다. 손까지 흔들면서 누군가가 내 뒷모습을 지켜봐 준 게 처음이니까.

앞으로 걸어가며 곁눈질로 슬쩍 본 미재는 내가 열 걸음을 넘게 걸었을 때도 처음과 똑같이 그대로 서 있었다. 나는 뒤통수가 따갑다 못해 내 등에 흉한 낙서가 적혀 있거나 오물이 묻어 있을지도 모른다는 엉뚱한 상상까지 하고 말았다. 그래서 얼른 내 몸을 숨기기 위해 집으로 들어온 것이다.

내 방으로 들어오자마자 혹시 하는 마음에 교복 재킷을 벗어 살펴봤지만 아무것도 없었다. 블라우스 안에 손을 넣고 휘저어도 봤지만 아무것도 없었다. 나는 그대로 방바닥에 등을 대고 누웠다. 찬 기운 때문인지 따끔거림이 금세 사라졌다.

사라진 것은 또 있었다. 내 방을 차지하고 있던 참고서, 지난 교과서, 노트와 벽에 붙어 있던 포스트잇 들. 방 안에 휘익 바람이 부는 듯했다. 버린 것을 후회하지는 않는다. 그저 원래 그 자리에 있었지만 평소에는 보지 못하던 손잡이가 덜렁거리는 장롱과 스탠드 등이 고장 난 책상, 솜이 납작하게 눌린 방석을 깔아 둔 의자 그리고 방문 뒤에 돌돌 말아 둔 이불과 베개의 존재를 새삼 발견하고 있을 뿐이다.

다다닥- 다다닥-.

쥐다. 시도 때도 없이 나무로 된 천장을 발톱으로 긁으며 뛰어다니는 쥐들. 나는 시선을 천장으로 옮겼다. 벽지 군데군데에 누렇게 물든 쥐 오줌 자국들은 언제 봐도 역겹다. 인간은 적응의 동물이라지만 극복이 안 되는 게 있는 법이다. 언젠가는 천장이 부서지면서 저 쥐들이 내 방으로 쏟아질 것만 같다. 쥐들이 단체로 움직일 때면 천장이 심하게 들썩거리는데 밤이 되면 그들의 움직임은 상상 그 이상이다.

어렸을 때는 그런 밤이 되면 무서워서 아빠를 하염없이 불렀다.

"아빠, 천장에서 쥐가 떨어질 것 같아."

"무슨."

아빠는 시큰둥한 얼굴로 긴 우산을 가져와 천장을 툭툭 쳤다. 나는 이불을 머리끝까지 올려 덮었다.

"아빠, 그러다 천장 부서져. 살살해."

아빠는 그렇게 세 번을 더 세게 쳤다. 정말 아빠의 위협이 먹혔는지 잠시 동안 조용해졌다. 그러나 다시 천장이 쿵쿵거렸다. 집 여기저기에 놓은 쥐덫과 끈끈이, 아빠의 위협 어느 것 하나 쥐들에게서 완전히 벗어나게 해 주지 못했다.


그럼 죽음은 나를 거지 같은 운명에서 벗어나게 해 줄까? 어쩌면 그 뒤에도 나를 계속해서 옭아매고 있을지 모른다. 내가 죽고 나면 사람들은 이런 우리 집에 와 볼 것이다. 내 죽음이 재수 없게 청소년의 자살에 관심이 있는 기자의 귀에라도 들어간다면 우리 집은 전국에 소개까지 될 것이다. 뭐라고들 지껄일까?

"자신의 성적을 비관하던 고1 여고생이 집 근처 낭떠러지에서 생을 마감했습니다. 중학교 때까지 전교 일 등을 놓친 적 없는 K 양은 교과보다 수능 중심인 고등 과정을 많이 힘들어했다고 합니다. 여기는 K 양의 방입니다. 일반적으로 있어야 할 책 한 권이 없습니다. 이는 그동안의 성적 스트레스가 얼마나 컸는지를 말해 주고 있습니다. 더 안타까운 건 어려운 가정 형편으로 단 한 번도 학원에 다니지 않고 혼자 꿋꿋하게 공부를 했다는 사실입니다. 이제는 우리 사회가 이러한 불우한 학생들에게 따뜻한 시선을 보내야 할 때입니다."

그들은 우리 집의 열악한 모습을 보여 준 뒤, 성적과 현실을 비관하여 자살한 '불우한 김은주'에 대한 정보를 알려 주기 위해 여기저기 돌아다니며 인터뷰한 영상을 내보낼 것이다. 거의 마주친 적도 없지만 가끔 스치더라도 인사 한 번 안 하던 나를 반듯했다고 해야 하는지 고민하는 동네 사람들의 모습, 어렸을 때 아빠의 트럭을 타고 몇 번 온 적 있는 아이를 기억에서 억지로 끄집어내는 시장 사람들의 모습, 반장이라는 것 외에는 아는 게 없지만 방송 출연이라는 사실에 흥분해 기억거리를 부풀려 늘어놓는 반 아이들의 모습까지. 직업의식이 투철한 기자라면 치킨 가게 개자식까지 출연시킬지 모른다. 그리고 그 일까지.

여하튼 나는 가난하게 살다 자살한 K 양이 돼 생전 본 적도 없는 사람들에게 십칠 년간 거부한 하찮은 동정심을 받아야만 할 것이다. 반대로 질타를 받을지도 모른다. 내가 그동안 학교에서 한 거짓말과 묵인으로 감춘 진실이 탄로 날 게 두려워 벌인 일이라고. 여기에는 기꺼이 나와 말 한마디도 섞은 적이 없던 동네 아이들이 자진해 증인 노릇을 할 것이다.

사람들은 내 자살에 어떤 수식어들을 붙일까? 적어도 운명의 부당성과 불공평함을 거부하기 위함이라는 수식어는 절대 그들 머리에서 짜내지 못하겠지? 그래서 사람들은 자신의 자살이 오해받지 않도록 유서를 남기나 보다. 하지만 잘 생각해 보면 운명의 부당성과 성적, 형편 비관이라는 말이 그리 다른 것 같지는 않다. 설령 방

송에 나가지 않는다 해도 내 자살이 가십거리가 된다는 것과 내가 그동안 드러내기 싫었던 부분들이 모두 펼쳐질 것이라는 사실에는 변함이 없을 것이다. 싫다. 정말 싫다.

완전한 끝을 바라는 것 또한 나에게 과한 욕심일까?

그럴지도. 아까 실패하고 말았으니까.

그럼 죽는 것도 내 마음대로 할 수 없다는 건가?

내 몸이 녹아 어디론가 사라졌으면 좋겠다.

사람들의 기억에서도 모두 다 녹아 사라져 버리고 싶다.

엄마, 아빠, 학교 아이들, 동네 사람들, 심지어 나와 살짝 스친 사람들의 기억에서도.

내 운명은 원래 시작되지 않았던 것처럼 말이다. 나는 몸을 조금씩 움직여 웅크리기 시작했다. 옆으로 몸을 돌리고, 다리를 굽혀 무릎을 가슴에 붙이고, 양팔로 종아리를 감싸고, 이마를 무릎에 붙이고…….


"은주야, 나오라니까."

엄마의 목소리가 들렸다. 나는 천천히 눈을 떴다. 방 안은 어두워져 있었다. 나도 모르게 잠이 든 모양이다.

갑자기 엄마가 방문을 열어젖혔다. 주방의 형광등 빛에 눈이 잘 떠지지가 않았다.

"웬일로 여덟 시부터 자?"

여덟 시? 내가 꿈을 꾸고 있나? 이 시간에 엄마가 집에 있을 리 없다. 늘 자정이 다 돼서야 집에 들어온다. 꿈인지 현실인지 헷갈려 눈에 힘을 주고 가만히 엄마의 얼굴만 쳐다보고 있었다. 엄마가 방문을 더 활짝 열었다.

"족발 먹게 나와."

나는 현실로 결론짓고 방문 밖으로 나갔다. 그리고 족발이 놓인 상 앞에 앉자마자 다시 꿈일 수도 있겠다고 생각했다. 평소처럼 어느 부위인지 짐작도 어려운 족발 자투리들이 일회용 봉지에 담겨 있는 게 아니라 족발이 성한 모양새로 깨끗한 일회용 접시에 담겨 있었기 때문이다. 태어나서 두 번째로 보는 족발의 온전한 모습이었다. 중학교 입학할 때 한 번 엄마가 사 온 적이 있었다.

"엄마, 이거 누가 줬어?"

"주긴 누가 줘? 샀지."

고등학교 입학 선물인가? 어리둥절해하며 나는 족발을 싼 비닐 랩을 벗겼다.

그때 아빠가 젖은 머리를 수건으로 털면서 욕실에서 나왔다. 아빠는 상 앞에 앉아서 그 수건으로 발을 닦고 욕실 앞에 둔 걸레통으로 던졌다. 늘 익숙하게 봐 온 장면이지만 상 앞에서 발가락 사이사이를 닦는 건, 솔직히 가끔 헛구역질이 난다. 그나마 다행인 건 우리는 생활 패턴이 달라서 아예 같이 밥을 먹지 않는다는 것이다. 이렇게 가끔 족발을 먹을 때를 제외하고는 말이다.

엄마가 가게에서 가져온 배추를 씻으며 우리에게 먼저 먹으라고 말했다. 아빠와 나는 당연하다는 듯이 젓가락을 들었다. 사실 엄마는 같이 밥을 먹다가도 몇 번씩 자리에서 일어난다. 밥 한 술에 콩장이, 밥 한 술에 쌈장이, 고추절임이 생각나는 사람이다. 언제부턴가 아빠와 나는 "그냥 앉아서 먹어."라는 말도 생략했다.

족발은 윤기가 흘러 먹음직스러워 보였다. 예전처럼 엄마가 팔다 남은 채소와 맞바꿔 가져온 메마른 족발이 아니었다. 나는 족발한 점을 새우젓에 찍어 입에 넣었다. 꼬들꼬들한 게 아니라 쫀득쫀득했다.

'맛있다!'

이 족발은 씹느라 턱이 아프지는 않을 것 같았다.

엄마는 세 줄로 담긴 족발의 한 줄이 사라질 즈음 자리에 앉았다. 엄마가 씻은 배추는 벌레를 먹거나 상한 부분을 뜯어내 크기가 제각각이었고 배추의 모양을 하고 있지 않은 게 대부분이었다. 아빠는 그런 배추를 여러 장 겹쳐 쌈을 싸 먹었다. 나는 별로 먹고 싶지 않았다.

엄마가 아빠에게 소주 한 잔을 따라 주었다.

"살다 보니 오늘 같은 날도 있네요. 김장철같이 가게에 있는 배추, 무, 파, 고추까지 싹 다 팔리고. 내일 새벽 시장에 돈 두둑이 챙겨 가야겠죠?"

오늘 가게에 진열한 채소를 다 팔아서 평소보다 집에 일찍 왔나

보다. 정말 엄마의 말대로 이런 날도 있구나 싶었다. 그런데 기분이 좋아 보이는 엄마와 달리 아빠는 무표정이었다. 그저 엄마의 말을 듣고 있다는 반응으로 간간이 고개를 끄덕일 뿐이었다.

평소 술을 못하는 엄마는 아빠가 따라 준 소주 한 잔을 한 번에 마셨다.

"오늘만 같으면 좋겠네요."

여전히 아빠는 말없이 소주 한 잔을 걸쳤다. 장사하는 사람들은 손님만 많으면 하루 종일 서 있어도 힘이 난다지만 아빠는 예외인 것 같다. 장사가 잘되든 안 되든 늘 지쳐 보인다. 아무래도 이마를 덥수룩하게 가린 앞머리와 검붉게 탄 얼굴 때문에 그래 보이는 것도 같다. 이런 아빠를 이해하는 건 엄마뿐이다.

초등학교 때, 글짓기 대회에서 상을 받아 들고 아빠와 엄마가 있는 채소 가게로 뛰어간 적이 있었다.

"엄마, 나 상 탔어!"

"이 상장 정말 네 거야? 신기하다."

상장을 이리저리 돌려 보는 엄마와 달리 아빠는 그때도 별말이 없었다. 나는 아빠가 트럭을 타고 아파트로 채소 장사를 하러 갔을 때 엄마에게 아빠는 왜 말이 없느냐고 물어봤다.

"원래 밖에서 말을 많이 하는 직업을 가진 사람들이 집에서는 말을 안 한다고 하잖아. 개그맨들도 집에서는 재미없다더라. 매일 낯선 사람들 상대하면서 기가 오죽 다 빠지겠어. 그래도 우린 아빠 마음 다 아니까."

그러나 나는 엄마와 달리 도무지 그 표정만 보고는 아빠의 마음을 헤아릴 수가 없었다. 이제는 굳이 그 생각들을 읽기 위해 아빠의 얼굴을 빤히 보거나 철없는 질문들을 던지고 싶지 않았다. 그냥 지금이 편하다. 서로를 이해하기 위함이라는 피곤한 명목을 앞세워 싸우는 것보다 이해의 필요성을 느끼지 않는 것이 더 낫다고 생각한다. 어떤 사람들은 이 상황을 '무관심'으로 압축할 수도 있겠지만 나는 '자유'라고 말하고 싶다.

족발을 몇 점 먹던 엄마는 역시나 다시 자리에서 일어났다. 이번에는 반찬이 아니라 사과를 가져와 못 먹을 부분을 칼로 도려냈다. 그런데 거기에서 애벌레가 나왔다. 나는 젓가락을 놔 버렸다. 물론 익숙한 광경이다. 우리 가족은 항상 손님이 떨이로도 사지 않는 과일과 채소를 가져다 먹으니까. 무덤덤하게 볼 만도 한데 그게 잘 안 된다. 벌레 먹은 과일만 보면 그날이 떠오르기 때문이다.

그날 나는 처음으로 냉장고에서 멀쩡한 사과 하나를 발견했다. 마치 유리를 잡듯 반짝거리는 빨간 사과를 두 손으로 집어 들었다. 크지는 않지만 그 어떤 사과보다 탐스러워 보였다. 흐르는 물에 씻은 뒤 가장 빨갛게 색이 오른 부분을 한입 베어 물었다. 그러고는 바로 토했다. 하얀 사과의 속살과 함께 투명한 애벌레가 모습을 드러냈기 때문이다. 며칠 동안이나 벌레들이 내 몸을 기어 다니는 것만 같았다. 한번은 애벌레가 내 몸속에서 알을 까는 꿈을 꾼 적도 있었다. 벌레 먹은 사과는 멀쩡한 먹을거리가 우리 집에도 있을 수 있다는 첫 번째 착각에서 나를 깨어나게 해 주었다. 그 뒤 나는 셀 수 없을 만큼 많은 착각들에서 깨어났다.

우리 집과 '멀쩡한'이라는 단어는 그만큼 어울리지 않는 것이다. 오늘 내 앞에 있는 족발처럼 말이다.

엄마는 과일을 다듬어 아빠 앞에 놓았다. 그러고는 손목에 끼고 있던 노란 고무줄로 단발머리를 바짝 묶었다. 이제야 본격적으로 먹을 모양이다. 어느새 식사를 마친 아빠는 딸의 젓가락질이 멈춘 것도 모른 채 과일을 입에 넣었다. 여느 때와 마찬가지로 우리 가족은 같은 공간에서 각자 조용하게 자신의 식사 시간을 채우고 있었다.

내가 자리에서 일어나자 배추쌈을 싸던 엄마가 고개를 들어 올렸다.

"나갔다 오게?"

"응."

엄마는 나에게 목적지도 묻지 않고 쌈을 입에 넣었다. 더 이상의 질문은 없다는 의미였다. 아빠는 안방으로 들어가서 오늘 번 돈을 정리하기 시작했다. 이건 무관심이 아니다. 자유다.


나는 집을 나와 습관처럼 벤치로 가려다가 걸음을 멈췄다. 살루스 커피숍 앞에 벤치가 있기 때문이다. 시계를 보니 아홉 시도 안 됐다. 혹시 닫았을까 싶어 가까이 가 보니 어두운 공간에서 빛이 새어 나오고 있었다. 미재를 모른 척하고 벤치로 가려다 비탈길 쪽으로 방향을 바꿨다. 손님이 없다며 나한테 말을 걸까 봐서다.

비탈길을 터벅터벅 다 내려와도 마땅히 갈 곳이 없었다. 내가 유일하게 가는 데라고는 벤치밖에 없기 때문이다. 그리고 평소라면 지금 야자를 끝내고 영어 단어장에 눈을 고정시킨 채 집으로 오고 있을 시간이다. 그러나 내 어깨에는 가방도, 내 손에는 단어장도 없다. 홀가분하지만 지도를 잃어버린 탐험가가 된 기분이 드는 건 어쩔 수 없었다. 어디까지, 어떻게, 무슨 생각을 하며 걸어야 할지? 일단 정처 없이 발길이 닿는 대로 걷기 시작했다.

"은주야!"

누가 나를 불렀다. 그래서 주위를 둘러봤는데 나를 보고 있는 사람은 한 명도 없었다. 차와 사람들 모두 바쁘게 나를 지나쳐 가고 있었다. 오늘만 벌써 두 번이나 "은주야!"를 들었다.

내가 대한 학원, 구성 사진관, 장수 떡집, 편의점을 지나 자동차 수리소에 닿았을 즈음, 또 "은주야!" 하고 부르는 소리가 들렸다. 내가 정말 환청이라도 듣는 건가? 나는 검지로 귓속을 후볐다. 그런데 얼마 지나지 않아 또 들렸다. 이번에는 어깨를 툭 치는 느낌까지 났다. 놀란 나는 천천히 고개를 돌렸다. 한 남학생이 나를 바라보면서 숨을 고르고 있었다.

"하, 숨차. 너 은주 맞지? 나야, 석호. 이석호."

석, 호? 오 학년 때 짝꿍이었던 이석호?

석호는 잠깐 동안 그렇게 아무 말도 없이 나를 보고 서 있었다. 나는 어색해 자리를 먼저 뜨고 싶었다. 기억도 가물가물한 아이와 말을 섞고 싶지 않았다. 나는 어디를 가고 있던 것처럼 횡단보도로 갔다. 석호가 나를 다시 불러 세웠다.

"저기, 은주야, 나 부탁이 있는데 지금 아이스크림 같이 먹을 수 있어?"

웬 아이스크림? 뜬금없었지만 마땅히 갈 데가 있는 것도 아니어서 석호를 따라 근처 편의점으로 갔다. 시간을 때우며 갈 곳을 정할 생각이었다. 석호가 편의점 앞에 있는 파라솔을 가리켰다.

"여기에 앉아 있어. 너 쌍쌍바 좋아하지? 내가 사 올게."

마지막으로 먹은 아이스크림도 기억을 못 하는데 내가 쌍쌍바를 좋아한다고? 석호는 내가 어떤 말을 하기도 전에 편의점으로 들어갔다. 분명 나를 다른 애와 착각하는 거다. 사실 석호가 나에게 허겁지겁 달려올 정도로 우리는 친하지도 않았다.

석호는 금세 아이스크림을 사 와 나에게 하나를 건넸다. 나는 받지 않았다. 그러자 석호가 포장지를 벗기고는 다시 건넸다.

"이것만 먹고 가. 나도 학원 쉬는 시간에 나온 거라 바로 가야 해."

나는 할 수 없이 다시 자리에 앉았다. 석호가 다 먹을 때까지만 기다려 줄 생각이었다. 물론 석호가 착각해서 내 아이스크림까지 산 거지만, 괜히 빨리 말하지 않아서 돈을 쓰게 한 것 같아 신경이 쓰였다. 그런데 석호는 아이스크림을 먹을 생각은 안 하고 스톱워치라도 작동시켜 놓은 것처럼 쫓기듯 말을 하기 시작했다.

"아까 버스 타고 가다가 너 보고 반가워 죽는 줄 알았어. 그때 당황해서 이름만 부르고 못 내린 걸 얼마나 후회했다고. 근데 이게 웬일이야? 내가 학원에서 잠깐 창밖을 내다보는데 네가 학원 앞을 지나가잖아. 그래서 막 뛰어 내려온 거야."

석호는 머쓱한지 말을 하다가 크게 웃었다.

"근데 너 왜 안 먹어? 겨울이 아니라 그런가?"

"나 아이스크림 안 좋아해. 다른 애랑 착각한 것 같아."

"아니야, 똑똑히 기억해. 내가 오 학년 겨울에 유학 간다고 하니까 반 애들이 롤링 페이퍼 써 줬잖아. 물론 선생님이 시킨 거지만. 어쨌든 거기에 네가 '석호야, 추운 겨울에 쌍쌍바 먹으면 정말 시원하고 기분 좋아져. 너도 먹어 봐.'라고 썼어. 파이팅, 떠나니까 슬퍼, 연락하자, 이런 말보다 나는 그 말이 훨씬 좋더라. 내가 캐나다에 있는 동안 쌍쌍바가 얼마나 힘이 됐다고."

나는 하나도 기억이 나지 않았다.

그런데 모습 하나가 어슴푸레 떠올랐다.


"은주야, 나 어제 뮤지컬 〈위키드〉 봤어."

"위키드?"

"응, 《오즈의 마법사》에 나오는 못된 서쪽 마녀가 사실은 정의롭고 착한 마녀였다는 내용이야."

"서쪽 마녀는 도로시를 괴롭혔잖아? 사람들에게 못된 마법을 걸고."

"그런데 사실은 서쪽 마녀 엘파바가 했던 마법들은 나쁜 마법에 걸린 사람들을 도와주기 위한 거였어. 동생이 자신을 떠나는 남자 친구인 보크의 심장을 멎게 하자 그를 심장 없이도 살 수 있게 해 주려고 양철 인간으로 만든 거였고, 사랑하는 남자인 피에로가 말뚝에 박혀 처형당하자 고통을 느낄 수 없게 하려고 그를 허수아비로 만든 거였어. 그러니까 그동안 우리는 엘파바의 마법을 오해하고 있었던 거야."

"엘파바가 미리 말해 줬음 좋았을 텐데. 석호야, 또 다른 공연 본 거 있어?"

석호는 입술을 오물오물 움직이며 무언가를 생각해 내려고 애를 썼다. 그럴 때면 나는 그 모습이 재미있어 옆에서 계속 재촉했다.

석호는 가끔씩 자신이 본 뮤지컬, 영화, 전시회에 대해 나한테 말해 줬다. 가끔 앞뒤 내용이 잘 맞지 않은 적도 있지만 나는 석호의 이야기를 듣는 게 재미있었다. 석호도 나에게 자신이 경험한 일들을 말하는 걸 좋아하는 것 같았다. 이런 석호의 모습은 자신을 뽐내려고 자랑하듯 떠벌리는 일반적인 아이들과는 달랐다.

그때나 지금이나 석호의 눈빛은 조금도 달라지지 않았다.

"우리 초등학교 졸업하고 몇 년 만이냐? 나 지난달에 한국에 들어오자마자 너 찾았는데 네 전화번호 아는 애가 없더라고. 나도 유학 가느라 친구가 몇 없어서 물어볼 데도 거의 없었고."

석호는 한국에 도착하자마자 나를 찾기 위해 어떤 친구들을 만났고 무슨 이야기를 나눴는지 시시콜콜하게 말했다. 그러면서 혼자 손바닥으로 이마를 치기도 하고 웃기도 했다. 석호의 눈은 반짝반짝 빛나고 있었다. 아빠처럼 텅 빈 눈빛이 아니었다. 그 안에는 밤을 새워도 절대 바닥이 드러나지 않을 정도로 많은 이야기들이 담겨 있는 것 같았다. 그런 눈에 지금은 나도 담겨 있었다.

그리고 석호의 입에서 나온 뜻밖의 이름으로 내가 보고 싶지 않은 누군가도 담겨 있다는 것을 알게 됐다.

"너 다미 기억하지? 얼마 전에 다미를 학원에서 우연히 만났어. 그래서 네 전화번호 물어보니까 모른다더라. 너희 둘이 연락 끊겼다며?"

나는 아무 대답도 하지 않았다. 그딴 애에 대해 말하고 싶지 않았다. 석호가 준 아이스크림이 녹아 내 손을 타고 내려오고 있었다. 나는 석호의 엄마와 다미의 엄마가 친구 사이라는 기억이 하나 더 났다. 오 학년 때, 한번은 다미 엄마가 학교에 압력을 행사해서 석호가 다니는 우리 반으로 다미를 전학 오게 만들었다는 소문이 나기도 했다.

석호는 편의점에 들어가 휴지를 가져왔다. 나는 휴지를 받아서 대충 손을 닦고 거의 녹은 아이스크림을 쓰레기통에 버렸다. 그리고 집 방향으로 걷기 시작했다. 석호가 자연스레 내 뒤를 따라왔다.

"은주야, 너 다미랑 교복 똑같네. 오늘 다미 전학 갔는데 못 봤어? 하긴 같은 반 아니면 모를 수도 있겠다. 근데 넌 왜 염색 안 했어? 너희 학교 두발 자율화라 어떤 애는 탈색까지 했다던데 정말이야?"

"그런 건 걔한테 물어봐. 둘이 더 친하잖아."

"그게 궁금한 게 아니라⋯⋯."

석호가 계속 따라왔다. 이러다 우리 집까지 따라올 기세였다.

"너 학원 안 가? 그리고 나 말 많은 거 싫어해."

"나도 평소에는 말 없는데 오늘 너 보니까 반가워서."

나는 조금 빨리 걷기 시작했다. 이번에도 석호가 내 이름을 불렀다. 하지만 나는 못 들은 척했다. 그러자 석호가 내 앞으로 달려왔다.

"저기, 내가 궁금한 건, 그러니까 내가 캐나다에 있을 때부터 늘 생각했던 건데, 뭐, 넌 한 번도 생각한 적이 없을 수도 있는데, 나는 엄청 말하고 싶었어. 너를 진심으로 좋아해."

뭐? 그런 말을 몇 년 만에 만나서 이렇게 쉽게 내뱉다니. 내가 우습게 보이나?

"다미도 우리가 잘 어울릴 것 같대. 그래서 네가 남자 친구가 없다면…….”

“없다면 뭐? 걔가 잘 어울린다고 말하면 만나야 한다는 거야?”

“아니, 그건 내가 그냥 고민 상담하면서. 아니, 아무튼 그런 거 절대 아니야.”

내가 시선을 돌리자 석호는 손을 좌우로 흔들며 답답해했다.

한편으로는 석호가 다미가 아닌 나에게 고백한 사실이 기분 좋았다. 다미가 초콜릿까지 선물한, 어쩌면 지금도 좋아할지 모르는 석호가 애처로운 눈빛으로 내 대답을 기다리고 있었다. 오 학년 때 우리 반 아이들은 밝고 경쾌한 석호를 좋아했다. 공부와 체육을 다 잘해서 여자들뿐 아니라 남자들한테도 인기가 많았다. 서랍에는 아이들이 준 먹을거리로 가득했었다. 지금 떠오른 건데, 그 서랍에는 내가 준 초콜릿도 있었다.

석호가 헛기침으로 목소리를 가다듬었다.

“저기, 은주야, 그럼 우리 예전처럼 친한 친구로 지내는 건 어때?”

“뭐, 그 정도는…….”

갑자기 석호가 만세를 하듯 손을 번쩍 들었다. 깜짝 놀랐지만 그 모습이 마치 초등학교 때의 석호처럼 보였다. 그러자 나도 순간 그때로 돌아간 것 같았다. 그나마 걱정거리가 적었던 때로 말이다.

석호는 전화번호를 알려 달라며 주머니에서 휴대폰을 꺼냈다.

“나 휴대폰 없어.”

내 말에 석호는 휴대폰을 주머니에 넣었다.

"하긴 공부할 때 방해가 되긴 해. 그럼 우리 내일 만날래? 내가 너희 집 앞으로 갈게."

"아니야, 내가 학원으로 갈게."

"정말? 나 내일 일곱 시에 끝나. 그때 와 줄 거야?"

나는 고개를 끄덕였다. 석호는 얼음이 된 것처럼 움직이지도 않고 내 얼굴만 빤히 바라봤다. 소리가 나지는 않았지만 씰룩거리는 얼굴 표정만으로도 웃음소리가 들리는 것 같았다. 나는 석호에게 얼음땡을 외치듯 말했다.

"너 학원 안 가?"

"가야지. 너 데려다주고."

"아니야, 됐어. 어차피 내일 볼 거잖아. 여기서 헤어지자."

석호랑 인사를 하고 돌아서 걸어가는데 내 등이 아까처럼 따끔거리는 게 느껴졌다. 나는 설마 하는 마음으로 뒤를 돌아봤다. 석호가 그 자리에 서서 손을 흔들고 있었다. 나는 심호흡을 크게 하고 앞으로 걸어가다 옆 골목으로 들어갔다. 잠시 뒤 고개를 빼고 보니 석호가 학원 방향으로 뛰어가고 있었다.

두 번째 사람이다. 내 등을 바라봐 준 사람이 또 생긴 것이다.

지금의 따끔거림은 미재에게서 느낀 것처럼 알 수 없는 기분이 아니었다. 점점 내 등을 따뜻하게 만들고, 비탈길을 오르는 나의 등을 가볍게 밀어 주었다.

나도 모르게 살루스 커피숍으로 갔다. 불이 꺼져 주위가 깜깜했다. 커피숍 옆에 고장 난 가로등의 알루미늄 덮개만 달빛에 살짝 반사될 뿐이었다. 그래서 커피숍 근처의 어둠은 더 짙게 느껴졌다.

나는 벤치에 앉아 간판들이 번쩍거리는 밤거리를 내려다봤다. 환하게 비치고 있는 대한 학원 간판이 눈에 들어왔다. 그런데 그때 뒤에서 불빛이 깜빡거렸다. 뒤를 돌아보니 고장 난 가로등이었다. 말도 안 돼. 가로등 빛은 살루스 커피숍 간판을 밝혔다 사라지기를 반복했다.

정말일까? 하얀 가루가 마법 가루라는 게?

# 5. 어제의 어제의……

오늘 아침에는 알람 소리를 듣고 일어나지 않았다. 시계를 보니 열 시였다. 평소라면 학교에서 일 교시 수업을 마칠 시간이었다. 나는 이불을 머리끝까지 끌어 올렸다. 그러고는 눈을 감고 양을 세기 시작했다.

양 한 마리, 양 두 마리, 양 세 마리…… 양 서른 마리, 서른다섯 마리 그리고 양 서른일곱 마리, 양, 마리, 석호, 양 서른…….

석호!

맞다. 오늘 저녁에 석호를 만나기로 했다. 초등학교 졸업 앨범을 찾아보려고 일어나려다 말았다. 어제 내 방에 있던 책들을 모두 버렸기 때문이다. 집 밖에 버린 봉지도 보나 마나 벌써 누군가가 가져갔을 것이다.

전화벨이 울렸다.

학교일 것 같아서 전화를 받지 않았다. 반장의 무단 조퇴와 결석. 담임의 똥줄이 타고 있을 것이다. 내년에 교무부장 한번 돼 보겠다며 수업보다 어머니회나 교감의 뒤꽁무니를 쫓아다니는 데에 더 신경을 쓰는 인간이지만 학생 관리를 잘 못하면 공든 탑이 한번에 무너질 수 있다는 것을 잘 알고 있을 테니까 말이다.

이 교시가 끝났을 시간에 다시 전화벨이 울렸다. 이번에도 학교일 것이다. 우리 집에 전화를 거는 사람이라고는 가끔씩 자신의 병원비를 부탁하는 이모와 고모부의 술주정과 노름빚을 감당하고 있는 고모뿐이다. 그마저도 요즘에는 오지 않는다. 아빠의 바뀐 휴대폰 번호를 알아낸 모양이다.

학교 쉬는 시간마다 우리 집 전화기는 쉴 새 없이 울려 댔다. 전화기는 오랜만에 제 역할을 하게 돼 뿌듯할지 모르겠지만 나는 슬슬 짜증이 났다. 차라리 밖으로 나가는 게 좋을 것 같았다. 집 전화기만 피하면 귀찮은 간섭을 받을 일은 없을 테니까. 나는 휴대폰도 없고, 생활기록부에 적힌 아빠의 휴대폰 번호는 예전 거니까.

나는 평소처럼 교복을 입고 어깨에 가방을 멨다. 그러나 곧바로 가방을 책상에 내려놓았다. 교복도 벗고 싶었지만 오후에 석호를 만나러 가는 것까지 생각하면 마땅히 입을 옷이 없었다.

밖으로 나가기 전에 각설탕을 꺼내려고 싱크대를 열었다. 그런데 세 개뿐이었다. 나는 남은 세 개와 가스레인지 위에 있던 각설탕 하나까지 챙겨 주머니에 넣었다. 새벽에 엄마가 믹스커피를 타 먹으려다 까먹고 가스레인지 위에 놓고 갔나 보다. 엄마와 아빠는 새벽 시장에 가기 전에 의무적으로 믹스커피를 타 마신다. 그런데 커피를 후루룩 마시는 아빠와 달리 엄마는 믹스커피도 쓰다며 거기에 각설탕을 하나 더 넣어 마신다.

밖으로 나오자 어느새 날이 따뜻해져 재킷이 조금 무겁게 느껴졌다. 답답해 재킷의 앞 단추를 풀자 선선한 바람이 옷 사이로 들어왔다. 불어오는 바람을 따라가듯 내 발걸음이 자연스럽게 살루스 커피숍으로 향했다. 여기에는 마법 가루에 대한 내 궁금증도 한몫했다.

살루스 커피숍이 가까워질 때 즈음 어디선가 툭 하고 물건 떨어지는 소리가 들렸다. 커피숍 옆에 있는 집에서 난 것 같았다. 그 주위에 있는 집들은 사람의 손길이 닿지 않은 지 오래돼 저 혼자 부서지곤 한다. 그런데 뜻밖에도 그런 아슬아슬한 집에서 미재가 나오고 있었다.

"오~ 은주!"

"거기서 뭐 해요?"

미재는 한 손에는 빗자루, 한 손에는 삽을 들고 흔들어 보였다.

"청소 도구가 없어서 찾고 있었어요. 이런 데 잘 훑어보면 꼭 쓸 만한 게 나오더라고요. 오늘은 빗자루랑 쓰레받기로 쓸 삽을 건졌어요."

"그런 데에 잘못 있다가 깔려 죽을 수도 있어요."

"그럼 은주가 구해 주러 와요. 하하."

어이없어.

"커피 마시러 온 거죠? 빨리 청소하고 만들어 줄게요. 조금만 기다려요."

미재의 말에 일단 나는 고개를 끄덕였다. 여기에서 마법 가루에 대해서만 날름 묻고 가는 게 너무 속 보이는 짓 같아서다. 미재는 주워 온 빗자루로 커피숍 앞을 쓸었다. 내가 보기에는 빗자루질이 무색할 정도로 쓰레기가 없었다. 커피숍 주위의 집들이 비어 있기도 하지만, 사실 우리 동네는 흙에 묻은 음식물을 고양이들이 휘젓는 거 외에는 쓰레기가 거의 없는 편이다. 어느 길거리나 흔하게 널브러져 있는 전단지도 없다. 동네 사람들이 깔끔해서가 아니라 이들에게는 길거리에 버릴 게 없어서다. 빈 캔 하나도 그들에게는 돈이다.

또 배달 음식, 과외 전단지도 전봇대나 현관문에 붙어 있지 않다. '전단지 부착 금지' 'CCTV 촬영 중'이라는 경고문이 붙어 있어서가 아니다. 암묵적으로 우리 동네를 소비자의 영역에서 제외시킨 것이다. 이렇게 무너져 가는 재개발 지역에 사는 사람들을 소비자로 떠받드는 것은 재개발 확정 벽보 옆에 붙어 있는 전단 스티커 '이삿짐센터 010-XXXX-XXXX'밖에 없다.

미재는 빗자루질을 몇 번 하더니 커피숍으로 들어갔다. 나도 미재를 따라 들어갔다. 미재는 수돗가로 가서 설거지를 시작했다.

"이제 컵하고 드립 포트만 씻으면 돼요. 앉아 있어요."

나는 앉을 자리를 둘러보다 헛웃음이 나왔다. 테이블과 의자가 어제 내가 발로 차서 한쪽으로 쏠린 그대로 있었기 때문이다. 정말 미재는 그걸 새로운 인테리어로 생각하는 건가? 하긴 어수선하게 늘어놓은 것보다야 어쩌면 한쪽으로 밀어 놓은 게 나을지도 모르겠다. 그렇게 생각하고 자리를 잡고 앉았지만 계속 신경이 쓰였다. 어제의 내 모습이 떠올라서다. 마치 내 행동의 잘잘못을 따지기 위해 남긴 증거 같아 기분이 유쾌하지 않았다. 그래서 테이블과 의자를 중앙으로 소리 나지 않게 밀어 놓았다.

그때 미재가 컵과 드립 포트의 물기를 털면서 수돗가에서 커피를 만드는 긴 탁자 앞으로 왔다.

"우리 이제 커피 마셔요."

미재는 탁자 위에 수건을 깐 뒤 그 위에 컵을 엎어 놓고 드립 포트에 물을 담았다. 그러고는 나를 살짝 보고 웃더니 원두를 꺼내 갈기 시작했다. 나는 탁자 앞으로 걸어갔다. 미재와 나는 탁자를 가운데에 두고 마주 서 있었다. 이제 슬슬 마법 가루에 대해 물어보는 게 좋을 것 같았다.

그 하얀 가루가 정말 마법 가루인가요? 아니다. 마법 가루를 먹었더니 정말 좋은 일이 생기던데 어디에서 났어요? 아니다. 마법 가루 좀 줄 수 있어요? 이것도 아니다. 이런저런 생각을 하는 사이 미재는 벌써 커피를 내리고 있었다. 커피를 컵에 담을 때 그걸 다시 보여 달라고 해야겠다.

잠시 후, 쪼르륵 커피를 컵에 따르는 소리의 울림이 어제보다 크게 느껴졌다.

미재는 내가 마법 가루에 대해 말을 꺼내기도 전에 내 컵에 그 가루를 톡톡 떨어뜨렸다. 그러자 컵 안에 미세한 기포들이 생겨났다. 어제보다 크고 물방울의 모양이 선명했다. 햇빛에 비춰서인지 살짝 무지갯빛이 도는 것 같기도 했다. 가루들이 다 녹았는데도 작은 기포들이 컵 둘레에 남아 있었다.

"은주, 우리 어디에 앉아서 마실까요?"

나는 무심결에 손을 앞으로 뻗었다. 내 손가락은 테이블을 가리키고 있었다. 그러자 미재는 아랑곳하지 않고 테이블과 의자의 역할을 바꿨다. 테이블 위에 올려 둔 골판지와 의자 위에 올려 둔 천의 위치를 바꾼 것이다. 우리는 내가 가리킨 곳에 앉았다.

나는 커피 위에 생긴 작은 기포가 사라질 때까지 가만히 커피를 바라보며 기다렸다.

'이제 물어보는 거야.'

"근데 은주는 마법 가루가 뭔지 궁금하지 않아요?"

정말 미재는 내 생각을 읽는 건가? 미재는 누구지? 마법사? 그럼 정말 저 가루가?

"뭐, 조금요."

"이게 뭐냐면요, 음……."

미재가 다시 작은 유리병을 들어 보였다. 그리고 가만히 그것을 바라봤다.

미재는 뜸을 들였다. 나도 속으로 미재를 따라 음, 하면서 유리병을 보고 있었다. 언젠가 만화에서 본 것처럼 마법 가루에서 반짝이는 빛이 뿜어져 나올 것 같았다. 그리고 미재가 유리병을 집고 있던 엄지와 검지에 힘을 풀면 유리병이 또르르 돌면서 내 눈앞으로 날아오는 것이다. 내가 너무 신기해서 두 손을 모아 유리병 가까이에 대면 마법 가루는 제 주인을 만난 것처럼 너무도 편안하게 내 손바닥으로 쏙!

어? 갑자기 마법 가루가 든 유리병이 내 눈앞에서 사라졌다. 미재가 주먹을 쥔 것이다. 나는 미재 얼굴로 시선을 돌렸다. 미재는 장난꾸러기처럼 눈을 살짝 흘기며 나를 바라보고 있었다.

"공짜로 알려 주면 내가 손해인 것 같은데."

일순간 수백 개의 풍선 중 내 풍선만 바람이 쏘옥 빠져 버린 것처럼 허탈했다. 그 표정이 얼굴에 드러날까 싶어 원래부터 마법 가루에는 별 관심이 없었다는 듯이 커피 한 모금을 마셨다.

쓰다.

그게 정말 마법 가루라서 나에게 좋은 일이 생기게 해 줬는지는 모르겠지만 그 가루를 넣은 커피는 아직도 너무 썼다. 나는 각설탕 하나를 입에 넣었다. 그러자 미재가 어제처럼 나에게 손을 내밀었다. 나는 주머니에서 각설탕을 하나 더 꺼냈다. 하지만 미재에게 주지는 않았다. 일부러는 아닌데 나도 모르게 선뜻 각설탕을 잡고 있는 손이 펴지지 않았다. 그러자 미재가 갑자기 손가락을 튕겨 탁소리를 냈다.

"좋아요."

내 주먹이 미재의 손바닥 위에서 펴졌다. 미재는 그 각설탕을 먹고 커피 한 모금을 마셨다. 나도 따라 마셨다. 입 안에 설탕이 아직 남아 있어서 커피는 그렇게 쓰지 않았다.

미재가 차분하게 커피 잔을 테이블에 내려놓았다.

"그런데 조건이 하나 있어요. 오늘 손님이 올 때까지 나랑 같이 있어 주기."

손님이라니, 말도 안 된다. 여기에 손님이 올 리가 없다. 내가 여기에 온 것도 정말 기적 같은 일이다. 산꼭대기에 커피숍이 있다는 사실을 아는 사람이 몇이나 있을지. 아니, 동네 사람들도 이 구석에, 그것도 허물어진 집들 사이에 커피숍이 생겼다는 사실을 모를 것이다.

"혹시 나한테 호객 행위 같은 걸 하라는 거예요?"

"아니요, 말 그대로 손님이 올 때까지만 같이 있어 달라는 거예요. 혼자 마시는 커피도 맛있지만 같이 마시는 커피도 맛있거든요."

나는 답답한 마음에 한숨이 절로 나왔다.

"여기에 손님이 올 리가 없잖아요. 가르쳐 주기 싫어서 그러는
거 아니에요?"

"아니에요, 꼭 올 거예요."

나도 모르게 오기가 생겼다. 미재가 나를 너무 가볍게, 우습게
생각하는 것 같았다. 물론 마법 가루라는 것을 먹은 다음 좋은 일
이 생긴 것은 부정할 수 없는 일이다. 인기 많은 석호가 나에게 고
백을 하고, 멀쩡한 족발을 먹고. 물론 다른 사람들에게는 대수롭지
않은 평범한 일상일지 모르지만 나에게 그런 일들은 낯설다 못해
새로운 일들이다. 어젯밤도 그렇다. 평소처럼 양을 세며 억지로 잠
이 들기는 했지만 아침까지 한 번도 깨지 않았다. 지금 당장 할 일
이 있는 것도 아니라서 나는 석호와의 약속 시간 전까지 기다려 보
기로 했다.

"그럼 약속해요. 오늘 손님이 안 오더라도 일곱 시에는 그 가루
에 대해서 말해 주겠다고."

"물론이죠."

뭐야? 정말 손님이 올 거라고 믿는 거야? 내가 또 미재의 엉뚱하
고 이상한 행동에 말리는 건 아니겠지?


역시나 손님은 없었다. 식은 커피는 컵 안에서 볼품없는 커피 띠
를 형성시키고 있었다.

내가 들어오면서 살짝 열어 둔 문 사이로 바람이 선선하게 들어왔다. 미재는 다리를 꼬고 팔은 커피를 마실 때를 제외하고는 팔짱을 낀 채 가만히 앉아 있었다. 나도 미재의 시선을 따라 밖을 내다봤다. 문 앞으로 날아든 새나 바람에 흩날리는 나뭇가지를 보는 것 같았다. 모두 내 눈에는 지루한 것들이었다.

"미재, 문 더 열어 놓을까요?"

"네, 좋아요."

문을 열어 두면 지나가던 사람이 호기심에라도 들어오지 않을까 싶어서다. 그런데 험난한 비탈길을 오른 동네 사람들 중에 이 구석까지 자기의 고갈된 에너지를 막바지까지 끌어올리며 걸어올 사람이 누가 있을까?

"미재, 커피 식었는데 한 잔 더 내려 줄 수 있어요?"

"당연하죠."

커피의 향이 비탈길 아래까지 퍼지면 누군가가 향을 따라 이리로 오지 않을까 싶어서다. 그러나 우리 동네에는 커피 향이 아랫동네까지 퍼지는 것을 막는 고물들의 악취가 너무도 강했다.

미재가 새로 내린 커피를 나에게 건넸다.

"고마워요."

나는 예의상 커피 한 모금을 마셨다. 인상을 쓰는 대신 각설탕을 꺼내 먹었다. 그리고 원두 가루를 정리하던 미재에게도 건넸다. 이번에는 미재가 먼저 손을 내민 게 아니었다.

어느새 세진 바람은 벽에 걸어 둔 모빌들을 흔들어 댔다. 그중 어제 내 머리에 부딪쳤던 작은 유리병이 벽과 부딪치며 달그락거렸다.

"저 병 깨질 것 같아요."

미재는 내 말을 듣자마자 탁자를 대충 정리하고 벽 가까이로 갔다.

"벽이랑 너무 가까워서 그런가 봐요."

"그럼 그냥 어제 있던 데에 걸어요."

미재가 유리병에 묶은 끈을 더 단단하게 매만졌다.

"그러다 또 은주 머리에 쾅 하면 어떡해요?"

미재의 말투가 꼭 놀리는 것처럼 들렸다. 그런데 표정을 보면 또 아닌 것도 같았다. 걱정인지, 놀림인지 헷갈렸다. 나는 퉁명스럽게 말을 내뱉었다.

"그거 예쁘지도 않은데 왜 걸어요? 차라리 없는 게 더 모던할 것 같은데."

"그래요? 그런데 다 주인이 있는 거라서 내 마음대로 없앨 수가 없어요."

"그럼 분실물들이에요? 언제 놓고 간 건데요?"

"날짜는 정확히 모르겠는데 다 달라요. 노란 손수건이 제일 최근 건데 한두 달 전인가?"

미재는 병에 천을 싸서 묶었다. 살짝 병을 흔들어 보고는 벽에 부딪쳐도 소리가 덜 나자 만족해했다.

"그 정도 지난 건 버려도 돼요."

"버릴 수 없어요. 그 사람들한테는 한때 소중했던 물건이니까. 그리고 이 물건들이 그들을 지켜 준 수호신 같은 것일 수도 있고요."

"너무 깊게 생각하는 거 아니에요? 그냥 지금까지 안 왔으면 찾고 싶은 생각이 없는 거예요."

"안 오는 게 아니라 이제 올 수가 없는 거예요. 그리고 오면 안 되고요."

또 무슨 소리를 하는 건지. 갑자기 미재가 뒤돌아 나를 바라봤다.

"은주는 이렇게 걸어 두는 게 싫어요?"

"뭐, 싫다 좋다 없어요. 어차피 나와 상관없는 것들이니까."

"이 커피숍을 알게 된 이상 여기에 있는 모든 것들이 은주와 다 관계를 맺게 될 텐데 왜 상관이 없어요?"

이럴 때는 미재의 시선을 피하는 게 상책이다. 나는 테이블에 올려놓은 컵 두 개를 긴 탁자로 가져갔다.

"근데 손님이 오기는 오는 거예요?"

"어서 오세요. 살루스 커피숍입니다."

또 장난하는 건가? 미재의 뜬금없는 인사에 한심한 듯 뒤를 돌아봤다. 그런데 정말 한 여자가 미재 앞에 서 있었다. 첫 번째 손님이다. 그러나 나는 들뜬 마음도 잠시, 손님에게서 등을 돌렸다. 잠간 본 거지만 검은 롱 재킷에, 검은 선글라스, 스카프를 손잡이에 매단 핸드백까지. 바로 다미 엄마였기 때문이다.

다미 엄마의 구둣발 소리가 또각또각 커피숍 안에 울려 퍼졌다. 미재가 있는 쪽으로 다가가는 것 같았다.

"안녕하세요, 최수정이에요. 여기 주인 바뀐 건 공인중개사에게 들었죠? 휴대폰이 없대서 이렇게 연락 없이 찾아왔어요."

"네, 안녕하세요."

다미 엄마가 가게 안을 훑어보고 있는 게 느껴졌다. 숨이 조금씩 조여 오는 기분이 들었다.

"가게가 참 아담하고 예쁘네. 그런데 나는 여기서 장사하는 거 싫어요. 어차피 금방 허물 텐데 그사이 문제 생기는 것도 귀찮고. 그냥 살 거면 모를까, 커피숍을 계속할 생각이면 나가 줬으면 좋겠는데. 아직 영업 신고도 안 했더라고요. 법적으로 문제될 거는 없지만 이미 낸 월세에 이사 비용 정도는 더 얹어 줄게요."

"잠깐 앉으세요. 커피 한 잔 드릴게요."

어느새 미재가 내 옆으로 다가왔다.

"은주, 어디 불편해요? 잠깐 나가서 바람 좀 쐴래요?"

나는 고개를 푹 숙이고 밖으로 나왔다. 다리에 테이블이며 의자가 부딪치는지도 모르고서 말이다.

잠깐 사이 다미 엄마도 나를 알아본 걸까? 살짝 안경을 내리고 내 옆모습을 빤히 바라보는 게 느껴졌다. 그 눈빛을 오늘도 피하지 못했다.

처음에는 그 눈빛이 동경의 대상이었다. 그래서 나도 콧대가 부러진 선글라스를 주워다 쓰고는 살짝 고개를 들고 선글라스를 약간만 내린 뒤 시선을 치켜뜨는 연습을 하기도 했었다. 그렇게 표정 짓는 내 모습을 보는 것만으로도 나는 마치 다미 엄마, 그보다 세상에 두려울 게 없는 사람이 된 것 같았다. 무슨 일이든 당당하고 자신감 넘치게 해내는 사람으로 말이다. 반말과 존댓말을 적절히 섞는 다미 엄마의 말투까지 멋져 보였다. 우리 엄마처럼 사람들한테 '미안합니다.' '네, 네.'거리는 것보다 훨씬 나았으니까.

그런데 어느 날부터인가 다미 엄마의 눈빛과 말들은 나를 공포로 몰아넣고 있었다.

"너의 그런 말과 행동은 시장에서 손님들에게 구걸하며 너를 먹여 주고 재워 주는 네 부모를 더 힘들고 욕되게 할 뿐이야. 물론 어떻게 행동할지는 네가 결정하는 거지만 고생하는 부모에게 걱정은 끼치지 말아야지."

다미 엄마는 단어 하나하나를 반듯하고 예의 있게 내뱉지만 듣는 사람은 사정없이 칼부림을 당해 겨우 숨만 붙어 있는 처참한 꼴이 돼 버린다.

나쁜 년. 나쁜 년. 나쁜 년.

하지만 다미 엄마에게 내뱉고 싶은 이 말을 나는 절대 입 밖으로 꺼낼 수가 없었다. 속으로만 할 뿐 그 자리에서는 아무 말도 할 수가 없었다. 부모를 욕되게 만들까 봐? 아니…… 다미 엄마의 그 눈빛이, 그 말투가 무서웠다.


밖으로 나오자 다리가 후들거렸다. 겨우 문 옆으로 비켜선 나는 그대로 주저앉았다.

'괜찮아, 은주야. 어제의 어제의 어제의, 어제의 어제의 일인데 뭐. 셀 수 없을 정도로 오래된 어제의 어제의 어제의…….'

커피숍 앞에 주차돼 있는 고급 승용차의 창문이 내려가는 소리가 들렸다. 누군가 승용차 안에서 재수 없게 나를 몰래 지켜보고 있었나 보다.

"저기, 은주야."

익숙한 목소리. 다미였다.

나는 바로 고개를 들지 않았다. 어떤 표정을 지을지 결정을 내리지 못했기 때문이다. 다미도 더 이상 아무 말도 없었다. 우리는 서로 이러지도 저러지도 못하는 어색한 상황에 놓여 있었다. 하긴 원하든 원하지 않든 거의 사 년 만에 이루어진 재회니까. 나는 '응, 안녕.' '그래, 다미야.' '왜?' '여긴 웬일이야?' 등 여러 가지를 생각해 봤지만 "저기 은주야."에 가장 적절한 말을 찾을 수 없었다.

나는 고개를 들며 천천히 일어났다. 그러고는 눈에 힘을 주고 잠깐 다미를 바라본 뒤 바로 고개를 돌렸다. 내가 선택한 방법은 그때 다미가 내 전화를 무시했듯이 '모른 척'이었다. 내가 몸을 오른쪽으로 틀자 승용차 문이 덜컥 열리는 소리가 들렸다. 내 이름을 부르지는 않지만 나를 보는 시선이 느껴졌다. 나는 다시 모른 척했다. 그리고 보여 주고 싶었다. 너처럼 고급 승용차를 타고 있지는 않지만 나름 잘 살고 있다고. 예전에 네 물건이나 훔치던 김은주가 아니라고. 그 모습이 거짓일지라도 말이다.

나는 두 손을 꽉 쥐었다. 그리고 커피숍으로 들어가기로 결심했다. 다미 엄마한테도 지금의 나는 당신의 구질구질한 몇 마디에 눈물을 쏟아 내던 그때의 김은주가 아니라는 것을 보여 주고 싶었다.

내가 커피숍 문을 열자 미재와 다미 엄마가 나를 동시에 바라봤다. 다미 엄마의 따가운 시선이 나를 다시 밖으로 뛰쳐나가고 싶게 만들었다. 나는 떨리는 가슴을 누르며 양손으로 치마를 꽉 잡았다. 그리고 아무렇지 않은 듯 탁자로 걸어갔다. 다미 엄마가 천천히 일어나고 있었다.

"미재 씨라고 했나? 어쨌든 내 말 무슨 뜻인 줄 알죠? 그럼 이만 가 볼게요."

미재가 가볍게 목례를 했다. 미재의 인사를 받는 다미 엄마의 시선이 나를 향해 있는 게 느껴졌다.

갑자기 조용한 살루스 커피숍에 휴대폰 벨소리가 울렸다. 다미 엄마는 밖으로 나가며 전화를 받았다.

"아들, 지금 인천공항이라고? 알았어. 금방 갈게."

아들이라고? 그럼 다훈 오빠가 서울에 왔다는 거야? 어떡하지?

어떻게 해야 하는 거지? 내 머릿속에서 아무것도 떠오르지 않았다. 아무것도, 아무것도……. 나는 탁자 안쪽에 최대한 몸을 웅크려 앉았다. 그리고 손톱이 안 보이게 주먹을 쥐고 다리 사이에 넣었다. 숨을 몰아쉬며 내 몸을 더 구석으로 밀어 넣었다. 등에 벽이 닿았다. 나는 할 수만 있다면 벽 안으로 들어가 버리고 싶었다. 미재가 수건으로 내 얼굴을 닦아 주었다.

"은주, 왜 그래요? 웬 땀을?"

그저 모두 쓸모없는 어제의 일일 뿐이다. 조금 전처럼 아무렇지 않게 행동하면 되는 거다.

자리에서는 겨우 일어났지만 주먹이 펴지지 않았다. 나는 치마 주머니에 손을 넣었다. 미재는 걱정스런 눈으로 나를 보고 있었다.

"지금 손님이 한 분 오셔서 커피 만들려고 하는데 정말 괜찮은 거예요?"

그림이 걸린 벽 근처에 여자 한 명이 앉아 있었다. 나는 아무렇지 않게 보이고 싶어서 "네."라고 했다. 그리고 미재가 커피를 내리는 모습을 가만히 바라봤다. 하지만 눈에는 들어오지 않았다. 미재가 내 이름을 부르지 않았더라면 커피 내리는 도구를 다 치운 것도 모른 채 그 자리에 멍하니 서 있었을 거다. 나는 커피 잔을 조심히 들었다.

"미재, 내가 갖다드릴게요."

생각을 지워 버릴 어떤 일이 필요했다. 나는 커피 잔을 들고 가며 똑같은 말을 되뇌기 시작했다.

'그건 어제의 어제의 어제의 일이다. 그러니까 괜찮다. 그건 어제의 어제의 어제의 어제의 어제의……'

쨍그랑!

나는 결국 커피 잔을 손님 앞에 내려놓지 못했다.

# 6. 투명한 상처

집까지 어떻게 왔을까? 언제부터 손가락을 물어뜯고 있었을까?
붉은 피를 보고서야 내가 책상 아래에 몸을 웅크리고 앉아 있다는
걸 깨달았다. 나는 오른손으로 피가 나는 왼손 검지를 문질렀다.
상처가 깊지 않은지 피는 금세 멎었지만 붉게 물든 잇자국은 그대
로였다. 어두운 곳에서도 선명하게 보이는 자국까지 지우고 싶었
다. 그래서 더 세게 문질렀다. 어제의, 어제의 일도 지워지라고.

"너 누구야?"

"은주요."

"다미 친구구나. 난 다미 오빠. 근데 너 되게 예쁘다."

은주는 부끄러워 고개를 들지 못했다. 다훈을 보고 설레었기 때

문이다. 은주가 남자한테 처음 느껴 보는 감정이었다.

나는 어느새 다미의 집으로 가고 있었다. 다훈 오빠한테 물어볼게, 아니 오빠가 정말 서울에 있는지 확인하고 싶어서다. 솔직히잘 모르겠다. 오빠의 위치가 궁금한 건지, 아니면 그때의 그 일이실재했는지를 확인하고 싶은 건지. 아직 명확한 이유를 찾지 못했지만 나는 계속해서 다미의 집 방향으로 걸어갔다. 오랜만에 가는길이지만 몸이 기억을 하는지 망설임 없이 횡단보도를 건너고 골목길로 들어갔다.

저기다. 세 번째 대문. 나는 전봇대 뒤에 몸을 숨겼다. 그런데 무엇이든지 간에 '확인'이라는 것을 한 다음 나는 무엇을 할 수 있을까? 아무것도 할 게, 할 수 있는 게 없을지도 모른다. 그때 그랬던것처럼 말이다.

"오빠 왜 이래요?"

"네가 예쁘니까."

"저 좋아해서 그러는 거예요?"

다훈은 대답 대신 은주의 목덜미를 부드럽게 손으로 쓸면서 제얼굴을 그리로 가까이 댔다. 은주는 그게 대답이라고 생각했다.

내가 지금 전봇대 뒤에 얼마나 있었던 거지? 한참이 지난 것 같기도 하고 아닌 것 같기도 했다. 가로등이 켜져 있지만 오늘따라 골목 안의 어둠이 더 짙게 느껴졌다. 아직까지는 다미, 다훈 오빠 그 누구도 나타나지 않았다. 하긴 이사를 갔는지도 모른다. 그렇다면 차라리 잘됐다. 그냥 예전처럼 기억조차 나지 않는 어제의 일일 뿐이라고 생각해 버리면 될 테니까.

그러나 그 마음을 집까지 가져가고 싶었으면 나는 걷지 말고 뛰어야 했다. 또 익숙한 큰길이 아니라 전봇대 옆으로 난 낯선 길로 갔어야 했다. 또 내 이름을 부르는 소리에 놀라서 얼음이 되지 말았어야 했다. 하지만 나는 익숙한 큰길을 걸어서 내려가다 뒤에서 들린 익숙한 남자의 목소리에 그대로 멈춰 섰다.

"너 은주 아니야?"

터벅터벅. 내 심장이 심하게 요동을 쳐 댔다.

"너 키 많이 컸다."

터벅터벅. 나는 주먹을 꽉 쥐었다.

이렇게 서 있으면 안 된다. 뛰어야 한다. 벗어나야 한다. 제발, 제발…… 나는 달리기 시작했다. 있는 힘을 다해 달리고 계속 달렸다. 다훈 오빠의 발소리와 목소리가 내 귀에 들리지 않을 때까지.

"아!"

얼마나 달렸을까? 몸이 흔들리는가 싶더니 발이 꼬여 넘어지고 말았다. 그 바람에 무릎이 까졌다. 다리도 후들거렸다. 더는 걸을 수가 없었다. 그대로 있다가는 구경거리가 될 것 같아서 옆 골목으로 들어갔다. 나는 눈에 띄는 큰 벽돌에 앉았다. 그러고는 까진 무릎에 묻은 흙을 털었다. 살이 일어나긴 했지만 피가 나지는 않았다. 나는 몸을 한껏 웅크리고 최대한 차분하게 생각을 정리해 보려고 애썼다.

어디서부터 잘못된 걸까? 다훈 오빠는 언제부터 나를 그렇게 생각했을까? 나는 오빠를 정말 좋아했던 걸까? 처음 말을 건 건 오빠였다. 그리고 먼저 찾아간 건 나였다.


은주는 수학 문제집을 들고 다훈의 방 앞에 서 있었다. 물론 다훈이 모르는 게 있으면 가져오라고 했으나 막상 문 앞에 서니 들어갈 용기가 나지 않았기 때문이다. 그러나 학원을 다니는 다훈을 만날 수 있는 기회는 많지 않았다. 은주가 망설이고 있는데 갑자기 다훈이 방문을 열었다.

"아, 깜짝! 왜 여기 있어?"

"모르는 문제가 있어서요."

다훈은 은주에게 안으로 들어오라고 했다. 침대 시트만 제외하고 책장, 침대, 책상 그리고 컴퓨터까지 모두 다미 방에 있는 것들과 같은 거였다. 그러나 은주의 눈에는 다미의 것보다 더 크고 좋아 보였다. 은주가 쭈뼛거리며 서 있자 다훈은 은주의 팔을 잡고 제 의자에 앉혔다. 그러자 은주는 숨소리까지 부끄러운 듯 잠깐 동안 숨을 멈추고 있었다.

다훈은 책상에 손을 대고 허리를 굽힌 채 은주가 책상에 펼쳐 놓은 노트를 바라봤다. 은주와 몸이 닿을 듯 말 듯했다. 옆에서 은주는 가만히 다훈의 얼굴을 바라봤다. 까만 눈썹 아래에 은색 안경테와 높은 콧날에 가는 입술까지. 통통한 다미와 달리 다훈은 엄마를 닮아 얼굴선이 얇고 몸이 늘씬한 편이었다.

다훈은 문제를 보면서 오른손으로 빙글빙글 돌리던 연필을 바로 잡았다.

"자, 봐 봐."

그러나 은주는 제 심장소리 때문에 다훈의 설명을 제대로 들을 수가 없었다. 다훈의 알겠느냐는 말에 겨우 고개만 끄덕였다. 그러자 다훈이 기특하다는 듯 은주의 머리카락을 헝클였다. 은주는 그때 사랑받고 있음을 느꼈다.


육 학년 여름방학 때 나는 나의 첫사랑이 시작됐다고 믿었다. 다훈 오빠도 그럴 거라고 생각했다. 그러나 나는 점점 내 생각과 믿음이 착각일지도 모른다는 생각이 들었다. 연필을 빙글빙글 돌리던 오빠의 손이 내 머리와 목을 타고 어깨 그리고…….

"은주?"

또 나를 부르는 소리가 들렸다. 나는 최대한 얼굴이 안 보이게 고개를 골목 안쪽으로 돌렸다. 그러나 발소리가 점점 가까워졌다. 아직 나는 뛰기는커녕 바로 서는 것조차 힘들었다. 제발 못 알아보고 지나치길 바라면서 더 몸을 작게 웅크렸다.

"너 왜 여기 있어?"

어쩜 이렇게 재수가 없는지. 어느 것 하나 뜻대로 되는 게 없는지.

"오늘 우리 만나기로 한 거 잊었어?"

'석호?'

다행이었다. 이까짓 거에 다행이라는 말이 나오다니. 물론 한편으로 마음이 놓인 건 사실이다. 하지만 석호에게 할 변명거리가 생각나지 않아서 다시 마음이 복잡해졌다. 이 우스운 꼴을 뭐라고 설명해야 할지. 그런데 내 고민과 달리 석호는 어제처럼 다시 주절주절 떠들기 시작했다.

"우리 동네에서 너 보고 뒤따라오다가 신호등 때문에 놓친 거야. 오늘은 못 보겠다, 하고 그냥 집에 가려는데 아쉽잖아. 그래서 동네 한 바퀴 더 돈 건데 신기하게 널 또 우연히 만났어."

석호는 나에게 '왜'라는 질문을 던지지 않았다. 덕분에 나는 구차한 변명을 할 필요가 없었다. 하지만 지금은 질문을 하지 않더라도 혼자 있고 싶었다. 석호에게 가라고 말하고 싶었다. 그러나 그 한마디조차 입 밖으로 뱉을 수가 없었다. 머리가 복잡하고 숨이 막힐 정도로 답답해서 짧은 한숨만 소리 없이 나왔다.

석호는 어디선가 돌 하나를 가져와 내 옆에 놓고 그 위에 앉았다.

"네가 학원 앞에 없어서 얼마나 걱정했다고. 혹시 오는 길에 사고가 난 건 아닌지, 아픈 건 아닌지 하고."

석호는 가방을 옆에 놓고 다리를 쭉 폈다. 그러더니 말없이 하늘을 올려다봤다. 나도 따라 살짝 고개를 들었다. 그러나 하늘에는 아무것도 없었다. 그런데도 석호는 까만 하늘을 새롭다는 듯이 바라보고 있었다. 별걱정도, 생각도 없는 것처럼 편안해 보였다. 유명 브랜드의 몇십만 원짜리 가방을 더러운 바닥에 툭 던지는 것을 봐도 그랬다. 나도 저렇게 아무 생각 없이 까만 하늘을 신기한 듯 바라보고 싶었다.

그날도 일하는 아줌마 대신 간식을 갖다준다는 핑계를 대면서 다훈을 먼저 찾아간 건 은주였다. 어느새 은주에게 다훈은 언제나 보고 싶고, 함께 있고 싶은 대상이 되었다. 다훈은 간식을 가져온 은주에게 같이 먹자고 했다. 둘은 침대에 등을 지고 바닥에 앉았다. 은주는 과자를 한 입 베어 물었다. 그러나 다훈의 손은 기다렸다는 듯이 과자가 아닌 은주에게로 향했다. 은주는 제 티셔츠 안으로 들어온 다훈의 손을 붙잡았다.

"오빠 왜 그래요?"

"네가 예뻐서."

어린 은주에게 '예쁘다'는 '사랑해'와 같은 의미를 가진 고백의 한 종류였다. 하지만 은주는 수치스러웠다. 이전처럼 머리와 손을 만져 주던 오빠의 스킨십처럼 다정하게 느껴지지 않았다. 그러나 싫다는 말을 어떻게 해야 하는지 몰랐던 은주는 그저 이 시간이 빨리 지나가길 바라면서 눈을 질끈 감았다.

밖에서 다미의 목소리가 들렸다.

"아줌마, 은주 봤어요?"

은주는 위로 올라간 티셔츠를 내리고 다훈의 방을 나갔다.

그날 밤 은주는 가슴이 나뭇가지로 찌르는 것처럼 아파 울음을
터트렸다. 하지만 은주는 자신보다 훨씬 어른 같은 중2 오빠와의
사랑이라 참아야 한다고 생각했다. 그래서 슬퍼하면 안 된다고 다
짐했다.


그때부터일까? 그때 멈췄으면…….

"근데 은주야, 너 운명 알지?"

뜬금없는 석호의 질문이었다. 나는 아무 대꾸도 하지 않았다. 웬
일로 석호도 조용했다. 내가 대답할 때까지 기다리는 건가? 나는
마음이 어느 정도 진정됐지만 어떤 말도 하고 싶지 않았다. 먼저
침묵을 깬 건 석호였다.

"나는 너를 보고 운명을 믿게 됐어."

나를 보고? 하긴 나도 나를 보고 운명을 믿게 됐다. 내가 지금
이런 상황에서 이렇게 사는 것도 다 거지 같은 운명 탓이니까. 나
는 내 입으로 한 번도 그런 말을 한 적이 없다. 나를 함부로 대해도
된다고 말이다.

당장 다훈 오빠에게 달려가 따지고도 싶었다. 왜 나한테 그랬냐

고? 왜 하필 나였냐고?

내가 다미의 집에 마지막으로 간 날에 다미 엄마는 나에게 말했다.

"네가 원해서 그 방으로 들어간 거였어."

정말 다미 엄마의 말대로 내가 그 방에 들어가서 그런 일이 일어난 걸까? 어쩌면 맞을지도 모른다. 다훈 오빠와 함께 있고 싶어 궁금하지도 않은 문제를 들고 오빠 방 앞에 서 있던 것도, 일하는 아줌마를 돕는다는 핑계로 오빠한테 간식을 갖다준 것도, 책을 구경시켜 준다는 말이 오빠가 나를 만지기 위한 핑계라는 것을 알면서도 계속 그 방으로 들어간 것도 모두 나의 선택이었으니까 말이다.

그리고 나는 오빠 방을 들락거리면서 다미에게 솔직하게 말한 적이 한 번도 없었다. 언제나 화장실, 거실, 주방, 마당 등에 있었다고 거짓말을 했다. 그때는 그게 오빠와 하는 비밀 연애라도 되는 양 행복했다. 하지만 시간이 지날수록 남들에게 말하면 안 되는 부끄러운 짓을 하는 것 같았다. 그래서 오빠에게 가지 않으려고 한 적도 있었다. 그러나 나를 바라봐 주는 오빠 옆에 있는 게 좋았다. 그렇다고 그런 걸 원했다는 말은 아니다. 나는 오빠와 책을 같이 보며 이야기를 나누고 싶었다. 오빠도 언젠가는 내 몸을 만지는 대신 나와 책을 같이 읽을 거라고 믿었다.

"은주야, 나 어제 책 샀는데 같이 볼래?"

"무슨 책인데요?"

다훈은 예상하지 못한 질문에 당황한 기색이었다.

"이따 와서 보면 알아."

은주는 다훈의 방으로 들어가며 오늘은 꼭 책을 보길 바랐다. 다훈이 책장 한 부분을 손으로 가리켰다.

"이 중에 갖고 싶은 거 골라 가져."

"정말요? 어떤 게 재밌는데요?"

책장 앞에 서 있던 다훈은 은주에게로 다가왔다. 책을 고르는 척하더니 이내 은주의 귓불을 만지기 시작했다. 은주는 귀 뒤로 머리를 넘기며 자연스레 다훈의 손을 밀었다. 그러고는 책 제목이 멋있다는 둥 그림이 예쁘다는 둥의 말을 하며 다훈의 시선을 책으로 옮기려고 노력했다.

그러나 다훈은 아랑곳하지 않고 제 몸을 은주에게 더 바짝 붙였다. 그러고는 익숙하게 은주의 옷 안으로 손을 넣었다. 그런데 이번에는 티셔츠가 아니라 치마 안이었다. 다훈의 손이 움직일수록 은주는 더러운 게 몸을 기어 다니는 것 같았다. 그래서 다훈을 힘껏 밀쳤다. 그 바람에 다훈은 침대 모서리에 어깨를 찧었다.

"아이씨, 아프잖아."

다훈은 오히려 은주에게 짜증을 냈다. 늘 은주에게 예쁘다고 말하며 바라보던 다정한 눈빛이 아니었다. 그러자 은주는 자신이 잘못한 것만 같았다. 자신이 얼마나 치욕스러웠는지는 잊은 채 말이다.

그때 다미가 다훈의 방문을 열었다.

"뭐 해?"

다훈은 머쓱해하며 책을 정리했다. 은주는 죄를 지은 것처럼 고개를 숙이고 다미를 지나 집 밖으로 뛰쳐나갔다. 하지만 은주는 시간이 지날수록 다훈이 자신을 싫어하게 됐을까 봐, 다시는 예쁘다고 하지 않을까 봐 걱정됐다. 그런 생각들은 은주를 외롭고 두렵게 만들었다.

혼자 있는 사람은 어둠도 빛도 무섭다. 어둠은 나에게 내가 혼자라는 사실을 깨닫게 해 주고, 빛은 많은 사람에게 내가 혼자라는 사실을 알려 주기 때문이다. 그러나 그때는 나를 예쁘다고 말해 주는 유일한 사람 때문에 어둠도 빛도 무섭지 않았다. 그렇다 해도 그 방에는 다시 가지 말았어야 했다.

그날 이후, 다훈은 은주를 투명 인간처럼 대했다. 은주는 그날의 수치보다 다훈의 냉랭한 태도를 견디는 게 더 힘들었다. 방으로 들어가는 다훈의 옷소매를 은주가 붙잡았다.

"오빠, 그날 많이 아팠죠?"

"짜증 나니까 말 시키지 마."

다훈은 찬바람을 일으키며 방으로 들어갔다. 은주는 빨리 다훈의 마음을 풀어 주고 싶었다. 그래서 다시 그 문손잡이를 돌렸다.

다훈은 방에 들어온 은주를 보지도 않고 손으로 펜만 빙글빙글 돌려 댔다.

"오빠, 그날 미안해요. 화 풀어요."

"너 같으면 쉽게 풀리겠냐? 넌 좋아하는 사람한테 원래 그러냐? 너 같은 애 짜증 나니까 꺼져."

은주는 마치 세상에서 버려진 기분이 들었다. 어떡하든 다훈의 마음을 돌리고 싶었다.

"저 오빠 정말 좋아해요."

다훈은 돌리던 볼펜을 탁 잡았다.

"그래? 그럼 내가 시키는 거 할 수 있어? 내 손가락도 빨 수 있어?"

다훈은 은주에게 손을 내밀었다. 은주는 무슨 상황인지 잘 파악이 되지 않았다. 그저 다훈이 시키는 대로 하면 다훈의 마음을 돌릴 수 있을 거라는 생각밖에는 할 수가 없었다. 그리고 다훈의 손이 다시 옷 안으로 들어오는 것보다 낫다고, 나은 거라고 생각하며 다훈의 손을 잡았다. 다훈이 웃기 시작했다.

"진짜 하게? 하면 나 좋아한다는 말 믿어 줄게."

은주는 주문을 걸었다. 이건 아이스크림일 뿐이라고. 그런데 그때 다미 엄마가 방문을 열었다 닫는 것을 보게 됐다. 그러자 자신이 한 짓이 너무 무섭고 더럽게 느껴져 다훈의 손을 밀쳐 버렸다. 그러자 다훈이 인상을 찌푸렸다.

"뭐야, 너 나 안 좋아하네?"

"오빠는요? 오빠는 나 좋아해요?"

오래전부터 듣고 싶던 말이었다.

"누가 너 같은 초딩을 좋아하냐? 아, 몰라. 재미없어."

다훈은 다시 연필을 손으로 빙글빙글 돌렸다. 은주는 문을 박차고 나와 화장실로 가서 물로 입을 헹궜다.

그동안 있었던 일들이 은주의 머릿속을 스치고 지나갔다. 물론 자신이 다훈을 좋아한 건 사실이지만 다훈과 그런 짓들을 하고 싶지도, 그런 대접을 받고 싶지도 않았다. 그러나 은주는 다훈에게 재미있고, 없고 두 가지로 평가되는 사람이었다. 이런 생각을 하자 마치 자신이 버려진 인형처럼 느껴졌다.


나는 다미의 방구석에 팽개쳐 둔 마론 인형이 된 것 같았다. 한때는 사람 취급을 하며 말도 걸고, 간식도 나눠 먹었을 인형. 하지만 어느새 재미없어진 인형들은 다미의 눈에 사람이 아니었다. 버리기는 아까운, 아니 정리의 필요성을 느끼지 못해 존재조차 신경 쓰이지 않는 그냥 플라스틱들이었다. 그래서 옷이 찢어지거나 벗겨져 맨살이 드러나도 수치심을 걱정할 필요 없는, 나는 그때 그 더러운 새끼한테 그 인형 같은 존재였다.


집으로 가려는 은주를 다미 엄마가 안방으로 데려갔다. 티 테이블에 앉은 두 사람은 잠깐 동안 아무 말을 하지 않았다. 먼저 입을 연 것은 다미 엄마였다.

"다미가 국제중 입학 준비 때문에 너 같은 애랑 이제 놀 시간이 없단다. 그러니까 앞으로 우리 집에 오지 않았으면 좋겠구나. 무슨 말인지 알지? 그럼 나가 봐."

사실 은주도 다미의 집에 더 오고 싶은 마음이 없었다. 하지만 그때 왜 "왜요?"라고 말했는지 모르겠다.

"뭐? 공부 좀 한다기에 다미 옆에 뒀더니 너 아주 맹랑하구나. 우리 집에 왜 오지 말아야 하는지는 네가 더 잘 알잖아. 더러워서 정말."

은주는 정신을 차릴 수 없을 만큼 어지러웠다.

"그거 제가 한 거 아니에요. 오빠가."

"말조심해. 너 다훈이 없을 때도 책 핑계 대면서 그 방 들락거렸잖아. 내가 모르는 줄 알아? 네가 그 방에 들어가지만 않았어도 그런 지저분한 일 우리 다훈이는 안 겪어도 됐다고."

은주는 억울해 눈물이 뚝뚝 떨어졌다.

"아니에요. 오빠가 나 좋아한다고, 좋아하면 그렇게 해야 되는 거라면서 억지로."

다미 엄마가 은주의 팔을 힘껏 잡았다.

"억지로? 우리 다훈이가 억지로 너를 방으로 끌고 갔어?"

은주는 아무 말도 하지 못했다. 다미 엄마가 손에 더 힘을 줬다.

"아니잖아. 네가 그 방으로 들어가서 벌어진 일이라고. 우리 다훈이가 아니라 네 탓이라고. 네 탓."

은주는 무슨 말이라도 해야 할 것 같았다. 그리고 엉겁결에 작은 목소리로 한 단어를 내뱉었다.

"성폭행."

성폭행이라는 단어에 다미 엄마뿐 아니라 은주도 많이 놀랐다. 하지만 틀린 말은 아니라고 생각했다.

"뭐? 증거 있니? 우리 다훈이가 널 때렸어? 멍이라도 들었어? 피라도 났냐고? 그러니까 아무한테도 이 일에 대해서 말하지 마. 너만 이상한 애 취급당할 테니까."

은주는 다미 엄마가 말한 그 '증거'라는 것만 되뇌었다. 그러나 다미 엄마가 은주의 팔을 놓을 때까지 보여 줄 증거가 아무것도 없다는 사실을 깨달아 갔다.

증거? 증거라는 건 꼭 다른 사람들의 눈에도 보여야 하는 건가? 내 눈에만 보이는 것들은 안 되나? 내가 느끼는 것들 말이다. 내 몸은 놀잇감이 되다 못해 놀림감이 돼 버렸고 내 마음과 믿음들은 눈 뜨고는 볼 수 없을 정도로 찢기고 멍들어 있었다. 나는 폭행을 당한 것이다.

할 수만 있다면 증거를 찾아 그 사람들 앞에 내던지고 싶었다. 그리고 소리치고 싶었다. 나는 보이지 않는 폭행 때문에 아프다고.

그래서 죽을 것 같다고. 그러나 내가 할 수 있는 일은 아무것도 없었다.

아직도 나는 그저 벤치 앞에 다시 서는 것밖에는 아무것도 할 수가 없다.

다시 벤치를 향해 걷기 시작했다.

"저기 은주야."

아, 석호. 나는 뒤를 돌아볼까 잠깐을 망설이다 못 들은 척하고 앞으로 걸어갔다. 하지만 어느 틈에 석호는 내 앞에 서 있었다.

"우리 아이스크림 먹으러 갈래? 그때 못 먹었잖아."

"내가 말했잖아. 나 아이스크림 싫어한다고."

나는 예전에 하지 못한 대답이라도 하듯 또박또박 말했다. 싫다고. 그런데 그때 석호의 시선이 내 가슴을 향하고 있는 것 같았다. 기가 찼다. 어차피 석호도 특별할 것 없는 남자니까.

"왜 계속 따라와? 내가 예쁘니?"

갑작스러운 내 질문에 석호는 당황했는지 손으로 제 목덜미를 문질렀다. 그러더니 이내 고개를 끄덕였다. 그리고는 한쪽 어깨에 멘 가방에 손을 넣었다.

"그래서 너도 만지고 싶어?"

"어?"

석호는 가방 안에서 꼼지락거리는 제 손으로 내 몸을 만지려 들겠지? 그리고 머릿속에서는 어떻게 하면 내가 덜 반항할 수 있을까를 궁리하겠지? 다 똑같은 새끼들이다.

나는 석호의 손을 내 가슴에 댔다.

"됐지? 구역질 나니까 따라오지 마."

나는 석호의 손을 밀치고 걸어갔다. 아랫입술을 꽉 깨물고 고개를 들려고 애써 봤지만 내 귓가를 맴도는 다미 엄마의 말소리 때문에 마음처럼 잘 되지가 않았다.

'네가 똑똑하고 바른 가정에서 자랐다면 그런 행동 따위는 안 했을 텐데.'

네가, 네가라는 말은 귀를 양손으로 세게 막을수록 더 커져 나를 점점 움츠러들게 만들었다. 아래에서 누군가가 내 발목을 잡아당기는 것처럼 불안하고 답답했다.

"김은주!"

나는 석호가 또 따라온 거라고 생각했다.

# 7. 시작과 끝

석호와 헤어지고 집으로 갈 때였다. 누군가 내 어깨를 툭 잡았다. 얼굴도 보지 않았지만 순간 온몸에 소름이 돋았다.

"또 보네."

그동안 내 운명을 새롭게 바꾸겠다며 한 노력들이 얼마나 헛된 짓인지 다시 한번 깨닫게 됐다. 잊고 싶은 기억 하나 사라지게 못한 나는 아직 육 학년 겨울방학에서 시간이 멈춘 그대로 서 있었다. 점점 아래로 향하던 내 시선의 끝이 내 검은색 운동화에 닿았을 즈음 다훈 오빠가 고개를 내 얼굴 앞으로 들이밀었다.

"뭐 떨어졌어? 아무것도 없는데."

다훈 오빠는 가볍게 웃음소리까지 냈다. 오빠의 행동은 내 예상을 비껴갔다. "재미없어, 나가."라고 차갑게 말하며 등을 돌리던 오빠가 아니었다. 처음 만났을 때처럼 양 볼에 장난기를 가득 머금은 모습이었다. 갑자기 혼란스러웠다. 예전에는 오빠를 다시 만나면 고통스럽게 목을 조르고 싶었다. 심지어 오빠의 몸을 더럽게 만들 계획을 세운 적도 있었다. 지금 생각하면 어처구니없는 도구들이지만 봉지에 부서진 연탄과 페인트 스프레이를 주워 다미의 집으로 찾아간 적도 있었다. 오빠 얼굴에, 몸에, 방에 마구 뿌릴 생각이었다. 이까짓 거로 내 고통을 다 보여 줄 수는 없겠지만 나는 그때 그것이 최선이라고 여겼다. 그러나 오빠의 방은커녕 다미네 대문에 있는 인터폰조차 통과하지 못했다.

"아줌마, 저 은주인데요."

"지금 다미 학생은 사모님 차 타고 학원 갔어."

"들어가서 기다릴게요."

"어쩌지, 어제 다훈 학생이 유학을 가서 집 분위기가 안 좋은데."

인터폰 너머로 다미 엄마의 목소리가 희미하게 들렸다.

"아줌마, 뭘 그렇게 주저리 떠들어요."

딸각.

내 계획은 유학이라는 말 한마디에 허무하게 끝나 버렸다.

다미네 집 대문이 내 키의 두 배였다는 것을, 담벼락의 높이는 짐작할 수도 없을 만큼 높다는 것을 그제야 알게 됐다. 다미네 집은 그런 데였다. 단 일주일 만에도 유학을 갈 수 있었다. 처음부터 나와 다미, 다미의 집과 우리 집은 비교라는 말을 하기 민망할 정도로 달랐다.

그런데 지금 내 앞에서 해맑은 표정을 짓고 있는 다훈 오빠는 그때의 일들을 기억에서 모두 지운 걸까? 그래서 내 앞에서 아무렇지 않게 말하고 행동하는 걸까? 그렇다면 나도 아무 일도 없던 것처럼 하면 된다. 오빠가 일말의 어떤 기억을 끄집어내기 전에 모른 척하고 지나치면 된다. 그러나 내 발은 움직이기 어색할 정도로 굳어지고 있었다. 나는 최대한 힘을 줘서 걸었다.

'이 순간만 참으면 된다. 벤치까지만 가면 이제 끝이다.'

다훈 오빠가 옆으로 다가왔다.

"나 유학 간 거 알아? 넌 고1 됐지? 난 내년에 대학생 된다. 그러면 미국에서 탈출이야. 대학은 한국에서 다닐 거거든. 으아, 나 완전 일 년만 버티자. 한국 온다고 좋을 게 없기는 한데 그냥 서울이 편하더라고."

듣고 싶지 않지만 듣지 않을 방법이 없었다. 도대체 어떻게 하면 오빠를 떨쳐 버릴 수 있을까?

갑자기 오빠가 한 손으로 담뱃갑을 가지고 저글링을 했다. 빼앗아 던져 버리고 싶었다.

"신분증 검사 안 하는 슈퍼 찾느라 남의 동네까지 와야 하는 게 귀찮지만 서울은 외국보다 담배 사기가 편한 것 같아. 머리가 노란색이라 그런지 나이도 안 물어보더라고."

듣기 싫다.

"근데 넌 머리를 왜 그렇게 느슨하게 묶냐? 우울해 보이게. 넌 가끔 뭐랄까, 습한 느낌이 나는 것 같더라. 우리 학교에도 너 같은 애 있는데."

나는 걸음을 멈췄다.

"그런 말을 왜 나한테 해요?"

"네가 편하니까."

"저 집에 가야 해요. 얘기 못 들어 줘요."

다훈 오빠는 담뱃갑을 꽉 쥐었다.

"그래도 넌 들을 거잖아."

가슴이 쿵 내려앉았다. 천천히 고개를 들고 오빠의 얼굴을 바라봤다. 지금 오빠의 모습은 처음이 아니라 마지막 날에 나를 밀치던 모습이었다. 나는 눈을 감은 채 뛰듯이 걸어갔다. 그러자 오빠가 내 팔을 붙잡았다.

"야, 귀찮아. 뛰지 마. 어차피 내가 붙잡으면 안 갈 거면서."

기억하고 있었다. 갑자기 오빠가 귀를 덮고 있던 내 머리카락을 만지려 들었다. 나는 오빠의 손을 밀쳤다.

"아니에요. 아니에요."

그러자 오빠는 골목으로 나를 끌고 갔다. 나는 오빠의 힘을 당해 낼 수가 없었다.

"쪽팔리니까 조용히 해라."

"이거 놔. 놓으라고."

오빠는 골목 안으로 나를 신경질적으로 밀쳐 넣고서야 내 팔을 놔줬다. 그 바람에 나는 벽에 부딪히고 말았다. 폭이 두 발자국 정도 되는 그곳에서 우리는 뜻하지 않게 마주 서게 됐다. 나는 오빠의 눈을 똑바로 쳐다보기 위해 눈에 온 힘을 다 주었다.

"왜 나한테 그래요?"

언제나 궁금했다. 왜 나였는지. 아무도 모르고 넘어갈 수 있다면 숨기고 싶었다. 이 사실을 아는 사람들 모두 내 상처가 더럽다며 숨기길 원하니까. 어쩌면 그중에서 특히 숨기고 싶어 하는 이는 나인지도 모르겠다.

오빠의 대답은 간단했다. 그리고 오랫동안 테이프로 꾸역꾸역 막아 뒀던 부분에 칼집을 내고 있었다.

"넌 내가 시키는 거 다 하잖아. 너 같은 애 쉽고 편해."

정말 나는 마론 인형이었다. 자신에게 무슨 말을 하든, 옷을 벗기든, 입히든, 꼬챙이로 찌르든 똑같은 표정을 지으며 멍하니 한곳만 바라보고 있는 인형. 싫다고, 아니라고, 비키라는 말 한마디 못하는 인형. 나는 오빠한테 그 이상, 그 이하도 아닌 존재였다.

오빠가 웃으면서 내 가슴을 손가락으로 가리켰다.

"근데 너 키만 큰 게 아니라 가슴도 컸나 보다. 단추 터졌다."

이 상황에서도 오빠는 제 시선과 제 감정만 중요했다. 몸을 부들부들 떠는 내 모습은 안중에도 없었다. 나는 교복을 입혀 놓은 숨 쉬는 인형에 불과했다. 나는 앞섶을 잡고 똑바로 오빠를 응시했다.

"나는, 나는 싫었어요."

말을 하는 동시에 긴 숨도 같이 내뱉었다. 내 몸 안에서 방향을 잃은 채 빙빙 돌고만 있던 바람들이었다. 가끔은 그 바람 때문에 심장이 아파 몸을 다 찢고 싶을 때도 있었고, 속이 울렁거려 며칠을 먹지 않을 때도 있었고, 몸이 너무 떨려 주먹을 꽉 쥔 탓에 손바닥이 손톱에 찔려 피가 난 적도 있었다.

그런 바람들이 순식간에 내 몸을 빠져나간 것이다. 바람들만 사라져 주면 편안해질 줄 알았는데 그렇지도 않았다. 하긴 단추도 잘 안 잠기는 블라우스와 통이 넓은 교복 치마를 입은 지금의 내 모습을 보면 나조차도 코웃음이 나올 정도다. 그래도 나는 그때 낡아 빠진 옷보다 작아도 새것을 고르는 게 훨씬 낫다고 생각했다.

선심 쓰는 척 이루어지는 선착순 '교복 물려주기' 행사에서 단번에 자신한테 맞는 새 옷을 구하기는 쉽지 않다. 사이즈가 맞으면 너무 낡았고 새거다 싶으면 너무 작거나 컸다. 그나마 큰 거는 개수가 적어 가족들까지 대동해 오는 아이들의 몫이 되고 만다. 교복 블라우스를 터질 듯 타이트하게 입는 게 유행이라고 씁쓸하던 마음을 스스로 달래며 새 옷을 선택해 가져왔던 것이다.

나는 블라우스를 잡고 있는 손에 더 힘을 줬다. 오빠는 담뱃갑의 비닐을 벗기며 내 앞으로 다가왔다.

"내 방에 들어온 건 너였어. 너 내 방 좋아했잖아."

틀린 말은 아니다. 닳을 틈도 없이 새 물건들이 들어오던 오빠의 방을 나는 좋아했다. 처음에는 물어보거나 눈치 보며 만지던 오빠의 물건들을 어느 순간부터 나는 내 것처럼 사용했다. 그러자 점점 '처럼'이 아닌 '내 것'이 되는 것 같았다. 오빠도 서슴없이 제 물건을 나에게 주었다. 하지만 나는 그 대가로 나를 함부로 대해도 된다고 말한 적이 없었다. 나를 예쁘다고 말해 줘서 행복했고, 벗어나고 싶던 우리 집을 잊게 해 줘서 고마웠다. 그뿐이었다.

"오빠가 불렀잖아. 오라고 했잖아. 오빠 때문에."

"뭐가 나 때문이야? 너 나랑 놀고 싶어서 내 방에 온 거잖아."

내가 오빠한테 가지 않았으면 됐던 걸까? 버스 정류장에서 수녀님을 모른 척하기 위해 다미와 버스를 타지 않았다면? 무섭고 외로워도 공부방에 가지 않아 수녀님을 몰랐다면?

갑자기 다훈 오빠가 나를 향해 발로 흙을 툭 찼다.

"짜증 난다. 넌 그때나 지금이나 진짜 금방 질린다. 재미없어. 그냥 꺼져라."

오빠는 다시 벽에 등을 기댔다. 그러고는 담뱃갑에서 담배 한 개비를 꺼냈다. 나를 비웃듯 쳐다보더니 담뱃갑에 담배를 세로로 세우고 툭툭 쳤다. 오른손의 검지와 중지 사이에 살짝 끼운 담배를 시소 태우듯 흔들었다. 왼손으로는 라이터를 찾는 것 같았다.

담배에 불을 붙이고 이내 매캐한 연기를 내뿜었다. 그러면서 왼손으로 자신의 목덜미를 위아래로 쓸어 댔다. 그 모습을 보자 갑자기 내 목덜미에 징그러운 벌레가 기어 다니는 기분이 들었다. 오빠가 턱을 만지면 내 턱에, 머리를 넘기면 내 머리에 셀 수 없는 벌레가 모여드는 것 같았다. 나는 거칠게 내 목과 얼굴을 문질러 댔지만 손에 잡히는 건 아무것도 없었다.

그런데 그 벌레들이 내 가슴으로 위치를 바꾼 것 같았다. 가슴에 있던 벌레들은 등으로 엉덩이로 옮겨 갔고, 서서히 내 종아리를 타고 올라와 어느새 내 깊숙한 곳까지 들어온 것만 같았다. 다시 손이 떨리기 시작했다. 나는 손을 입에 갖다 댔다. 그리고 떨림이 빨리 멈추라고 손가락을 하나하나 이로 깨물었다.

오빠가 피우던 담배를 벽에 비벼서 껐다.

"왜 안 꺼져? 아직도 나 좋아해? 근데 난 너 재미없어."

나는 인형이 아니야.

"인형이 아니라고."

나는 돌아서 골목을 나가려는 오빠의 손을 붙잡았다. 그리고는 내 손가락 대신 오빠의 손을 있는 힘을 다해 꽉 물었다. 그러자 오빠가 손을 빼려고 안간힘을 썼다. 하지만 나는 절대 놓지 않았다. 머리가 터질 것 같고 오빠 손을 물고 있는 입에서 침이 새어 나와 숨 쉬는 것도 힘들지만 그건 중요하지 않았다. 나는 절대 아물지 않는 상처를 오빠의 손에 만들어 버리고 싶었다.

오빠가 내 얼굴을 세게 밀치기 시작했다.

"shit! fuck off."

결국 내 입에서 오빠의 손이 빠졌다. 바닥에 넘어졌지만 나는 바로 일어나 다시 오빠의 엄지를 물었다. 오빠의 비명 소리가 커지면 커질수록 더 세게 물었다. 길길이 날뛰던 오빠가 발로 내 배를 찼다. 나는 참아 보려고 했지만 횟수가 늘어날수록 숨이 저절로 목에 걸리는 바람에 계속 손가락을 물고 있을 수가 없었다. 오빠가 바닥에 누운 나를 향해 침을 뱉었다.

퉤.

"거기서 뭐 하는 거야?"

낯선 여자의 목소리가 들리자 오빠는 도망갔다. 그제야 참았던 눈물이 흘렀다. 발로 차인 배가 아파서가 아니다. 배는 점점 무감각해지고 있었다. 그럼 이런 꼴로 골목길에 쓰러져 있는 것을 누가 보게 돼서? 그것도 아니다. 그 방문의 손잡이를 돌린 사람이 나라는 게 치욕스러워서다.

어느새 달려온 여자는 내 상체를 들어 올리고 더러워진 옷을 털어 주었다.

"괜찮아요?"

나는 대답 대신 흐느낌도 없이 눈물을 흘렸다. 여자는 말없이 기다렸다.

끝이 보이지 않던 내 눈물이 서서히 멈추고 있었다. 그러나 나는 배가 당겨 혼자서 일어날 수가 없었다. 할 수 없이 여자에게 기대 골목을 나갔다. 그런데 이상하게 여자가 우리 집 방향으로 걸어가고 있었다. 내가 우리 집 위치를 알려 준 적도 없는데 말이다. 처음에는 같은 방향인가 싶었는데 비탈길 위까지 올라온 것이다. 짧은 단발에 니트 롱 원피스를 입은 이 여자는 우리 동네 사람이 아니다. 이웃에 전혀 관심이 없는 사람들이 살기는 하지만 어떤 집에 몇 명이 사는지 정도는 안다. 서로에 대한 관심과 애정이 아니라 세월이 저절로 그렇게 만든 것이다.

나는 고맙다는 말보다 먼저 누구냐고 물었다. 그러자 여자가 살짝 미소를 지어 보였다.

"우리 저번에 살루스에서 만났잖아요."

살루스? 한 여자가 앉아 있던 것이 어렴풋하게 기억났다. 내가 커피 잔을 떨어뜨린 것도.

"오늘 감사해요. 우리 집은 여기예요."

"우리 살루스에 같이 갈래요?"

나는 잡았던 문손잡이를 놓았다.


여자가 살루스 커피숍의 문을 열자 빛이 새어 나왔다. 그러나 안에는 아무도 없었다. 누군가 있다고 해도 미재 혼자일 테지만. 여자는 주인도 없는 커피숍에서 커피를 만들 준비를 했다.

"밤이니까 우리 연하게 마실까요?"

"네."

나는 그림이 걸려 있는 벽으로 가 기대앉았다. 여자는 휴지에 물을 묻혀 가져다줬다.

"입 주위를 닦아야 할 것 같아요."

있는 힘껏 손을 물어뜯었으니 안 봐도 뻔했다. 턱이며 입가가 뻐근했다. 나는 휴지로 입 주위를 닦고는 또 놀랐다. 휴지에 피가 묻어 있었기 때문이다. 그러고 보니 입 안에서 비릿한 피 맛이 나는 것 같았다. 갑자기 구역질이 나서 커피숍 밖으로 나가 헛구역질을 하며 침을 뱉었다.

'개자식.'

나는 손등으로 입을 훔치고 다시 커피숍으로 들어갔다. 여자는 원두 가루에 물을 붓고 있었다. 나는 여자 옆으로 가려다 말았다. 아까보다는 몸이 덜 뻐근하지만 조금 앉아 있어야 할 것 같았다. 슬슬 커피 향이 퍼지고 있었다. 따뜻한 향이 내 콧속으로 들어왔다. 아직 내 입에는 쓴 커피의 향이 나를 조금씩 편하게 만들어 주고 있었다.

그런데 주인도 없는 커피숍에서 제 집처럼 행동하는 여자는 누굴까? 아르바이트생? 하지만 커피숍에서 일하기에는 나이가 좀 많아 보였다. 눈가의 주름이 삼십 대 중반으로 보이게도 하고, 턱선까지 내려온 단발이며 연한 핑크 립글로스를 바른 작은 입술이 여자를 이십 대 후반으로도 보이게 했다. 미재의 여자 친구인가?

여자는 커피 두 잔을 들고 내 앞에 앉았다.

"내가 내린 커피 맛이 어떨지 모르겠네요. 미재 말고 다른 사람한테 준 건 처음이라."

누가 내린 커피든 나에게는 쓰다. 그래도 예의상 나는 커피 잔을 들었다. 그리고 맛만 보듯 최대한 적은 양을 입 안으로 넣었다. 그런데 예상과 달리 맛있었다. 그보다 따뜻하다는 표현이 더 맞을 것이다. 서서히 몸 안으로 퍼지는 커피의 따뜻함이 느껴졌다. 정신없이 떨고 있는 내 감각들을 잔잔하게 데워 주는 기분이랄까? 물론 커피를 삼킨 뒤 입 안에 커피의 쓴맛이 남았지만 따뜻함에 비해 너무도 미미했다.

나는 계속 조금씩 커피를 마셨다. 여자도 커피를 마셨다.

"내가 은주의 이야기 들어 줘도 될까요?"

처음 들어 본 질문이었다.

"그냥, 나 때문에 생긴 일이래요."

이 정도의 답변이 적당할 것 같았다. 나를 부축해 준 여자에 대한 예의로 말이다. 나는 여자가 차고 있는 팔찌로 화제를 돌렸다. 새끼손가락보다 폭이 얇은 팔찌는 원래 검은색인지 갈색인지조차 구분하기 힘들 정도로 많이 낡아 있었다. 여자가 팔찌를 부드럽게 매만졌다.

"이거 선물 받은 거예요. 이제 안 차고 싶은데 안 끼면 불안하고 허전해서 뺄 수가 없어요."

"그럼 끊어질 때까지 기다려야겠네요?"

"아마도요. 근데 잘 모르겠어요. 그 전에 뺄지 아니면 끊어진 팔찌를 꿰매서 다시 찰지."

여자는 생긴 모습처럼 조용하고 차분하게 웃었다. 그런데 나는 그 상황에서 뜬금없이 왜 그런 질문을 뱉은 걸까?

"근데요, 쉬운 여자는 어떤 여자예요?"

"쉬운 여자요? 음……, 나 같은 여자."

여자의 답변도 뜬금없었다.

"내 첫사랑이 나랑 헤어질 때 그러더라고요. 내가 너무 쉬워서 매력이 없다고."

나는 벽에 기댄 등을 바로 세웠다. 여자는 담담하게 말을 이었다.

"나는 첫사랑에게 모든 걸 다 바쳤어요. 고등학교 삼 학년 때 같은 반 친구여서 공부, 주변, 운동 모두 늘 함께했죠. 성적도 비슷했어요. 가끔 내가 커닝을 도와주긴 했지만."

여자는 숨을 깊게 들이마셨다.

"이상한 건 비슷한 성적인데 나만 대학에 붙은 거예요. 그래서 집에는 원하는 학과가 아니라는 핑계를 대고 남자 친구와 같이 재수 학원을 다녔죠. 우리는 같은 대학, 직장에 들어간 다음 결혼하는 게 꿈이었거든요."

나는 점점 여자의 이야기에 빠져들고 있었다.

"수능 열흘 전인가, 임신한 걸 알게 됐어요. 집안이 발칵 뒤집혔죠. 당장 수술하라고 하는데 나는 낳겠다고 버텼어요. 안타깝게도 그건 나 혼자만의 생각이었고, 결국 낙태했어요. 남자 친구도 원하지 않았거든요. 그리고 그때 남자 친구가 나중에 돈 벌어 결혼한

다음에 아이를 낳자고 한 말을 믿었죠."

여자는 커피 한 모금을 마셨다. 나도 따라서 한 모금 마셨다. 커피가 식어 있었다.

"남자 친구가 대학에 입학하고부터 나를 피하더라고요. 임신했을 때는 미안해서, 아기 지우고는 무서워서. 매일 만날 수 없는 핑계를 댔어요. 그러던 어느 날 술을 먹고 나를 찾아왔어요. 나는 그가 돌아왔다고 생각했죠. 그리고 또 하룻밤을 같이 보낸 다음 날에 그러더라고요. 남자들은 너처럼 쉬운 여자 싫어해. 그때 내 첫사랑이 끝났다고 생각했어요. 내 얘기가 너무 길었나요?"

"아니요……. 그건 사랑이 아니에요."

"그것도 사랑이었어요."

욕을 해도 모자랄 판에 사랑이었다니? 나는 커피 잔을 테이블에 내려놓았다.

"사랑이 아니라 이용당한 거라고요."

"나도 처음에는 그런 줄 알았는데 시간이 지나고 생각해 보니 아픈 기억보다 행복한 기억이 더 많다는 건 부정할 수가 없더라고요. 나는 그 사람과 있을 때 행복했거든요. 물론 좋아하기 전에 결과도 미리 알았으면 좋았을 텐데. 시작이 아름다워서 끝도 그럴 줄 알았어요."

"끝이 구질구질한 거면 시작도 구질구질했을 거예요."

여자도 테이블에 커피 잔을 내려놓았다.

"꼭 그렇지는 않아요. 시작과 끝이 다 아름다울 수도 있고 시작이 나빠도 끝이 좋을 수도 있고."

"그 시작과 끝은 누가 정하는 거죠?"

"우리들 아닐까요? 너무도 힘들고 지독하게 이별을 겪었지만 그 사랑을 선택하고 시작한 건 나니까요."

그건 사랑이 아니라 몸을 내준 시작일 뿐이다. 여자는 다를 거라고 기대한 내가 바보다.

"그러니까 그렇게 상처받은 게 다 자기 탓이라는 거네요? 그런 사람을 좋아했으니까 그런 무시를 당하는 것쯤은 당연하다는 거죠?"

나는 자리에서 일어났다. 더 이상 이런 여자와 이야기를 나누고 싶지 않았다.

"그게 아니라 무슨 오해가……. 잠깐만 앉아 봐요."

"다 똑같아요. 내가 시작한 거니까 내 탓이고 내가 선택한 거니까 어떤 결과든 무조건 받아들여라? 근데요, 나는 정말 내 선택의 결과로 그 일이 벌어질 거라고 생각한 적 한 번도 없었거든요. 나는 그냥 친구 오빠를 좋아한 것뿐이라고요. 물론 오빠의 물건들이 탐난 적도 있지만 그게 먼저가 아니었다고요."

여자는 가까이 다가와 내 손을 잡고 자리에 앉혔다. 나는 다시 눈물을 흘리고 말았다.

"정말 내가 좋아한 거면, 내가 오빠의 방문을 연 거면 거기서 무슨 일이 일어나도 다 내 탓인가요?”

“내가 이해할 수 있게 조금만 찬찬히 말해 줄래요?”

나는 여자에게 왜 내가 골목에 쓰러져 있었는지 말해 주었다. 여자가 내 손을 꽉 잡았다.

“어떻게 그런 일이? 이건 내 경우와 달라요. 지금이라도 신고하러 가요. 당사자가 원하지 않았고 불쾌감을 가졌다면 그건 성폭력이에요. 설령 사랑이라는 감정이 있더라도 원하지 않는 상황에서는 범죄라고요.”

“증거도 없이 긴 시간이 지났는데 그 말을 누가 믿어 줄까요? 사람들은 그 방으로 누가 끌고 갔는지만 물을 텐데.”

여자는 나를 안았다.

“왜 어른들한테 말을 안 했어요?”

나는 말했었다. 다미 엄마한테도. 그리고 우리 엄마한테도.


“은주야, 말해 봐. 다훈이 녀석이 널 억지로 방으로 끌고 간 거지?”

“아니.”

“그럼 네가 스스로 들어간 거야?”

“응.”

엄마는 내 등짝을 세게 후려쳤다. 그러고는 이내 숨 쉬기 어려울 정도로 나를 가슴에 안았다.

"이 등신아, 거길 왜 들어가? 아이고, 어휴."

엄마는 몇 번의 한숨을 쉰 뒤 내 얼굴을 두 손으로 잡고 눈을 맞췄다.

"너 똑똑히 들어. 너한테 아무 일도 일어나지 않았어. 그건 있었는지 없었는지 알 수도 없는 어제의 어제의 어제의 어제의 일이야. 기억할 필요도 없다고. 그딴 거 기억해 봤자 여자만 흉한 꼴 당한다고. 오늘부터 다시 살면 돼. 새롭게 살면 돼. 알았지?"

나는 고개를 끄덕였다. 엄마는 나를 보고 셀 수 없을 정도로 되풀이했다. 그건 어제의 어제의 어제의 일이라고.


나를 안은 여자가 눈물을 흘리고 있었다. 그 눈물에 내 몸이 점점 따뜻해졌다.

여자는 나를 더 세게 안았다. 우리는 그렇게 앉아 한동안 말없이 울었다.

여자가 먼저 감정을 추스르듯 눈물을 훔치고 새빨개진 눈으로 나를 바라봤다.

"그건 은주의 탓이 아니에요. 사실 나는 그 일을 겪고 나서 처음에는 다른 사람들만 탓했어요. 내가 학창 시절에 남자 친구를 사귄다고 할 때, 대학 포기한다고 할 때 말리지 않은 우리 부모님 탓. 내 진심만 이용한 남자 친구 탓. 아들을 그렇게 기른 남자 친구의 부모님 탓. 그러다 결국에는 모든 원인이 나한테 있다고 생각했어

요. 그리고 내 탓으로 돌리니까 한결 마음이 편해지는 것 같더라고
요."

여자는 갑자기 미소를 지어 보였다.

"그런데 지금 은주한테 그런 말을 해 주기 싫어요. 은주 탓이 아
니니까. 누구를 탓한다는 건 누군가 잘못을 했다는 건데 은주는 잘
못한 게 없어요. 그런 일을 겪었을 뿐이에요."

내 탓이 아니라고 나에게 말한 사람은 처음이다. 그 말을 듣자
내 앞을 가로막기 위해 높게 쌓여 있던 벽돌 몇 개가 사라진 기분
이 들었다. 그 사이로 옅은 불빛과 바람이 들어와 나에게 닿았다.

지금까지 내 앞의 벽돌들은 높게 쌓여만 갔다. 그래서 나는 어
둠 안에 갇혀 있어야만 했다. 아니, 그 어둠에 숨어 있었다는 표현
이 맞을 것이다. 벽돌을 쌓아 만든 높은 담 뒤에 나를 가둔 이가 나
였으니까. 그래서 아무도 나에게 다가오지 못하게 만들었다. 나는
두려웠다. 우두커니 혼자 선 채로 그 원망과 손가락질을 더 이상은
받을 자신이 없었던 것이다.

그런데 여자가 말했다. 내 탓이 아니라고. 그러니까 그곳에서 나
와도 된다고. 그러자 내가 벽돌을 쌓아야만 한다고 합리화하던 이
유들이 벽돌과 함께 희미하게 사라지고 있었다. 가난…… 나는 내
원망을 가난으로 돌려야만 했다. 나를 대신해서 사람들의 원망과
질타를 받을 무언가가 필요했던 것이다. 그 사람들 안에는 나도 끼
어 있었다. 그곳에 있던 내가 그때의 일을 기억할 때마다 원망과

질타의 중심에 나 자신을 내몰았다. 그런데 내 잘못이 아니라고 한다. 이제는 나를 가둘 존재가 필요 없게 된 것이다.

나는 커피의 따뜻한 김을 코로 들이마셨다. 벽돌이 좀 더 무너지고 사라지는 기분이 들었다. 내 키보다 높던 담도 점점 낮아지고 있는 것 같았다. 내가 있던 어두운 공간에 빛이 들어오고 선선한 바람이 돌기 시작했다. 그래서 마음만 먹으면 그곳을 벗어날 수도 있을 것 같았다. 하지만 나는 쉽게 발이 떨어지지 않았다. 궁금해졌다. 그럼 누구의 잘못일까? 누구의 탓일까? 하아, 나는 따뜻한 김을 숨으로 내뱉었다. 오늘은 생각을 멈춰야 할 것 같았다. 오늘 하루의 일을 견디고 있는 것만으로도 벅찼기 때문이다. 그래도 여자에게 이 말은 해 주고 싶었다.

"그건 다 우리 탓이 아니에요. 그렇죠?"

여자는 고개를 끄덕였다.

물론 이 한마디에 달라지는 건 아무것도 없을 것이다. 우리 집은 이사 갈 시기를 눈치 봐야 하는 재개발 지역에 있고, 어릴 때처럼 친구들과 서슴없이 지낼 마음이나 학교에 다닐 생각도 없고, 여전히 벤치에서의 마지막을 상상하고 있으니까. 또 시작과 끝이 똑같다는 내 생각에는 변함이 없다. 그러나 이 말이 듣고 싶었다. 내 탓이 아니라는 말을.

여자가 팔찌를 들어 보였다.

"사실 이 팔찌는 남자 친구가 준 거예요. 못 잊어서 계속 차는 게 아니라 내 배 속에 한 달 반 동안 있었던 아기를 잊지 않으려는 거예요. 아직 그 아기를 보내 주는 방법을 찾지 못했거든요. 너무 미안해서 미안하다는 말도, 하늘나라에 가서 좋은 부모 만나길 바란다는 말도 못 하겠어서."

나는 무슨 말을 해야 좋을지 고민에 빠졌지만 선뜻 떠오르는 게 없었다. 여자도 나에게 어떤 답을 기다리는 것 같지는 않았다. 가만히 커피숍 유리문으로 안개가 낀 달을 바라보고 있었다.

"아!"

갑자기 나는 배가 욱신거려 상체를 구부렸다. 여자가 내 몸을 감싸듯 잡아 주었다.

"배 아파요?"

내가 고개를 끄덕이자 여자는 나를 커피숍 오른쪽 벽을 따라 길게 달아 놓은 커튼 뒤로 데리고 갔다. 그 안에는 간이침대와 큰 가방 하나가 있었다.

"여기 미재가 자는 덴데 잠깐 쉬어요."

여자는 간이침대에 나를 눕히고 커튼 밖으로 나갔다. 배는 금세 괜찮아졌다. 나는 안을 둘러봤다. 성인 남자 한 명이 딱 누울 정도의 공간이었다. 간이침대도 플라스틱 박스 다섯 개를 깔고 그 위에 고동색 침낭을 올려 둔 거였다. 그 안에 혼자 있는 게 어색해 나가려는데 지퍼에 천이 집힌 큰 가방이 눈에 거슬렸다. 천만 빼 줄 생각으로 가방을 열었는데 그 안에는 셀 수 없을 정도로 다양한 천

조각들이 뒤섞여 있었다. 나는 천을 살펴보다 노트 하나를 발견했다. 〈salus coffee〉. 커피숍 사업 일지 같은 건가? 나는 간이침대에 걸터앉아 천천히 표지부터 읽어 나갔다.

salus coffee

소금 커피

천천히 받아들임

–미재–

그리고 표지를 넘긴 지 단 몇 초도 안 돼서 바로 덮었다. 내가 지금 뭘 읽은 거지? 심호흡을 하고 천천히 다시 표지를 넘겼다.

–나는 살인자입니다. 하느님 저를 벌해 주십시오.

표지에 적힌 글씨체와 같은 거였다. 다음 장에도 살인자라는 글씨가 적혀 있었다. 그리고 그 아래에는 어떤 사람의 신상 정보가 적혀 있었다.

–정우석 55세 봄, 내가 그의 목숨을 빼앗았습니다.

목숨을? 그럼 죽였다는 건가? 그동안의 미재 행동들이 주마등처

136

럼 스쳐 지나갔다. 하긴 이상했던 점이 한두 개가 아니다. 이곳에 커피숍을 차린 것부터……. 그래, 모빌.


'다 주인이 있는 거라서.'
'날짜는 다 달라요. 노란 손수건이 한두 달 전인가?'
'이제 올 수가 없는 거예요. 그리고 오면 안 되고요.'
'은주와 관계를 맺게 될 텐데.'


주인이 있다, 올 수 없다, 오면 안 된다 그리고 나와의 관계. 그렇다면 이번에는 나? 벤치에서 만난 날도 나를 멀리서 지켜보고 있던 게 분명했다. 다음 장에는 여자 이름이 적혀 있었다. 나는 더 이상 노트를 읽을 수가 없었다. 그런데 밖에 있는 여자는 이 사실을 알고 있을까? 일단 미재가 오기 전에 이곳을 빨리 나가야만 할 것 같았다.

끼익-.

녹슨 알루미늄 문이 열리는 소리에 소름이 돋았다.

"언제 왔어요?"

미재의 목소리가 들렸다. 미재가 돌아오고 말았다.

# 8. 선택

나는 아직 커튼 뒤에 있다.

"은주가 피곤한 것 같아서 미재 침대에 좀 누워 있으라고 했어요. 잠들었나?"

여자의 발소리가 점점 가까이 다가오고 있었다. 아무렇지 않게 밖으로 나가야 하나? 아니면 여자의 말대로 자는 척을 해야 하나? 선택도 하기 전에 커튼이 열렸다. 나는 얼른 침낭 밑에 노트를 넣었다.

여자가 나를 보며 말했다.

"몸은 괜찮아졌어요? 미재 왔어요."

나는 주섬주섬 일어나 커튼 밖으로 나갔다. 미재는 걱정스런 눈빛으로 나에게 다가왔다. 나는 자연스럽게 그를 스쳐 지나가며 입구로 몸을 옮겼다. 그러다 테이블에 다리가 걸려 넘어질 뻔했다. 그러자 미재가 내 팔을 잡아 주려 했다. 나는 미재의 손이 닿기 전에 팔을 뒤로 뺐다.

"저 갈게요."

커피숍 문턱을 넘어 우리 집으로 들어올 때까지 나는 뒤를 돌아보지 않았다.


따르릉.

전화벨 소리에 눈을 떠 그저 아침이라는 것만 확인한 뒤 다시 감았다. 또 하루가 지난 것이다. 그날 이후 나는 내 방에서 거의 움직이지 않았다. 그렇게 토요일, 일요일이 지났고 오늘은 월요일 아침이다.

끊긴 것 같던 전화벨이 다시 울리기 시작했다. 학교겠지? 나는 이불을 머리 위로 올려 덮고 귀를 막았다. 하지만 소용없었다. 귀찮지만 할 수 없이 안방으로 가서 전화선을 뽑았다. 그러자 기다렸다는 듯이 정적이 우리 집을 가득 메웠다.

내 방으로 들어가기 전에 싱크대에서 각설탕 몇 개를 챙겼다. 이제 억지로나마 잘 수 있었던 쪽잠도 달아나 할 일이 없었다. 나는 이불로 들어가 각설탕을 하나씩 깨물어 먹기 시작했다. 그러다 두 개를 한 번에 입에 넣었다. 두 개를 동시에 깨물자 입 안이 설탕 가루로 가득 찼다. 예전에는 가루가 입 안을 채울 때면 마치 달콤한 눈이 내리는 곳에 서 있는 것 같았다. 설탕 가루가 이와 부딪치며 내는 서걱서걱 소리는 눈을 밟는 소리였다.

그 가루들이 다 녹기 전에 또 각설탕 하나를 입에 넣었다.

설탕이 다 녹으면 입 안에 단맛만 남게 된다. 그러나 몇 번의 침 넘김 뒤에는 그 단맛마저 사라진다. 그러면 다시 입에 각설탕 하나를 넣는다. 나는 설탕이 모두 녹기 전에 각설탕을 입에 넣었다. 그러자 지독한 단맛이 콧등을 시큰하게 울린 탓에 눈물이 맺혔다. 이제는 설탕이 내는 서걱 소리도 예전처럼 반갑지 않았다. 내 주위에 흐르는 서늘한 적막을 없애 주지 못하기 때문이다. 늘 함께 있지만 절대로 익숙해지지 않는 낯선 고요함. 그래도 전화선을 뽑은 건 잘한 일이다.

나는 몸을 몇 번 뒤척이다 벽을 보고 돌아누웠다.

그런데 미재는 누굴까? 살루스, 미재, 모빌…… 정말 살인자일까?

갑자기 나타난 물음표들이 내 머릿속을 휘젓고 다녔다. 정말 커피숍에 달려 있는 모빌들의 주인들을 죽인 걸까? 그럼 여자는 누구지? 대체 둘은 어떤 사이지? 공범일지도 모르겠다. 내가 알려 준 적도 없는 내 이름을 아무렇지 않게 부르는 것도, 주인인 미재조차 한 번도 보여 준 적 없는 커튼 뒤에 있는 간이침대에 누워 있으라고 한 것도, 주인도 없는 데에서 아무렇지 않게 커피를 만든 것도 이상했다.

그런데 그런 것들이 무슨 상관이지? 차라리 미재가 살인자라면 잘된 거 아닌가? 내가 원하는 대로 죽을 수 있을 테니까. 살인자들은 자신의 죄를 숨기기 위해 시체 또한 찾기 힘든 데에 묻는다. 그러면 나는 내 거지 같은 운명을 떨쳐 버릴 수 있을 뿐 아니라 벤치 앞 낭떠러지에 떨어져 사람들의 구경거리가 될 일도 없을 것이다. 원래부터 세상에 없었던 것처럼 사라질 수 있는 것이다. 물론 나를 알고 있던 사람들의 기억까지 지울 수는 없을 것이다. 그러나 곧 잊게 될 것이다. 할아버지의 장례식이 끝난 다음 날에도 엄마와 아빠는 눈물 한 방울 흘리지 않고 장사를 하러 나갔으니까. 그래서 나는 지금 미재에게로 가려고 한다.

미재는 커피숍에도, 그 주위에도 없었다. 나는 안으로 들어가려다 주춤거렸다. 막상 와 보니 모빌이며 노트 등이 떠오르면서 섬뜩한 생각이 들었기 때문이다.

"은주 왔어요? 오늘은 교복 안 입었네요."

나는 깜짝 놀라서 하마터면 주저앉을 뻔했다. 숨을 몰아쉬고 담담하게 뒤를 돌아봤다.

미재는 세숫대야와 미재의 키만 한 긴 막대기 두 개 그리고 고무 타이어를 들고 있었다. 저런 게 어디에 필요한 걸까? 설마? 미재가 손에 든 물건들을 가슴께로 들어 보였다.

"많이 건졌죠? 커피숍 주위에 있는 빈집에서는 이제 건질 게 없더라고요. 그래서 비탈길에서 오른쪽으로 꺾어서 들어가 봤더니 거기는 여기보다 빈집이 더 많아서 건질 게 많더라고요. 내일 또 가 보려고요."

미재는 천진난만한 표정을 지으며 주운 물건에 붙은 먼지를 털어 낸 뒤 커피숍으로 들어갔다. 나도 따라 들어갔다. 그리고 오늘은 문을 열어 두지 않았다.

미재가 수돗가로 걸어갔다.

"잠깐만 기다려요. 이것만 닦아 놓고 커피 줄게요."

나는 선뜻 자리를 잡지 못했다. 망설이다가 미재가 더 쉽게 내 운명을 끝낼 수 있게 하려고 미재의 방 커튼 앞에 앉았다. 수돗물을 트는 소리가 들렸다. 하루에도 몇십 번씩 듣던 소리인데 오늘은 내 귀가 찢어질 만큼 크게 들렸다. 심지어 그 물에 휩쓸려 갈 것 같은 느낌까지 받았다.

잠시 뒤 설거지를 마친 미재가 하얀 수건에 손을 닦으며 나를 바라봤다.

"오늘은 그때보다 맛있게 만들어 줄게요."

미재가 입가에 엷은 곡선 주름을 만들어 내며 웃어 보였다. 하얀 미재의 얼굴은 살인자라는 수식어와는 어울려 보이지 않았다. 그러나 범죄자들 중에는 까만 피부에 매서운 눈빛을 가진 투박한 스타일보다 처진 눈에 순박해 보이는 외모를 가진 경우가 더 많다고 들었다. 어쨌든 미재는 노트에 독백으로 자수를 했고, 나는 뜻하지 않게 관객이 돼 그 사실을 알게 됐다. 그리고 나는 미재에게 기꺼이 내 목숨을 내맡길 준비를 다 한 상태다.

그런데 미재는 무엇으로 사람을 죽일까? 지금 주워 온 도구들? 아니면 어제 미재 가방에서 본 천들? 천으로 숨을 끊는 건가? 그러고 보니 커피숍에는 천으로 된 게 많았다. 간판, 커튼, 방석…… 지금 내 앞에 걸려 있는 저 그림도 천에 그린 것이다.

갑자기 그 천들이 내 코와 입을 막는 기분이 들었다. 그렇게 숨을 끊은 다음 어제 본 큰 가방에 나를 집어넣겠지? 그리고 어느 야산에 땅을 파서…… 그래, 삽. 삽을 쓰레받기로 쓴다는 것부터가 말이 안 됐다. 나는 호흡을 가다듬었다. 이제 여기서 깨끗하게, 아무도 모르게 죽으면 되는 거다.

미재가 커피 두 잔을 들고 내 앞에 앉았다.

"마셔요."

나는 주위를 자연스럽게 살피며 커피를 입에 갖다 댔다. 너무 써서 표정이 저절로 찌푸려졌다. 미재가 주머니에서 하얀 가루가 담긴 유리병을 꺼냈다.

"연하게 만들었는데 써요? 그럼 마법 가루 넣어 줄까요?"

마법 가루. 왜 그걸 생각 못 했지? 생각해 보니 미재가 저 가루를 제 커피에 넣는 것을 본 적이 없다. 저 가루가 사람을 죽이는 도구일지도 모른다.

나는 고개를 끄덕였다. 미재는 가루를 내 커피에 넣기 시작했다. 나는 조금 더, 조금 더 넣어 달라고 했다. 그러자 미재가 멈칫거렸다.

"그럼 맛이 이상해질 텐데."

"괜찮아요."

맛은 하나도 중요하지 않았다. 미재는 내 요구에 따라 거의 삼분의 일을 쏟아 넣었다. 나는 기포가 가라앉기 전에 커피를 입으로 가져갔다. 그러나 입이 쉽게 벌어지지 않았다. 점점 손이 떨렸다. 쥐가 난 듯 몸이 저릿하더니 감각을 잃은 것처럼 굳어져 갔다. 천천히 코로 커피 향을 들이마신 뒤 서서히 입을 벌렸다. 이제 커피에 섞인 독이 내 몸에 퍼지면서 모든 세포들을 죽여 나를 마비시킬 것이다. 그러면 미재가…….

"웩!"

나는 목구멍으로 커피를 넘기지 못하고 모두 토해 버렸다. 너무 써서가 아니라 짜서다. 입 안이 짠맛에 아려 오더니 타는 듯했다. 미재가 가져온 물로 연신 입을 헹구어 냈다. 그러느라 커피숍 바닥은 내가 뱉은 물로 흥건해졌다. 아직도 입 안에 남아 있는 짠맛에 몸서리를 치는 사이, 미재가 바닥을 정리했다.

나는 죽여 달라는 말 대신 미안하다는 말을 했다.

"미안해요."

"괜찮아요. 사실 나도 잘못한 거니까. 좀 빨리 말해야 했는데 은주가 실망할까 봐 그랬어요. 엄청 짜죠? 이 마법 가루가 천일염이라서."

"천일염이요? 그럼 마법 가루가 독, 아니 소금이라는 거예요?"

나는 미재가 테이블에 올려놓은 유리병을 열어 그 안에 든 하얀 가루를 손바닥에 살짝 덜어 혀를 댔다. 이럴 수가. 짜다. 입 안이 짠맛 때문에 얼얼했지만 정확히 이건 곱게 간 소금이었다.

내가 어이없다는 눈빛으로 미재를 바라봤다.

"왜 소금을 마법 가루라고 속여요?"

"엄밀히 말하자면 속인 건 아니에요. 난 정말 소금이 마법 가루라고 생각하니까. 소금이 커피의 쓴맛을 단맛으로 바꿔 주거든요."

더 들을 필요도 없다.

"됐어요."

"정말이에요. 커피로 유명한 에티오피아 같은 이슬람권 사람들은 커피에 소금을 넣어 마신대요. 커피에서 자연스러운 단맛을 느끼려고요. 그리고 쓴맛과 짠맛이 더해지면 단맛이 난다는 건 과학적으로도 증명된 거예요."

"어쨌든 제 입엔 써요. 그리고 그건 과학이지 마법이 아니잖아요?"

아직도 짠맛에 헛구역질이 나올 것만 같았다. 미재가 하얀 소금이 담긴 새 유리병을 꺼냈다.

"마법이라는 거 또 증명할 수 있어요. '소금 커피 마시기' 놀이를 하면 알 수 있는데 같이 해 볼래요?"

"소금 커피를 또 마시라고요?"

"아니요, 우리가 아니라 한 남자가 소금 커피를 마시게 되는 과정을 놀이로 만든 거예요. 우린 선택만 하면 돼요. 남자가 커피를 마시고 안 마시는 건 우리의 선택에 달려 있어요. 같이 해 볼래요?"

또다시 미재의 이상한 논리에 말려들 것만 같았다. 그러나 걱정스러운 마음은 금세 사라져 버렸다.

나는 고개를 끄덕였다.

겨울바람이 차갑게 부는 날 밤, 형제가 공원에서 농구를 하고 있었어요. 그런데 동생은 언제나처럼 형을 놀리고 반칙을 썼어요. 축구도 아닌데 형의 다리에 태클을 걸어 여러 번을 넘어뜨렸죠. 땅바닥에 군데군데 언 데가 있어 미끄러지며 무릎도 까졌어요. 결국 결과는 동생 승. 형은 기분이 나빠져 따졌어요. 무식한 태클은 이해하지만 대학에 떨어진 것까지 들먹이는 건 야비했다고. 형은 그날 마지막 대학 발표까지 모두 불합격이라는 소식을 접한 상태였거든요. 동생은 해맑게 형의 어깨와 등에 올라타며 장난치듯 미안하다고 사과를 했죠.

"여기서 선택. 형은 동생의 사과를 바로 받아 줄 수 있을까요?"

"뭐, 글쎄요."

"예, 아니요로만 말해야 해요."

"아니요."

"그럼 아니요로."


형은 동생의 사과를 받지 않았어요. 열여섯 살이나 됐는데 늘 막내라고 귀여움만 받아 그런지 너무 버릇이 없는 것 같았거든요. 사과에 진중함도 없고. 또 등에 올라타려는 동생 때문에 형은 미끄러운 바닥에서 몇 번이나 넘어질 뻔해 화가 머리끝까지 났죠. 사실화가 난 대상은 동생이 아니라 바로 자신이었는지 몰라요. 동생의 그런 장난과 사과가 처음도 아니니까요. 어쨌든 그렇게 서로 실랑이를 벌이다 형은 한쪽 어깨에 매달렸던 동생을 확 밀었어요. 개운하게 툭 하고 동생을 떨어뜨린 거죠. 동생은 뒤에서 "아, 혀엉." 하며 아기 목소리를 내기 시작했어요.


"여기서 선택. 화가 난 형은 뒤를 돌아볼 수 있을까요?"

"아니요."

나는 점점 미재의 선택 놀이에 빠지고 있었다.


형은 돌아보지 않았어요. 쌤통이라고 생각했죠. 그런데 집에 도착해도 동생이 오지 않는 거예요. 잠깐 슈퍼에 들르나 했지만 시간은 벌써 삼십 분을 지나고 있었죠. 형은 슬슬 걱정이 됐어요. 그래서 공원으로 다시 뛰어갔죠. 가는 길에 슈퍼와 피시방도 들렀지만 동생은 없었어요. 동생이 있던 곳은 바로, 형의 어깨에서 떨어진 곳이었죠. 형이 힘없이 늘어져 있는 동생을 일으켰더니 머리에서 피가 나고 있었어요. 정신없이 119에 신고한 다음 동생의 몸을 조금이라도 녹이려고 자신의 옷으로 덮어서 안았어요. 병원에 도착한 동생은 바로 수술실로 들어갔죠. 그 모습을 보다가 형은 기억 하나가 떠올랐어요. 동생이 어렸을 때 심장 판막증 수술을 받았다는 걸.

"또 선택. 이때 형은 부모님께 전화를 걸어야 했을까요?"
"예, 당연하죠."
미재가 가만히 나를 바라봤다. 원래 미재의 눈이 촉촉했었나?

형은 강원도로 놀러 간 부모님에게 동생이 다쳐서 수술을 하고 있다고 전화를 했죠. 놀란 부모님은 정신없이 차를 몰아 서울로 올라오며 형과 계속 통화를 했어요. 수술실에 있다는 말밖에 할 게 없었지만 전화를 끊지 않았죠. 그러던 중 의사가 맥없이 수술실에서 나왔어요. 그리고 최선을 다했다고, 어쩔 수 없었다고, 명복을 빈다고 말했죠. 이 말은 굳이 부모님에게 형이 전할 필요가 없었어요. 전화기를 통해 전달되고 있었으니까요.
그리고 몇 시간 뒤에 형의 전화기가 다시 울려 댔죠. 춘천 경찰

서라는 말과 동시에 부모님이 교통사고가 났다는 거예요. 그리고 단 몇 달 만에 형은 부모님과 동생을 모두 잃었죠.

"형은 죄책감에 힘들었을까요?"

나는 섣불리 대답할 수가 없었다. 이 놀이를 누가 만들었는지는 모르겠지만 마법 같다기보다는 잔인하다는 생각이 들었다.

"이 놀이의 끝에서는 그 남자가 정말 행복하게 커피를 마실 수 있는 거예요?"

"글쎄요, 그건 우리가 어떻게 하느냐에 달려 있죠."

"황금열쇠 같은 건 없어요?"

"있어요. 근데 그걸 벌써 사용하는 건 안 되죠. 어서 선택해요."

나는 힘없이 고개를 떨어뜨렸다.

"예."

형은 자기가 가족들을 모두 죽였다는 죄책감에 제정신으로 살 수가 없었어요. 먹는 거라고는 소주뿐. 가끔은 미친 사람처럼 폭식하고 토하기도 했죠. 모두 손가락질하는 것 같아서 사람을 만나는 것도 무서워했어요. 또 죽는 것도 무서웠죠. 죽어서 가족들을 볼 낯이 없으니까. 그렇게 오 년을 살았나? 그러던 어느 날 소주가 다 떨어진 거예요. 사람이 없는 새벽 세 시쯤에 나와 편의점에서 소주를 사 들고 골목으로 들어오는데 그 입구에 불이 켜져 있는 가게가 형의 눈에 띄었어요. 간판을 보니 '솔티 커피'라고 적혀 있었죠.

"그 남자는 그 안으로 들어갔을⋯⋯."

나는 질문이 끝나기 전에 "예."라고 답했다. 빨리 그 남자에게 소주가 아닌 커피를 주고 싶었다. 미재는 길게 숨을 들이마시고 내쉬었다. 그리고 식은 커피 한 모금을 마셨다.

커피숍은 너무도 작았어요. 가게 안쪽에 사람 한 명이 들어가 커피를 만드는 공간이 있고, 가게 양쪽 벽으로 폭이 좁고 기다란 탁자가 붙어 있었어요. 가게의 벽을 보고 사람이 앉도록 돼 있었죠. 한쪽에 네 명 정도씩 앉을 수 있는데, 양쪽에 사람들이 다 앉으면 등이 닿을 정도로 가게의 폭이 좁았죠. 남자는 말없이 자리에 앉았고 주인도 주문 없이 커피 한 잔을 건넸어요. 하지만 남자는 커피를 마시지 못하고 뜨거운 커피 잔을 잡은 채 울기 시작했어요. 너무 따뜻했거든요.

따뜻함⋯⋯ 나는 그 남자가 느꼈을 따뜻함을 알 것 같았다. 그리고 오랫동안 추웠을 거라는 것까지.

"그날 커피를 마시지 못한 그 남자는 다시 그 커피숍에 갔을까요?"

"예."

다음 날 새벽에도 그 커피숍은 열려 있었어요. 그리고 그 주인은 말없이 앉아 있는 남자에게 또 커피를 내려 주었죠. 그리고 이 말도 덧붙였어요. 이건 소금을 넣은 솔티 커피라고.

남자는 드디어 커피를 마셨어요. 그리고 지금이 여름이라는 사실을 알게 됐죠. 그날 집으로 돌아가면서는 두꺼운 후드점퍼의 지퍼를 열었어요. 그리고 선선하게 들어오는 새벽바람을 맞았죠. 그런데 남자는 단 일곱 번밖에 커피숍에 갈 수가 없었어요. 주인이 곧 유학을 간다고 했거든요. 커피숍을 닫으려니 마음이 헛헛해 그동안은 새벽에도 계속 문을 열어 둔 거였대요. 그리고 그 자리에는 도장 가게가 들어왔어요.


혼자 있으면 다시 추워질 텐데 이 남자는 어떻게 되는 거지?

아무것도 선택할 수 없게 돼 불안해진 내 마음을 읽었는지 미재의 입에서 황금열쇠라는 단어가 나왔다.

"여기서 황금열쇠를 사용할 수 있어요."

"그 남자한테 좋은 거만 있어요? 아니면 꽝도 있는 거예요?"

"놀이하는 사람 마음대로예요. 원하는 대로 황금열쇠를 만들어 주면 돼요. 단, 십 초 안에 말할 것."

어떻게 하는 게 남자한테 좋은 거지?

"시간 좀 더 주면 안 돼요?"

"안 돼요. 선택할 때 바로 말하는 게 가장 솔직한 거라고 하잖아요. 그럼 셀게요."

유학을 가는 사람을 따라가야 하나? 혼자 두면 너무 불쌍한데. 도장 가게? 아니다. 그럼?

"3, 2, 1."

"그 도장 가게 없애고 솔티 커피숍을 차려 줄래요. 그래야 따뜻한 커피도 마실 수 있고 사람도 만날 수 있을 것 같아요."

"나랑 똑같네요. 근데 나는 도장 가게를 없애지 않고 다른 데에 차려 주었어요."

"어디요?"

"재개발 지역에요. 그곳은 과거도, 현재도, 미래도 부정할 수 없는 데라고 느꼈거든요. 존재했던 과거와 지금 나와 함께하는 현재의 모습 그리고 분명 달라질 미래의 모습까지 모두 다 있잖아요. 그리고 미래를 상상하는 것도 재미있고."

안 봐도 뻔하다. 미래의 재개발 지역은 모두 아파트 단지로 변해 있을 거다.

"거의 다 똑같이 생긴 아파트로 변하겠지만 그곳에 어떤 사람이 어떻게 사느냐에 따라 달라질 수 있는 거잖아요. 은주는 이 커피숍에 왔을 때 예전의 슈퍼 모습이 안 떠올랐어요? 슈퍼 주인과 손님들의 모습 다 기억났죠? 실제로 보지 않았어도 이곳에 있는 흔적만으로도 과거를 느낄 수 있는 것 같아요. 나는 그랬거든요."

갑자기 혼란스러웠다. 나를 커피 잔에 담근 채 빙빙 돌리는 것 같았다.

"저, 잠깐만요, 그 남자가 혹시?"

미재가 처음 만났을 때처럼 나를 보고 웃어 보였다. 정말 미재는 누구일까?

"은주는 빠르네요. 나는 그 남자가 나라는 걸 오 년 전 여름에야 알았는데. 내가 너무 무섭고 싫어서 나 자신을 받아들이지 못하고 살인자라고만 몰아붙였던 거죠."

미재가 자신을 살인자라고 적었던 노트. 나는 미재를 오해했던 것에 대해 사과하고 싶었다.

"저, 그 노트 봤어요. 미안해요."

"괜찮아요. 노트를 본 사람이 은주가 처음이라 좀 민망하지만 부끄럽지는 않아요. 내가 나를 받아들이는 과정 중 하나였고 부정할 수 없는 내 모습이었으니까. 근데 그 노트 보고 무섭다는 생각 안 했어요?"

"사실 지금의 미재와 너무 달라서 좀 무서웠어요. 한편으로는 정말 미재가 나를 죽여 줄 수 있는 살인자였으면 좋겠다고 생각했어요."

"은주는 지금 죽고 싶나요?"

'네.'라는 말이 선뜻 나오지 않는 게 이상하게 느껴졌다. 나는 혀에 밴 지독한 짠맛 때문이라고 핑계를 대고 싶었다. 미재가 나지막하게 말을 이었다.

"이유는 말하기 곤란한가요?"

"나는 내 운명이 싫거든요. 운명은 노력해도 바뀌는 게 아니잖아요. 그러니까 차라리 없애려고요. 내가 죽으면 운명도 죽을 테니까."

"맞아요. 운명은 바꿀 수 없어요."

나도 알고 있다. 그런데 다른 사람의 입을 통해 나온 그 말은 너무 잔인하게 들렸다. 나는 죽기 전에 사형 선고까지 받은 것만 같았다.

"어차피 살아 봤자 난 운명의 바퀴에서 늘 똑같은 속도와 모양으로 돌 거예요. 사람들은 오늘보다 내일 더 나빠질까 두렵다고 말하죠. 근데 정말 무서운 건요, 오늘보다 나빠질 내일이 아니에요. 아무것도 변하지 않은 채 어제와 같은 오늘, 오늘과 같은 내일을 보내야 한다는 사실이에요."

"운명은 바뀌지 않지만 변화시킬 순 있어요."

나는 아리송한 미재의 말에 한숨을 토해 냈다. 하지만 미재는 사뭇 진지했다.

"자신의 운명이 싫다고 다른 사람의 운명과 바꿀 수는 없다는 거예요. 운명은 정해져 있으니까. 하지만 우리가 운명을 받아들이는 순간 달라질 거예요. 부정하고 싶었던 과거, 벗어나고 싶은 현재, 믿을 수 없는 미래에 대한 모든 운명이 말이에요."

"거지 같은 내 운명을 어떻게 받아들이라는 거예요?"

"나 자신을 하나씩 인정해 가는 거예요."

"싫어요. 내가 그런 짓을 했다는 거, 내가 우스운 대접을 받았다는 거, 구질구질한 집에 태어났다는 거 인정하기 싫어요. 설령 인정했다고 쳐요. 그다음은요?"

"선택하는 거죠. 내가 살인자 대신 커피숍의 미재를 선택한 것처럼. 이제 나에게 과거는 슬픔이지 고통이 아니거든요. 그렇게 운명을 부정하지 않고 운명과 손잡고 하나씩 선택해 가면 현재도 미래도 달라질 거예요."

"그렇게 해도 달라지지 않으면요? 나는 미재도, 그 운명 따위도 믿을 수가 없어요."

"아니요, 달라질 거예요. 내가 경험했던 일이니까 확신할 수 있어요. 그리고 이미 은주는 달라질 거라고 믿고 있어요."

"아니요, 안 믿어요."

나는 자리에서 일어났다. 그러자 미재도 따라 일어났다.

"황금열쇠, 은주가 먼저 말했잖아요. 은주가 원하던 황금열쇠가 우리의 긴 운명 사이사이에 끼어 있어요. 그걸 사람들은 구원이라고 말하고 나는 그걸 살루스라고 말해요."

나는 미재에게로 고개를 돌렸다. 미재가 어깨를 가볍게 들썩였다. 나는 새삼스럽게 커피숍을 둘러봤다. 플라스틱 박스로 만든 테이블과 의자, 계산대였던 긴 탁자. 인테리어 소품이 저렴하고 특이

하다는 것과 어수선하다는 것을 제외하고는 특별한 것 없는 커피숍이었다.

펄럭.

살루스 커피숍의 간판이 바람에 날리며 문을 가렸다. 그러자 커피숍 안이 살짝 어두워졌다.

미재는 아랑곳하지 않고 차분하게 말을 이어 갔다.

"살루스는 그리스 여신의 이름인데 구원의 뜻을 가지고 있대요. 건강과 안전이라는 뜻도 있고. 그런데 살루스가 소금의 어원도 된다고 해서 커피숍 이름을 살루스로 지은 거예요. 소금 커피를 마시면 구원을 받는다. 어때요? 멋지죠?"

"그럼 저도 미재처럼 구원을 받을 수 있는 거예요?"

"그건 모르겠어요. 그건 은주의 운명이니까. 은주가 어떻게 받아들이고 선택하느냐에 달렸을 테니까요."

"난 근데 이제 노력 따위 하고 싶지 않아요."

"그건 노력이 아니에요. 운명이랑 노는 거지. 이건 비밀인데, 운명은 우리처럼 외로움을 되게 많이 타요. 친구가 한 명이니 얼마나 불쌍해요. 그러니까 우리가 좀 놀아 줘야죠. 원래 외로운 친구들이 겉은 차가워도 마음은 따뜻하잖아요. 은주한테 내 노트도 보이고 너무 내 비밀들이 탄로 난 것 같은데요. 하하."

우리는 어떤 말을 더 하지는 않았다. 조금씩 서로의 거리가 좁혀진 느낌만으로도 충분했으니까. 그리고 반쯤 걸쳐 있던 간판이 바람에 완전히 날아가 그걸 주우러 나가야만 했다. 벌써 백 미터는 날아가 있었다. 이번에는 내가 간판을 주워 왔다.

"미재, 이거 틈에 끼우는 거로는 부족해요. 더 단단한 게 있어야 해요."

"안 그래도 어제 끈 주워 왔어요."

검은 때가 묻은 주황색 빨랫줄이었다. 미재는 천 간판의 네 모서리 부분에 구멍을 살짝 내고 끈을 끼웠다. 그러고는 옥상으로 올라가 원래 있던 슈퍼 간판에 커피숍 간판의 끈을 팽팽하게 조여 맸다. 양쪽을 모두 고정시키자 커피숍 간판이 쫙 펴졌다.

살루스 커피숍

글씨가 비뚤어진 것도 같았다. 미재도 옥상에서 내려와 간판을 쳐다봤다.

"숍이 조금 올라갔네요. 이번엔 상냥한 살루스 커피숍이군요. 말할 때 끝을 올리면 상냥해 보인다고 하잖아요. 살루스 커피숍↗."

저번에는 조금 삐뚤어진 것도 봐 달라고 했으면서. 뭐, 미재의 말에 백 프로 다 동감하는 건 아니지만 나빠 보이지는 않았다. 또 어수선한 실내 인테리어와도 잘 어울리고.

미재는 먼저 커피숍으로 들어갔다. 나는 미재가 들어간 뒤에도 한동안 간판을 바라보고 서 있었다.

그때였다. 이십 대로 보이는 한 남자가 다가왔다. 우리 동네 사람은 아닌 것 같았다. 운동을 하는지 피부가 까무잡잡하고 스포츠 머리였다. 야구를 하나 보다. 배트가 오른쪽에 걸쳐 멘 가방에서 삐져나와 있었다. 남자는 조심스럽게 안을 둘러보며 커피숍으로 들어갔다. 나도 뒤따라 들어갔다. 남자를 본 미재가 환하게 웃었다.

"어서 오세요. 살루스 커피숍입니다. 커피 바로 준비해 드릴게요."

미재는 커피를 만들기 시작했다. 나도 탁자 앞으로 가 섰다. 남자는 어디에 앉아야 하는지 고민하는 것 같았다. 하긴 이곳에 와서 단번에 자리를 잡는다는 건 그리 쉬운 일이 아니다. 나는 남자 곁으로 다가갔다.

"방석 깔린 데에 앉으면 돼요."

내 말에 미재가 살짝 미소를 띠었다. 나는 민망해 시선을 그림으로 돌렸다. 여전히 난해하고 복잡한 그림이다. 나는 재미 삼아 상단 왼쪽부터 시작하는 선 하나를 잡고 눈으로 쭉 따라가다 눈이 핑 도는 것 같아 포기해 버렸다. 나는 다시 남자를 바라봤다. 남자는 제 앞에 커피가 놓인 것도 모른 채 그림에서 눈을 떼지 않고 있었다.

저렇게 난해한 그림을 좋아하나?

# 9. 황금열쇠

시계를 보니 아침 열 시였다.

너무 이르겠지? 나는 가만히 누운 채 방에 퍼지고 있는 빛의 움직임을 눈으로 따라갔다. 창문으로 들어온 빛은 내 이불까지 오는 동안 그 너비가 나를 덮을 정도로 넓어졌다. 언제부터 내 방으로 빛이 들어왔을까? 왜 그동안 나는 빛을 못 봤지? 새벽부터 늦은 저녁까지 학교에 있느라? 어쨌든 눈이 부실 정도로 햇빛이 참 밝았다. 그리고 어젯밤에 창문으로 들어온 달빛도 이만큼 밝았었다.

어제는 억지로 자려고 노력하지 않았다. 그 탓에 뜬눈으로 밤을 지새웠지만, 꾸역꾸역 서너 시간 잤던 것보다 두통도 적고 몸도 훨씬 가벼운 것 같았다. 그런데 몇 시쯤 살루스 커피숍에 가는 게 좋을까? 나는 여태 문이 언제 열리고 닫히는지 물어본 적이 없다는 생각에 웃음이 나왔다. 나도 점점 이상해지나? 그때 문득 미재가 언제든지 커피숍에 와도 된다고 말한 게 떠올랐다. 그래서 이불을 걷고 자리에서 일어났다.

나는 커피숍 문의 반을 차지하고 있는 유리창으로 안을 들여다 봤다. 아무도 없었다. 자는 건가? 문이 잠겨 있지는 않았다. 나는 최대한 조심스럽게 미닫이문을 열었다. 하지만 끼익- 소리는 어쩔 수 없었다. 안으로 들어가 커튼을 살짝 들춰 보았다. 없었다.

또 빈집으로 물건을 주우러 갔나? 나 혼자 뭐 하지? 테이블이나 의자를 정리할까? 아니다. 다른 데처럼 줄을 맞추면 여기는 살루스 커피숍이 아닐 것이다. 마땅히 할 게 없어서 커피숍을 둘러보다가 벽에 걸린 그림에서 시선이 멈췄다. 빛 때문인지 어제와 달리 그림 이 환해 보였다.

'나쁘지 않네.'

그림 감상을 끝낸 뒤에도 미재는 오지 않았다. 심심해진 나는 빈 집이나 돌아다니면서 쓸 만한 물건을 좀 찾을 생각으로 커피숍을 나왔다. 그리고 그 근처에 있는 빈집부터 훑기 시작했다. 먼지가 장난이 아니었다.

"은주 거기서 뭐 해요?"

미재의 목소리였다. 나는 반가움에 얼른 뒤를 돌아봤다. 하지 만 갑자기 인사를 하려니까 쑥스러웠다. 그래서 앞에 붕붕 떠다니는 먼지를 잠재우려는 듯이 양손으로 얼굴 앞을 저으며 길가로 나왔다.

"그냥요. 근데 이 양동이 뭐예요?"

좀 찌그러지기는 했지만 이 동네에서 이 정도는 새것이나 마찬가지다.

"여기에 다 쓴 원두 가루 모아 두면 좋을 것 같아서요. 저기 빈집 앞에서 주웠어요. 오늘 운 좋죠?"

나는 미재에게 양동이를 받아서 빈틈없이 훑어봤다. 내 예상대로 밑면에 손톱만 한 주인 표시가 돼 있었다.

"이거 봐요. 여기 '김'이라고 쓰여 있잖아요. 주인이 찾기 전에 안 갖다 놓으면 훔친 거로 오해받고 싸움 신고식을 하게 될 거예요."

미재는 입술을 아래로 내리며 억울한 표정을 지어 보였다.

"정말 난 버린 줄 알고 가져온 건데."

"여기서는 그런 거 안 통해요. 그리고 김 할머니 우리 동네에서 완전 싸움꾼이에요."

내 말이 끝나자마자 미재는 양동이를 들고 뛰어갔다. 그 모습에 나도 모르게 웃음이 나왔다.

나는 미재가 돌아올 때까지 커피숍 앞에서 기다렸다. 미재는 양동이를 갖다 뒀는지 마치 축구 경기에서 골인이라도 한 것처럼 양손을 흔들면서 달려왔다.

숨이 차오른 미재는 문턱에 앉아 숨을 몰아쉬었다. 나도 그 옆에 앉았다.

"박스 하나에도 목숨을 거는 사람들이 사는 동네라고 제가 그때 말했잖아요. 앞으로는 저한테 물어봐요."

숨이 진정된 미재는 침을 꿀꺽 삼켰다.

"저기 의류 분리수거함에 자물쇠가 없던데 거기에 버린 옷은 그냥 가져와도 돼요? 천이 필요해서요."

내가 고개를 끄덕이자 미재가 벌떡 일어났다. 나는 새어 나오는 웃음을 억지로 참으며 일어났다.

"근데 아마 옷 없을걸요. 버린 옷은 누군가가 벌써 구제로 팔아넘겼을 거예요. 그리고 여기 사람들은 물려 입기 바빠서 잘 버리지도 않아요."

미재는 아쉽다며 옷을 털고 커피숍으로 들어갔다. 나는 따라 들어가며 문을 더 활짝 열었다. 바람이 커피숍으로 들어오자 커피 향을 더 시원하게 만들어 주는 것 같았다.

"미재, 근데 천은 왜요?"

"테이블 위에 작은 천을 올리면 더 포근해 보일 것 같아서요."

나도 테이블에 골판지만 올려놔 아쉬웠는데. 미재는 커튼 뒤로 가더니 가방을 메고 나왔다.

"천 가지러 시장에 좀 갔다 올게요."

미재는 같이 가자는 말도 없이 그냥 휙 나가 버렸다. 나도 모르게 입이 삐죽 나왔다 들어갔다.

나는 미재를 기다리는 동안 커피를 내려 보기로 했다. 처음에는 미재가 늘 하던 아침 설거지만 하려고 했는데 심심하기도 해서 한 번 해 보고 싶다는 생각이 들었다. 탁자 아래 선반에서 원두를 꺼내다 하얀 가루가 든 유리병을 보게 됐다. 이제 들켰다고 막 놓고 다니나 보다. 그런데 커피를 내리려면 뭐부터 해야 하더라? 음, 물. 커피포트를 들고 수돗가로 갔다. 그런데 그때 여자 목소리가 들렸다. 손님인가? 나는 일단 커피포트를 내려놓고 뒤돌아섰다.

"어서 오세요. 살루스 커……."

"은주야."

다미였다. 순간 내가 잘못 봤나 싶었다. 쟤가 왜 여기에? 며칠 전처럼 모른 척하고 지나치고 싶었다. 하지만 이곳은 너무 작고 밀폐된 공간이다. 다미가 내 쪽으로 한 걸음 더 걸어왔다.

"너희 집에 갔더니 아무도 없더라고. 그래서 혹시나 해서 와 본 건데."

우리 집은 어떻게 알고?

내 예상대로 다미는 우리 반으로 전학을 왔단다. 담임은 며칠째 학교에 나오지 않는 나를 설득하러 갈 사람으로 다미를 선택한 뒤 우리 집 주소를 알려 준 것이다. 자원자를 받는다는 담임 말에 손을 든 아이가 다미뿐이었다고 한다. 그래도 어떻게 전학 온 지 며칠 안 된 애를 보낼 수 있을까?

그 인간이 하는 짓은 안 봐도 뻔하다. 친구가 설득하면 선입견

없이 동질감이 생겨서 학교로 돌아올 확률이 높다는 핑계를 대며 자신이 할 일을 학생한테 미룬 거겠지. 다미도 뻔하다. 전학 왔으니까 반항아 친구를 학교로 돌아오게 했다는 선행 하나를 만들고 싶은 거겠지.

나는 단호하게 말했다.

"난 설득 같은 거 필요 없어."

"그것 때문에 온 거 아니야. 그 남자는 언제 돌아와?"

그 남자? 미재를 말하는 건가? 어느새 다미가 탁자 앞으로 걸어 왔다.

"우리 얘기는 나가서 하자."

"할 얘기 없어."

"너 그 남자가 누군 줄 알아? 왜 또 이런 데에 있는 거야?"

이런 데? 네 눈엔 언제나 내가 하는 거, 입는 거, 가진 거 모두 다 우습지.

"그럼 그때처럼 모른 척하면 되겠네."

외국에서 전학 왔다기에 친구 해 줬더니 어느 순간에 필요 없다며 나를 쉽게 버린 이기적인 계집애다. 내가 그 일이 있고 나서 전화했을 때 내 목소리만 듣고 바로 전화를 끊었던 기억, 나는 하나도 잊지 않았다.

나는 닦은 컵을 다시 닦았다. 다미는 창밖을 힐끔거리더니 탁자에 몸을 기대고 상체를 숙였다.

"여기 있음 안 돼. 이번엔 그러고 싶지 않아. 그땐 정말 몰랐어. 내가 그 사실을 나중에 알고 지금까지 얼마나 고통스러웠는지 알아? 물론 내 잘못이 큰 거 알아. 사과하는 방법을 모르겠다며 지금까지 상황을 이렇게 만들었으니까. 그날 너를 보자마자 말하고 싶었어. 미안하다고. 정말 미안해."

갑자기 손끝이 찌릿해졌지만 지금 와서 다미의 사과로 달라질 것은 아무것도 없을 것이다.

"네 속 편하자고 받기 싫은 사과를 받으라는 거야? 너 진짜 너밖에 모른다. 이제 가."

"이번엔 똑같은 실수 안 해. 지금도 네가 여기 있고 싶어서 있는 거 아니지? 그 남자가 너 붙잡는 거지?"

나는 컵과 행주를 탁자에 내려놓았다.

"너 지금 무슨 소리 하는 거야?"

내 목소리에 커피숍 안이 울렸다. 그러나 다미는 아랑곳하지 않고 노트 한 권을 탁자 위에 올려놓았다. 미재의 노트였다.

"사실 나 금요일 밤에 너 봤어. 똑바로 서지도 못하는 너를 어떤 여자가 이리로 데리고 가더라. 그리고 그 남자가 커피숍으로 뒤따라 들어갔고. 엄마 말로는 그 사람 떠돌이래. 옷도 추레한 게 이상한 사람 같다는 말에 걱정이 돼서 주말에 여기 와 본 거야. 그때는 네가 이 동네에 사는 줄 몰랐어. 어쨌든 커피숍 문도 열렸고 사람도 없어서 좀 둘러보다가 저 커튼 뒤가 의심스럽더라고. 그래서 좀 뒤져 봤더니 이게 있잖아."

다미는 살인자라고 적힌 데를 펴서 보여 줬다. 그러나 나는 이미 알고 있기에 별로 놀랍지 않았다. 오히려 표정 하나 바뀌지 않은 내 모습에 다미가 놀란 것 같았다.

"안 놀라? 그 남자는 또 무슨 말로 널 꼬드겼는지 모르겠지만 다훈 오빠 때처럼 그렇게 속으면 안 된다고. 남자가 돌아오기 전에 빨리 나가자."

순간 몸이 휘청댔다. 나는 탁자를 양손으로 꽉 잡았다. 다미가 무슨 소리를 하는 걸까? 그 일을 알고 있나? 그 방에서 일어난 일들을 말이다.

"누구?"

"그때는 네가 오빠의 물건이 욕심나서 오빠를 이용했다고 생각했어. 하지만 이제 너 믿어. 오해 안 해."

다미는 다 알고 있는 것 같았다. 코끝이 시려 오면서 몸이 굳는 것 같았다.

"네가 봤어?"

"우연히 엄마가 전화로 성폭행 상담받는 걸 들었어. 의심은 갔지만 확실하지는 않아서 그냥 흘렸는데, 어느 날 네 엄마가 우리 집에 찾아왔어. 그것도 두 번이나. 그때 우리 엄마랑 하는 이야기 듣고 내 예상이 맞았다는 걸 알았어. 또 내가 오해했다는 것도."

"우리 엄마가 너희 집에 갔었다고?"

다미는 천천히 고개를 끄덕였다. 엄마가, 왜 거길? 나한테는 없던 일로 여기라더니.

"우리 엄마가 거기 가서 뭐라고 했는데?"

"신고하겠다고. 근데 우리 엄마가 증거 없어서 신고도 못 하고 경찰서 가면 너만 상처받을 거라고 했어."

대체 엄마는 왜 거기를 간 거야? 나한테는 어제의 어제의 일일 뿐이라고, 등신이라고 했으면서. 우리 엄마를 바라보는 서늘한 다미 엄마의 눈빛이 떠올라 몸이 부들부들 떨렸다. 다미네 높은 담벼락에 있는 큰 대문을 죄지은 사람처럼 처진 어깨로 걸어 나왔을 엄마의 뒷모습이 떠올라 심장이 바닥으로 떨어지는 것 같았다. 나는 중심을 잡을 수 없어 탁자를 더 세게 붙잡았다. 엄마, 엄마⋯⋯.

갑자기 다미의 울먹이는 소리가 들렸다. 살짝 고개를 돌려 보니 애처로운 눈빛까지 하고 있었다.

"오빠는 아직 그때 무슨 일이 일어났는지 모르는 것 같아. 우리 엄마가 그 일을 감추려고 유학 보냈거든. 엄마도 무서웠나 봐. 오빠랑 단 하루도 못 떨어져서 사는 사람인데. 그러고는 매일 울더라고."

"그 말을 왜 나한테 해? 네 엄마를 동정이라도 하라고?"

다미는 탁자를 잡고 있는 내 손을 잡으려고 했다. 나는 다미의 손을 밀쳤다.

"아니야. 그 일은 백번 천번 엄마가 그리고 오빠가 잘못한 일이야. 우리 오빠지만 정말 생각할수록 화가 치밀어 올라. 내가 그 일을 알고 얼마나 무섭고 두려웠다고. 직접 겪은 너는 상상할 수 없을 만큼 힘들고 아팠겠지. 그런 너를 생각하면…….”

나는 다미가 미치도록 거북스러웠다.

“나는 너의 그런 태도가 싫어. 걱정해 주는 척, 안타까운 척 말하지만 거기에 솔직히 진심이 얼마나 들어 있니? 넌 진짜로 그 일을 겪지도 않았는데. 너는 그 일을 알고도 먹고 자고 공부하고 친구들하고 놀고 다 했잖아. 안 그래?”

나는 탁자를 잡고 있던 손을 떼고 바로 섰다.

“넌 그때도 그랬어. 내가 못사는 거 알면서도 모른 척했어. 넌 배려라고 말하겠지? 그럼 거기서 끝내야 했어. 비싼 물건들 가져와 똑같은 선물을 두 개 받았다며 적선하듯 나한테 주면 안 됐고, 낡은 내 옷을 보고 스타일 있네 뭐네 하며 칭찬하지 말아야 했어. 그리고 내가 만지작거리던 거 필요 없다며 내 가방에 넣는 짓 따위 안 해야 했다고. 차라리 솔직하게 ‘너 못살지? 내가 도와줄게.’ 하고 말하는 게 더 나았을 거야.”

다미의 양손이 미미하게 떨리는 것 같았다. 다미는 내 말이 끝나자 깊게 심호흡을 한 뒤 조심스럽게 단어를 뱉듯 말하기 시작했다.

“너를 도와주고 싶다는 생각은 한 적 없어. 너랑 오랫동안 친구가 되고 싶었을 뿐이야. 내 방법이 네 마음을 상하게 했다면 사과할게. 사실 나는 아직도 친구를 어떻게 사귀어야 하는지 모르겠어.

정말 너랑 좋은 친구가 되고 싶은데."

"왜 전학 와서 또 친구 없니? 근데 이제 난 너랑 친구 안 해."

"내가 여기 온 건 널 지켜 주고 싶어서야. 옛날처럼 네가 상처받길 원하지 않으니까. 은주야, 너 이런 데 있으면 안 돼."

다미가 내 손목을 잡았다. 나는 아까처럼 뿌리치지 못했다. 다미가 얼굴 표정으로 '시간이 없어. 미재는 나쁜 사람이야. 그러니까 빨리 여기를 나가자.'라고 말하고 있었기 때문이다. 몇 년 만에 과거의 친구가 찾아와 나를 지켜 주겠단다. 나는 이 상황을 어떻게 받아들여야 할까? 머리가 어지러웠다.

'나는 그 사람들하고 연관된 모든 것이 싫다.'

그러나 상관하지 말라며 다미를 커피숍 밖으로 밀어내지 못했다. 선뜻 미재는 위험한 사람이 아니라는 말도 나오지 않았다. 왜일까? 지금 당장 명확한 이유는 떠오르지 않았다. 그저 나를 걱정하는 다미의 눈빛과 꽉 다문 다미의 입에서 나오는 단호함이 사라질까 봐 그랬다고 해 두자. 나는 다미의 손에 이끌려 탁자 앞으로 나왔다. 이제 노트에 적힌 미재와 그의 가족들에 대해서 말해야 할 것 같았다.


내 이야기를 들은 다미는 한동안 말이 없었다. 미재의 이야기가 놀라운 걸까, 아님 내 말을 믿지 못하는 걸까? 다미는 잠깐 멍하니 서 있다가 바로 옆에 있는 의자에 앉았다.

"안됐다."

다미는 다시 말이 없어졌다. 우리는 밖을 내다봤다. 그리고 잠시 후 다미가 갑자기 나를 향해 얼굴을 홱 돌렸다. 단호하던 표정은 온데간데없이 사라진 채 얼굴에는 미소가 가득했다.

"노트 너도 봤다고 했지? 그 표현들 말이야. 정말 록 스타일 아니니? 분명 그 사람 록 좋아할 거야. 처음에는 커피숍이라는 말에 올드하다고만 생각했는데 가만 보니까 여기 인테리어도 왠지 거칠면서 사람을 끄는 매력이 있는 것 같아. 막 이것저것 뒤져 보고 싶게 말이야."

그러더니 갑자기 다미는 제 말을 확인이라도 하려는 듯이 커피숍을 둘러보며 고개를 끄덕였다. 나는 다미가 너무 놀라 충격을 받았다고 생각했다. 다미는 미재가 왼쪽 벽면에 걸어 둔 그림을 보고 있었다. 마치 경이롭다는 듯이 눈을 반짝였다. 다미가 록 음악을 좋아했었나? 같이 음악을 들었던 기억이 얼핏 나지만 어떤 노래였는지는 기억이 나지 않았다.

"이게 딱 내가 좋아하는 록 스타일이거든. 이 그림 봐. 선이 막 거칠게 엉켜 있는 것이 기타 줄 같잖아. 울긋불긋 여러 색은 록의 자유를 상징하는 것 같고. 일단 전체적으로 레드잖아."

나도 그림으로 시선을 옮겼다. 나는 저 그림을 처음 봤을 때 곡선들이 시작과 끝도 연결되지 않은 채 복잡하게 엉켜 있다고 생각했다. 내 느낌은 부드럽게도 아니지만 다미처럼 거칠게도 아니었다. 우리는 이렇게 하나의 그림을 보고도 다른 생각을 할 정도로 비슷한 점이 거의 없었다. 어떤 점이 서로 달랐냐고 묻는다면 딱히 떠오르는 것은 없다. 그러나 늘 나는 다미와 서로 맞지 않는다고 생각했다. 더 이상한 건 그럼에도 불구하고 초등학교 때 다미와 사소한 말다툼조차 한 적이 없다는 것이다.

다미가 피식하고 작은 웃음소리를 냈다.

"근데 너 나 싫다고 한 거 진심이야? 그럼 초등학교 때는? 그때도 싫었어?"

나는 아무 말도 하지 않았다. 내 마음을 하나로 단정 짓기가 어려웠기 때문이다. 내 대답을 기다리던 다미는 작은 한숨과 함께 낮은 목소리로 나에게 먼저 말을 했다.

"나는 아닌데."

다미가 얼굴을 살짝 들었다. 우리는 눈이 마주쳤다. 나는 얼른 문 밖으로 시선을 돌렸다. 다미는 계속 나를 바라보고 있었다. 그리고 책장을 넘기듯 나에게 제 이야기를 하나씩 들려주기 시작했다. 그 옆에서 나는 다미의 말에 들리지 않는 소리로 나의 이야기를 덧붙였다.


오 학년 때 전학 오던 날 나는 기대에 부풀었었어. 이제 한국말로 대화할 수 있는 친구를 사귈 수 있겠다 싶어서. 엄마가 영어 안 는다고 미국에 있을 때 한국 사람을 아예 못 만나게 했거든. 그런데 막상 한국에 와서 친구를 사귀려니까 어떻게 해야 할지를 모르겠더라고. 그런데 네가 눈에 띄었어. 주번이라며 쉬는 시간마다 혼자 무언가를 열심히 하는 모습이 멋져 보이더라. 그래서 처음으로 용기 내서 너한테 다가갔지.

─다미는 초등학교 때 내가 친구라고 말할 수 있는 유일한 아이였다.

항상 자신감 넘치는 네 모습이 나한테는 동경의 대상이었어. 초롱초롱하고 부릅뜬 네 눈빛을 따라한 적도 있었다니까. 물론 난 안 되더라고. 일단 내 눈이 아빠를 닮아서 너무 처졌거든.

─내가 다미와 다미 엄마를 흉내 냈듯 다미가 내 모습을 따라했었다고? 나보다 훨씬 좋은 집에서 멋진 옷을 입고 살면서?

그러다가 네가 내 물건을 몰래 가지고 가는 걸 알게 됐어. 너는 또 가식이라고 말할지 모르겠지만 나는 네가 내 방에서 필요한 걸 가지고 갈 수 있게 자리를 피하기 시작했어. 내가 말하면 네가 자존심이 상해서 나랑 놀지 않을까 봐 걱정됐거든. 그리고 너한테 주는 건 하나도 아깝지 않았어.

—나는 다미가 왜 나와 놀다가 늘 방을 나가는지 몰랐었다. 사실 그때 나는 궁금하지도 않았었다.

그리고 내가 자리를 비울 때마다 네가 오빠의 방에 간다는 걸 알았어. 오빠가 있든 없든 간에 말이야. 그리고 내 것뿐 아니라 오빠의 물건도 가지고 나오는 걸 봤고. 너를 미워한 게 그때부터였던 것 같아.

—나는 그저 다미가 아무것도 모른다고 생각했다.

그런데 그동안 너를 생각하면서 그렇게 내가 먹었던 마음들이 네 잘못만으로 생긴 게 아니라는 걸 알았어. 그 안에는 너를 향한 내 질투심이 있었더라고. 그래서 너한테 자초지종도 안 묻고 오해부터 해 버린 것 같아.

—…….

나 사실 칭찬받는 거 되게 좋아한다. 그런데 사람들은 내가 부잣집에서 태어났기 때문에 행동, 공부 심지어 발표도 떨지 않고 잘하는 거래. 내가 노력한 거는 아무도 보지 않아. 그냥 나만 혼자 나를 봐 줘. 가끔 엄마가 칭찬해 주지만 그건 더 잘하게 하기 위한 형식적인 절차 같은 거야. 의미는 없고 목적만 있는. 그러다 보니까 나는 어느 순간부터 다른 사람들의 입만 보게 됐어. 나한테 뭐라고 말할까 하고. 그런데 너는 항상 당당하고, 하고 싶은 말도 다 하고.

　－다미가 말한 씩씩하고 당당한 아이는 사실 그런 척했던 것이다.

　나도 이제 내가 하고 싶은 거 하면서 당당하게 살 거야. 공부도 내가 하고 싶을 때 할 거야. 이유도 목적도 없이 이렇게 지내는 거 너무 불행하잖아.

　－나도 그러고 싶어, 다미야.

　다미가 말을 하지 않자 다시 커피숍이 조용해졌다. 나는 처음으로 가만히 다미의 이야기를 들었다.
　나는 다미의 모든 것이 부러웠었다. 옷, 학용품, 엄마, 집, 가방, 심지어 냉장고에 있던 포도 주스까지. 내가 언제나 따라가고 싶었던 다미. 그러나 나는 그 아이에 대해 아는 게 거의 없었다. 늘 다미가 가지고 있는 것들만 보느라 다미의 모습은 보지 못했나 보다. 그리고 친구라는 고리로 연결됐던 나는 다미의 말을 한 번도 진지하게 들어 준 적이 없었다. 정말 친구를 사귀는 방법을 모르던 아이는 바로 나였는지도 모른다.

174

정말 나는 친구를 사귈 줄 몰랐다. 언제나 나는 있는 그대로의 내 모습이 아닌 다른 사람으로 나를 포장하는 데에만 촉각을 곤두세우며 살아왔다. 이런 사람처럼 보이길 바라면서, 저런 사람이 되길 바라면서 말이다.

"은주야."

다미가 나지막한 목소리로 나를 불렀다. 나는 고개를 다미에게로 돌렸다. 다미의 눈에 눈물이 살짝 맺혀 있는 것 같았다.

"은주야, 음, 우리 친구 할래?"

"어?"

"나는 너랑 진짜 친구 하고 싶어. 우리 처음 만났을 때도 이런 말은 안 했던 것 같은데…… 좀 쑥스럽다."

선뜻 나는 아무 말도 하지 못했다. 이번에도 다미는 나에게 먼저 다가왔다. 그런데 왜 불쑥 이런 느낌이 드는 걸까? 나 혼자 있던 공간에 처음으로 누군가 열쇠로 문을 철컥 열고 들어온 느낌…… 예고도 없던 방문이라 당황스럽지만 기분이 나쁘지는 않았다. 혹시 나도 모르게 내가 기다리고 있었던 걸까? 모르겠다. 나는 왜 이렇게 모르는 게 많을까? 정말 헛똑똑이인가 보다. 아직 반갑다는 인사말까지는 나오지 않지만 그래도 대답은 해야 할 것 같았다. 그래서 고개를 끄덕였다.

"그 고개 끄덕은 뭐야? 좋다는 거? 그럼 말로 해 줘."

"응, 우리 진짜로, 친구 하자."

나는 말을 하고서 숨을 살짝 깊게 들이마셨다가 내뱉었다. 휴, 나도 쑥스러웠다.

그런데 갑자기 다미가 의심의 눈초리로 나를 보기 시작했다.

"근데 너 석호랑 무슨 사이야?"

다미는 아예 제 몸을 내 쪽으로 틀더니 팔짱을 꼈다. 나는 당황한 티를 내지 않으려고 다미의 눈을 바로 바라봤다. 다미 역시 나를 초롱초롱하게 바라봤다.

"한번은 학교로 너 찾아온다기에 며칠 동안 학교에 나오지 않는다니까 집 어디냐고 물어보더라. 일단 모른다고 했는데 알려 줘도 돼?"

"아니."

별로 만나고 싶지 않았다. 집까지 보이는 건 더 싫었다. 나는 다미가 여기 오기 전에 우리 집 문을 두드렸다는 말을 듣고도 작은 상자처럼 생긴 집을 보고 무슨 생각이 들었을까부터 걱정했었다.

"석호는 너 좋아하는 것 같던데?"

"너 커피 마실래?"

다미의 입막음으로 갑작스럽게 뱉은 말이었다. 이 상황에서 이제 가라는 말은 할 수가 없었기 때문이다. 다미는 몸을 바로 세웠다. 그러고는 들뜬 말투로 좋다고 말했다. 나는 탁자 뒤로 갔다. 다미는 처음 본다며 내 옆에 와 섰다. 그러니까 더 긴장돼서 커피를 내리는 순서가 머릿속에서 뒤죽박죽됐다. 미재의 모습을 떠올리며 기억을 되살리려고 노력했다. 천천히 숨을 내뱉었다. 그러고는 먼저 커피포트에 물을 담고 스위치를 눌렀다. 그다음 원두를 갈면 된다. 한 스푼, 아님 두 스푼? 인원수대로 하는 게 좋을 것 같았다.

원두 가루를 종이필터를 꽂은 드리퍼에 담았다.

"은주야, 그럼 위에서 물 부으면 이 비커 같은 데로 커피가 나오는 거야?"

"응."

이제 뜸을 들이면 된다. 나는 아래로 커피가 떨어지지 않게 조심히 물을 부었다. 그런데 미재와 달리 아래로 커피가 떨어졌다.

뚝, 뚝.

다미의 눈이 휘둥그레졌다.

"커피 나온다."

다미는 핸드드립으로 커피 내리는 걸 처음 본 모양이었다. 내가 틀렸는데도 옆에서 마냥 대단하다며 와- 소리만 연발하고 있었다. 그래서 나는 실수했다는 말을 굳이 하지 않았다. 이번에는 물을 어느 방향으로 몇 바퀴 돌려야 하는지가 기억나지 않았다. 할 수 없이 그냥 물을 부었다. 순서나 방법이 엉터리이기는 했지만 두 개의 커피 잔에 옮기니 양은 딱 알맞았다.

우리는 각자 자기 커피 잔을 들고 문 가까이에 자리를 잡았다. 다미가 앉자마자 커피를 맛봤다.

"맛있다."

그러나 다미의 표정은 살짝 굳어 있었다.

"너 쓰지?"

"조금. 내가 쓴 걸 잘 못 먹어서."

그때 나는 소금, 아니 마법 가루가 떠올랐다. 그래서 탁자 아래 선반에서 마법 가루를 가져와 미재처럼 다미의 커피에 넣어 주었다.

"이거 여기에만 있는 마법 가루야. 이걸 먹는 순간 이제 너한테 좋은 일이 생길 거야."

"정말?"

커피를 마시더니 다미는 처음보다 정말 덜 쓰다고 말했다. 나도 커피를 마셨다. 아직도 씁쓸한 맛이 나지만 처음 마실 때보다는 부드러운 것 같았다. 내가 만들어서 그런가?

다미가 커피 한 모금을 더 마셨다.

"근데 은주야, 너 왜 학교 안 나와? 학교 그만둘 거야?"

"지금 나 설득하려는 거야?"

"아니야. 담임이랑 나랑 한편이라고 생각하지 마. 나도 학교 그만둘 건데 널 어떻게 설득하냐?"

다미는 무심한 표정으로 뜨거운 커피를 식히려는지 입바람을 불었다. 지금 얼마나 엄청난 일을 말했는지 모른 채 말이다. 다미 엄마가 다미를 그냥 놓아주지는 않을 거다. 그동안 들인 공이 얼만데? 다미 역시 반항이라는 명목으로 조금 객기를 부리다 다시 돌아갈 것이다.

"내 말 듣고 우리 엄마는 기절했잖아. 나 그동안 억지로 공부하느라 힘들었거든. 유학 갔다 오면 끝이겠지 했는데 국제중에, 외고에, 입시 학원에 끝이 없더라. 이렇게 엄마한테 끌려다니다가 죽을 것 같아서 얼마 전에 말했어. 살고 싶다고, 살려 달라고. 그랬더니 일반고로 보내더라. 학교는 내 길이 아니라는 게 확실해졌지. 공부도 지겹게 할 만큼 해서 아쉬움도 없고."

다미는 잠깐 말을 멈추고는 앞에 있는 의자를 발로 툭 쳤다. 그러고는 머리를 헝클이며 스포츠머리를 한 적도 있다고 했다. 정말 내가 알고 있던 다미가 맞나 싶었다.

"진작 그만뒀어야 했는데 엄마 때문에 못 했어. 결혼해서 자식 둘은 낳았는데 남편은 늘 바쁘다고 집에 안 오지, 가끔 와도 집에 있는 사람이라고 가방끈 짧다고 무시하지. 엄마가 아빠한테 인정받을 수 있는 건 우리밖에 없거든. 몇 점을 받았고, 어느 학교에 입학했고. 아빠에 대한 애정결핍이 우리한테 과잉 투사돼 집착이 된 거지. 엄마 때문에 너무 숨 막힐 정도로 힘든데 한편으로는 너무 불쌍했거든."

갑자기 다미가 내 눈치를 봤다. 그러더니 말을 더듬기 시작했다.

"이 불쌍은 잘못을 안 했다, 뭐 그런 게 아니라 바보처럼 사는 게 그러니까……."

이때 내가 다미에게 어떤 대꾸를 해 줘야 할까? 내가 머뭇거리는 사이 다미는 나름의 결론을 내렸다.

"모르겠다. 나는 엄마가 불쌍했다가 미웠다가 그래. 그 일 알고 는 치가 떨리게 싫었고. 근데 요즘 멀쩡한 일 하나 하더라. 아빠랑 이혼한대."

다미는 말없이 아랫입술을 깨물었다. 그러고는 커피 잔을 가볍 게 빙글빙글 돌렸다. 다미는 엄마의 이혼을 멀쩡한 일이라고 표현 했지만 다미의 모습은 하나도 멀쩡해 보이지 않았다. 여기에는 힘 내, 괜찮아 등의 가벼운 위로도 어울리지 않을 것 같았다. 그래도 이번에는 내가 먼저 말을 꺼내야 할 것 같았다.

"근데 너 학교 그만두면 뭐 할 거야?"

"록!"

다미는 커피 잔을 내려놓더니 묘한 표정으로 나를 응시했다. 그 러고는 손으로 머리를 마구 헝클이더니 로커처럼 흔들어 댔다. 어 지러웠는지 몸이 휘청거리는 바람에 손으로 테이블을 짚고 중심 을 잡았다. 나는 갑자기 터진 웃음에 손이 흔들려 커피를 쏟을 뻔 했다. 예전보다 조금 더 다미와 가까워지는 기분이 들기도 했지 만, 한편으로는 계속 내가 알던 다미가 아닌 것 같아 낯설게도 느 껴졌다.

다미가 머리를 손으로 빗으며 정리했다.

"지금은 좀 어색하지만 분위기가 나랑 맞지 않아?"

"너 옛날엔 깔끔한 스타일 좋아했잖아?"

"너 혹시 석호 말하려는 거야? 그게 언제 적 얘긴데. 그냥 과거

일 뿐이다.”

그리고 우리는 잠깐 동안 말이 없었다.

“비다!”

비다. 오랜만에 비가 내리는 모습을 가만히 바라봤다. 바람을 타고 가게로 들어온 차가운 빗방울이 얼굴로, 몸으로 와 톡톡 튀었다.

잠시 후, 미재가 머리와 옷이 홀딱 젖은 채로 커피숍으로 뛰어들어 왔다. 미재는 옷을 갈아입고는 우리 옆에서 따뜻한 커피로 몸을 데웠다.

“은주가 내려 준 커피 맛있네요.”

# 10. 젖어들기

빗줄기와 바람이 점점 세지고 있었다. 그 바람에 벽에 걸린 모빌들이 춤을 추듯 이리저리 움직였다. 이제 커피숍 문을 닫아야 할 것 같았다. 조금 더 시원한 비바람을 느끼고 싶지만 바닥이 흥건해질 때까지 커피숍으로 비를 들일 수는 없었다. 그런데 이번에도 미재는 내 생각을 읽은 걸까? 나보다 먼저 일어나 문을 닫았다. 또 살짝 문을 열어 둬 빗소리며 바람을 계속 느낄 수 있게 해 주는 것도 잊지 않았다.

우리는 잠시 동안 아무 말도 하지 않았다. 소리라고는 바람에 흔들리는 모빌들이 벽에 부딪치며 내는 달그락거림과 비가 커피숍의 문을 두드리며 내는 툭툭거림이 전부였지만 그것만으로도 충분했다. 나는 모두가 그렇게 느끼고 있다고 생각했다. 다미가 미재에게 질문을 하기 전까지 말이다.

"저도 미재라고 불러도 돼요?"

미재가 네, 라고 하자 다미는 뒤에 앉은 미재에게로 몸을 틀었다. 나도 살짝 미재에게로 몸을 돌렸다. 우리는 작은 원을 그리며 둘러앉아 있는 모습이 됐다.

"저는 다미라고 해요."

"다미. 이름 예쁘네요."

다미는 수줍은 듯 코를 찡긋대며 만지작거렸다. 다미가 혹시 미재를 좋아하나? 다미는 커피 잔까지 테이블에 내려놓고 중대한 말을 하려는 듯 미재를 바라봤다.

"미재, 근데 여기 커피숍인데 왜 음악이 없어요?"

음악이라니? 이번에도 다미는 내 예상을 비껴 나갔다. 그럴수록 나는 다미와 천천히 알아가는 친구 사이가 된 기분이 들었다.

"다미는 여기에 어떤 음악을 틀고 싶어요?"

미재의 질문에 다미가 눈썹을 긁적였다. 이 행동은 예전 그대로였다. 생각에 깊이 빠졌다는 표시다.

"이렇게 비 오는 날에는 조안 제트(Joan Jett & The Blackhearts)의 〈I hate myself for loving you〉가 제격이죠."

"그거 록 음악이죠?"

"아시네요. 커피숍의 분위기 보고 록 좋아할 줄 알았어요."

다미는 순식간에 로커처럼 기타 치는 시늉을 했다. 나도 커피 잔을 내려놓고 둘의 이야기에 귀를 기울였다.

"그게 무슨 노랜데?"

사실 이 질문은 노래가 아니라 다미가 어떤 스타일을 좋아하고 즐겨듣는지 궁금해져서 던진 거였다. 그러한 사소한 질문에는 다미와의 거리를 좁히고 싶다는 의미도 들어 있었다.

"간단하게 말하면 나를 사랑하지 않는 너를 사랑하는 내가 싫다는 내용이야. 다른 사람과 있는데도 보고 싶고, 그 모습 때문에 괴로운 꿈을 꾸는데도 여전히 사랑하고 있고. 어쩌면 지옥일지도 모를 감정에서 벗어나지 못한 채 사랑을 하고 있는 거지. 왜냐하면 자신의 마음과 자존심을 모두 뺏겨 버렸거든."

다미는 단순히 노래 가사를 읊는 것뿐인데도 얼굴에 오만상을 지어 보였다. 그리고 이어서 시를 읊듯 노래를 불렀다.

I hate myself for loving you

Can't break free from the things that you do

I wanna walk but I run back to you

That's why I hate myself for loving you

다미가 힘없이 어깨를 들썩거렸다. 그러고는 나와 미재를 번갈아 바라봤다.

"나는 너한테서 자유롭지 못해. 또 너에게 돌아가지. 그게 널 사랑하는 나 자신이 싫은 이유야. 흐음, 마지막으로 그걸 선택하는 거지."

나는 나지막하게 말을 내뱉었다.

"죽음."

우리 셋은 침묵이라는 레이스의 출발 총소리를 들은 것처럼 순간 정적으로 빠져들었다. 나는 노래의 주인공을 이해할 수 있을 것 같았다. 믿었던 사람에게 배신당하고 군중 속에서 혼자가 된 기분. 그래서 차라리 아무에게도 기대할 필요가 없는 완전한 혼자가 되기 위해 죽음을 선택하려는 것이다. 그러면 자신의 머리와 가슴을 어지럽게 만드는 기억을 버리고 자유로워질 테니까.

우리의 침묵 레이스를 먼저 이탈한 것은 다미였다.

"죽음? 그렇게 생각할 수도 있겠다. 원래 노래 하나로도 여러 가지 해석이 나올 수 있으니까. 난 그렇게 생각 안 했어. 이 노래의 주인공은 그 사람이 자기를 봐 줄 거라는 희망을 갖고 있어. 힘들다고 솔직하게 말하면서 말이야. 정말 죽을 만큼 싫어졌다면 그런 말도 안 했을 것 같아."

솔직? 희망? 그 사람이 돌아오기만 하면 둘 사이는 아무 문제가 없었던 것처럼 될까?

"그럼 그 사람이 돌아오기만 하면 행복해질 것 같아?"

다미한테 물었는데 미재가 대답했다.

"내 생각에는 둘이 서로에게 앞으로 어떤 행동을 하느냐에 따라

185

달라질 것 같아요. 다미 생각은요?"

어떤 행동을 하면 둘은 다시 잘 지내게 될까? 정말 그 가수는 이 노래를 희망적으로 부른 걸까? 자신을 비참하게 만든 사람과 다시 손을 잡는 일, 내가 지금 하고 있는 일……. 죽을 때까지, 아니 죽어서도 부딪히고 싶지 않은 그 인간의 동생과 지금 마주 앉아 있다. 미움이 사라진 건 아니다. 그런데 점점 다미의 얼굴을 볼수록 적어도 다미를 향한 내 분노들은 사라지고 있었다. 그리고 다시 나는 다미에게 조금씩 기대하고 있었다.

다미는 커피를 마시고는 얼굴을 찡그렸다.

"내 일도 아닌데 저야 모르죠. 나 살기도 바쁜데 복잡하게 얼굴도 모르는 사람들 문제까지 고민을 왜 해요? 그냥 내 마음대로 해석하면서 노래만 즐기면 되는 거 아니에요? 그 옆에 친구가 있으면 더 좋은 거고."

혀를 살짝 내밀며 다미는 장난 가득한 눈으로 나를 바라봤다. 그 모습에 나는 웃음이 새어 나왔다. 아까 다미가 한 말과 다미의 얼굴이 겹쳐져 떠올랐기 때문이다.


나 학교 자퇴한다고 했잖아. 그때 완전 머리를 록 스타일로 하고 갈 거야.

머리의 반은 짧게 밀어서 스포츠머리를 하고 나머지 반은 노란색으로 염색하는 거지. 사실 머리 길이가 어깨밖에 오지 않아 좀 아쉽기는 해. 가슴 아래 정도는 돼야 예쁘거든. 어때? 느낌 있지?

그 머리를 하고 교복을 깔끔하게 입고 학교로 가는 거지. 물론 사복을 입고 싶지만 그건 규칙을 어기는 거니까. 너도 알지? 우리 두발 자율화인 거. 그러니까 나는 학교를 다니는 마지막까지 규칙을 어긴 건 아니야.

아무튼 내가 그 모습을 하고 교무실로 들어가면 모두 뒤집어질 거야.(갑자기 다미가 발음이 부정확할 정도로 쉴 새 없이 깔깔대며 웃었다.) 하지만 나는 학교 규칙을 성실하게 이행한 학생이기에 아무도 나를 타박할 수는 없지. 그렇게 선생님과 엄마와 교무실에 앉아 내가 학생임을 거부하는 모든 서류상의 절차를 끝낸 뒤 나는 눈을 반쯤 가리고 있던 머리카락을 귀로 넘기는 거야. 그러면 선생님들, 엄마 모두 기함할지 몰라. 내가 귀에 피어싱을 열 개를 하고 갈 거거든. 근데 사실 좀 긴장되긴 해.

처음 이 말을 들었을 때는 거짓말일지도 모른다고 생각했지만 지금의 다미라면 충분히 그럴 수 있을 것 같았다. 그러나 나는 절대 그렇게 하지 못할 것이다. 나를 바라보는 시선과 보이지 않는 생각들이 나를 옭아매고 있기 때문이다. 그래서 똑같이 머리를 밀고 학교로 돌아갈 수는 없겠지만 교무실로 들어간 다미를 밖에서나마 기다려 줄 수는 있을 것 같았다. 그리고 담담하게 말해 줄 것이다. '다미야, 자퇴 잘했어?'

어느새 다미와 미재는 탁자로 자리를 옮겼다. 커피를 다시 내리려는 것 같았다. 나는 커피숍의 문 앞으로 다가갔다. 비가 조금씩 잦아들었다. 그러나 아직 네 시도 안 됐는데 하늘이 어둑한 게 곧 비가 다시 세차게 내릴 것 같았다. 나도 미재와 다미가 있는 탁자로 다가갔다. 미재가 주전자를 나에게 내밀었다.

"은주가 원두에 물 부어 볼래요? 원두 뜸 들일 때 아래로 물 안 떨어지게 하려면 연습밖에는 없거든요."

나는 주전자를 받아들고 호흡을 가다듬었다. 미재도 내 호흡이 깨질까 봐 목소리를 낮췄다.

"원두가 팽창하는 모습을 가만히 느끼면서 물을 부으면 돼요."

나는 천천히 주전자를 기울여 물이 흐르게 했다. 주르르-. 필터에 담긴 원두가 봉긋하게 부풀어 올랐다. 그러나 커피가 아래로 떨어졌다. 그래도 아까보다는 그 양이 줄어든 것 같았다. 다미는 내가 혹시 제 소리에 놀라 실수라도 할까 봐 옆에서 몸을 숙인 채 숨죽이고 있었다. 내가 주전자를 잠깐 내려놓자 그제야 휴, 소리와 함께 허리를 폈다.

"와, 아까보다 훨씬 잘한다."

"미재, 여기서 물 부을 때 몇 바퀴씩 어떻게 돌려야 한다고 했죠?"

미재는 내 물음에 대답 대신 갑자기 머리를 긁적였다.

"음, 기억이 안 나네요."

미재는 정말 이상하다. 커피숍을 하는 사람이 커피 내리는 법을 까먹다니. 내가 미재의 얼굴을 살짝 흘겨보자 미재는 다미를 바라보며 손가락을 딱 튕겼다.

"은주가 마음대로 만든 커피 맛있었죠? 그러니까 하고 싶은 대로 하면 될 것 같아요. 뭐, 이참에 은주만의 방법을 만드는 것도 좋을 것 같고. 하하하."

나는 정말 내 마음대로 했다. 오른쪽 방향으로 두 바퀴, 왼쪽으로 두 바퀴를 돌리고, 가운데에서 주르륵-. 커피가 아래로 뚝뚝 잘 떨어지고 있었다. 은은한 커피 향도 살루스 커피숍을 점점 메우고 있었다.

우리는 방금 내린 커피를 들고 조금 전까지 앉아 있던 자리로 갔다. 뜻하지 않게 다시 원 모양이 됐다.

다미가 자리에 앉자마자 가방에서 미재의 노트를 꺼냈다. 미재가 놀란 얼굴로 나를 바라봤다. 내가 다미에게 줬다고 생각하나? 다미도 미재가 그렇게 오해한다고 생각했는지 금방 미재의 시선을 저에게로 돌렸다.

"은주 아니에요. 제가 가지고 간 거예요. 미안해요. 사실 미재가 은주를 괴롭히는 나쁜 사람인 줄 알았거든요. 그래서 여기도 몰래 와서 뒤졌고요. 근데 정말 이 내용은 아무한테도 말 안 할게요. 맹세해요."

미재가 노트를 받아 들었다. 그리고 가만히 노트를 바라봤다. 미재의 눈빛이 슬픔에 잠긴 것 같았다. 내가 봤다고 했을 때도 이 정도는 아니었는데. 이 노트를 본 사람이 없다고 하더니 이제 두 사람이나 생겨 마음이 좋지 않은 걸까?

"이 노트, 오랜만에 꺼내 보는 거예요. 언제부턴가 꺼내 보지 않게 됐어요. 잊고 지낸 거죠. 아니다, 잊은 척한 건지도 모르겠네요. 대신 꺼내 줘서 고마워요."

고맙다는 미재의 말을 완전히 이해할 수는 없었다. 그러나 지금 상황에서 '뭐가요?'라는 간단한 질문을 하는 것조차 부담이 됐다. 그저 마음이 상하지 않았다는 것을 안 것만으로 만족하는 게 좋을 것 같았다. 미재는 먼지를 쓸듯이 손으로 노트를 매만졌다.

우리는 저마다의 사물로 시선을 돌렸다. 미재는 노트로, 다미는 그림으로, 나는 창밖으로.

밖이 어두운 탓에 커피숍 앞에 있는 벤치는 거의 형체가 보이지 않았다. 그 옆에 서 있는 나무도 그림자처럼 보였다. 빗소리에 잠깐 취한 건지 나는 눈까지 감고 있었다.

"어서 오세요. 비 많이 내리죠?"

미재의 목소리에 눈을 떠 보니 그 여자가 서 있었다. 오늘은 청바지에 연한 핑크 남방을 입고 있었다. 파란색 긴 우산을 들고 말이다.

"어?"

다미도 알아봤나 보다. 그러나 다미는 별말을 하지 않았다. 여자는 나를 알아보고는 가벼운 미소로 인사를 대신했다. 그러고는 그때처럼 그림이 걸린 벽 옆에 앉았다. 나는 커피를 만들러 가는 미재를 불러 세웠다.

"제가 할게요. 저 여기 아르바이트생이잖아요."

미재가 만든 것보다 맛이 떨어질 테지만 여자에게 받았던 따뜻한 커피를 돌려주고 싶었다.

여자는 오른쪽 어깨를 벽에 기댄 채 밖을 내다보고 있었다. 나는 그 팔찌가 아직도 여자의 손목에 있는지 궁금했다. 하지만 긴소매를 입고 있어서 잘 보이지 않았다. 나는 커피 만드는 데에 집중하기로 했다. 여자의 말대로 이제는 팔찌를 푸는 것보다 아이를 보내 줄 방법을 찾는 게 더 중요하니까. 아이가 보내 준 선물에 보답할 수 있는 방법을 말이다. 그녀가 말한 선물이라는 것은 마치 동화 같았다.


나는 봄을, 다음에는 여름을, 그리고 가을과 겨울을 점점 느끼지 못하게 됐죠. 사실 느끼지 못하고 있다는 것조차 알아채지 못했지만. 그저 날짜를 보며 봄이니까 꽃이 피는 거고, 여름이니까 더운 거고, 가을이니까 낙엽이 지는 거고, 겨울이니까 눈이 내리는 거다. 그렇게 알고 지냈어요.

그런데 어느 날부터 겨울이 춥다는 걸 몸으로 느끼게 됐어요. 갑자기 어디선가 하얀 새가 날아와 내 목에 목도리를 감아 줬을 때였죠. 그때 나는 따뜻하다고 느꼈거든요. 아, 따뜻하다. 이전에 나는 추웠구나. 그 새는 다시 나에게 날아와 귀마개를, 장갑을, 코트를 하나씩 차례대로 선물해 줬죠.

그렇게 겨울과 봄이 지날 즈음, 하얀 새가 어떤 남자와 내 앞에 나타난 거예요. 남자는 말했죠. 내 귀마개와 장갑, 코트, 목도리를 훔쳐간 하얀 새를 쫓아왔다고요. 모두 내가 하고 있던 것들이었어요. 나는 남자에게 벗어 주려고 했어요. 그런데 나에게 더 잘 어울린다면서 남자가 사양하는 거예요.

그날 이후 남자와 나는 그것들을 함께 사용하기로 했어요. 남자는 하얀 새를 꾸짖지 않았거든요. 오히려 나를 만나게 해 준 고마운 새라고 말했죠.

그 하얀 새가 여자에게서 훨훨 날아가게 할 수 있는 방법이 무엇일까?

나는 고개를 저었다. 아무리 머리를 굴린다고 해도 쉽게 답이 나오지 않을 게 분명해서다. 또 어쩌면 여자는 벌써 좋은 방법을 찾았는지도 모른다. 낙태를 한 뒤 한동안 자신의 얼굴이 무서운 악마처럼 느껴졌다는 여자는 지금 새의 작은 지저귐을 사랑스럽게 듣고 있는 얼굴을 하고 있으니까.

어쩌면 여자는 살루스를 경험했는지도 모른다. 그럼 여자에게 살루스는 새일까, 그 남자일까? 아님 둘 다?

다 내린 커피를 나는 여자에게 건넸다. 그러자 여자는 두 손으로 받아 바로 맛을 봤다.

"미재보다 나은데요."

"이제 살루스를 은주에게 넘겨야 할까 봐요."

미재가 커튼 뒤에서 천을 들고 나왔다. 자리를 잡고 검은 봉지에 들은 천들을 꺼냈다. 역시나 알록달록 크기도 제각각이었다. 나는 미재에게로 다가갔다.

"이렇게도 팔아요?"

"아니요, 버려진 자투리 모아 온 거예요."

미재는 실을 바늘에 꿰어 천을 잇기 시작했다. 테이블 크기만 맞췄지 색 조합은 정말 제멋대로다. 아무리 살루스 스타일이 마구잡이라고 해도 이건 좀 아닌 것 같았다. 그러나 다미는 역시라는 말을 연발하며 미재 옆에 앉았다.

"미재는 록이 뭔지 아는 것 같아요. 편견, 규칙 등을 깨부숴야만 진정한 자유가 나오는 거죠."

다미는 살루스 스타일에 적응이 빠른 것처럼 보였다.

나는 내 커피 잔을 들고 탁자로 가서 남은 커피를 잔에 담았다. 그리고 탁자에 등을 대고 앉았다. 갑자기 거세진 빗줄기는 문 유리를 마구 두드렸다. 문을 부술 것처럼 세차던 빗줄기는 언제 그랬냐는 듯이 잠잠해졌다 거세졌다 반복했다. 하늘은 점점 어두워져 살루스 커피숍의 형광등 빛이 상대적으로 밝게 느껴졌다.

밝은 빛 아래에서 여자는 책을 읽고 있었고, 미재는 테이블보를 만들고 있었고, 다미는 미재 옆에서 테이블보가 될 천들의 색깔을 조합하고 있었다. 다미는 미적 감각이 제로인 것 같았다.

그리고 나는 내 정면에 있는 문 유리로 고개를 돌렸다. 밖이 훤히 보이게 투명하던 유리는 거울처럼 낯선 누군가를 비추고 있었다. 뜻하지 않게 나는 그 누군가와 마주하게 됐다. 희미한 듯하지만 어떤 모습인지는 짐작할 수 있었다. 긴 머리를 느슨하게 아래로 묶고, 무엇을 의미하고 있는지 모를 눈빛에, 말을 하고 싶은 듯 움찔대는 입술을 가진 여학생. 그녀는 말을 시켜도 다른 여고생들처럼 거침없이 마음을 드러내지 않을 것이다. 나는 그녀가 김은주라는 것을 알기에 단언하는 것이다.

얼마 만에 내 얼굴을 정면으로 바라보고 있는 걸까? 오랫동안 모른 척하며 지냈기에 낯설지만 나는 그녀를 모른다고 말할 수가 없다. 사실 안다는 건 거짓말일지도 모른다. 지금껏 모른 척했으며 애써 외면하며 지냈기 때문이다. 어떤 표정으로, 어떤 모습으로, 어떤 행동을 하고 있는지 나에게는 한 번도 중요하지 않았다. 추한 모습이 사라지고 내가 원하는 모습이 될 때, 그때 바라봐 주면 된다고 생각했다. 하지만 그러는 동안 나는 점점 볼 수 있는 것들이 줄어들기 시작했다. 그리고 봐야 할 것들을 서서히 잃어 가고 있었다. 나를, 친구들을, 엄마를, 아빠를…….

어렸을 때 나는 다미만큼만 된다면 내 얼굴을 멋지게 볼 수 있을 거라고 생각했다. 그래서 다미의 작은 행동까지 모두 따라 했다. 그러나 오늘 나는 다미와 이야기를 하며 내가 다미를 제대로 바라본 적이 한 번도 없었다는 것을 알게 됐다. 그래서 어쩌면 나는 결국 다미가 되지 못했는지도 모른다.

어쨌든 다미의 겉모습만 보느라 다미의 마음을 보지 못한 것이다. 나를 바라보던 다미의 눈빛조차 제대로 바라본 적이 없었다. 그 눈빛이 나를 향한 동경인지, 호감인지, 멸시인지, 아니면 다른 무엇인지 구분하는 것은 중요하지 않았다. 나를 경멸하는 것으로 보고 싶었고 나는 그 눈빛을 그렇게 받아들였다. 모든 일이, 모든 사람이 나에게는 조롱이었다.

다훈 오빠 때문이었을까? 아님 선생님? 그것도 아니면 엄마와 아빠? 사실 지금 와서 그런 변명들은 중요하지 않다. 정말 나를 비웃고 깔본 것은 다름 아닌 바로 나였기 때문이다. 나는 나를 인정하는 순간 정말로 내가 시궁창으로 빠져 버릴 것만 같아서 내 모습을 정면으로 보는 게 무서웠다. 내 얼굴에 누구나 함부로 대해도 된다고 낙인이 찍혀 있다고 생각했다. 그래서 웃으면 안 됐고 상대와 말을 할 때는 쉴 틈 없이 상대를 몰아세워야 했다. 누구와도 말을 섞어선 안 됐다. 말은 꼬리를 물고 물어 결국 내 약점이 될 테니까. 그러면서 서서히 나는 나 자신뿐 아니라 사람들과도 멀어지게 되었을 거다. 그렇게 나는 나를 어둠 속에 가둔 채 각설탕에 의지하며 겨우 나지막하게 숨만 쉬고 있었던 것이다.

학기 중에 친구를 사귀지 않아 외롭고 위축된 적도 많았지만, 다음 학년으로 올라갈 때면 오히려 쾌감을 느꼈다. 내가 보여 주기 싫은 부분이 하나도 탄로 나지 않고 철저하게 숨겨졌다는 성취감 말이다.

그러나 지금은 내가 부끄럽다. 그동안 아무도 바라보지 못했던, 심지어 내 얼굴조차 똑바로 보지 못한 내가 창피하다. 나는 조금씩 선명해지고 있는 내 모습을 오랜만에 천천히 바라봤다. 내 머리를, 내 눈을, 내 코를, 내 입을. 언제나 내가 지켜봤어야 했던 김은주의 얼굴과 마주하고 있는 것이다. 달라진 건 아무것도 없었다. 그러기에 무섭지도, 낯설지도 않았다. 앞으로는 이 얼굴을 모른 척하지 않을 것이다. 솔직히 아직까지는 다른 사람에게 누구라며 소개할 자신은 없다. 그러나 적어도 이름 정도는 말할 수 있을 것 같았다.

'유리에 비친 아이는 김은주다. 나는 김은주다.'

갑자기 미재가 낮은 목소리로 무슨 말을 하는 소리가 들렸다.

"잠깐, 잠깐만요."

미재는 손에 천 조각을 쥔 채 턱을 괴고 조는 다미를 깨우지 않고 천을 조심스럽게 빼려고 안간힘을 쓰고 있었다. 그 모습을 보니 각설탕을 달라며 손을 내민 미재의 모습이 떠올랐다. 어린 여학생의 각설탕이나 뺏어 먹는 미재. 그런데 그때 우리가 각설탕을 같이 나눠 먹지 않았다면 어떻게 됐을까?

나는 주머니에 손을 넣어 봤다. 요즘은 각설탕을 챙기지도 않고 먹지도 않았지만 혹시 남은 게 있나 싶어서다. 오른쪽 주머니에서는 손끝에 설탕 가루의 느낌만 났다. 왼쪽 주머니에 손을 넣자 각설탕 하나가 잡혔다. 비가 와서 포장지가 조금 눅눅했지만 모양은 망가지지 않은 것 같았다. 나는 그 하나를 꺼내려다 말았다. 혼자 먹는 것도 그렇고 무엇보다 지금은 별로 각설탕을 먹고 싶지 않았기 때문이다.

비가 얼추 그쳤는지 빗소리가 잦아들었다.

내 얼굴을 비추고 있던 곳에 한 남자의 등이 보였다. 한 남자가 커피숍 문을 등지고 서 있었던 것이다. 후드티며 청바지가 비에 홀딱 젖은 것 같았다. 언뜻 보이는 야구 방망이. 커피는 안 마시고 그림만 보고 갔던 그 이십 대 남자다.

미재가 남자를 발견하고는 살짝 열려 있던 문을 활짝 열었다.

"어서 오세요. 살루스 커피숍입니다."

남자는 인기척에 뒤를 돌아보고는 미재를 보고 가볍게 목례했다. 그러고는 미재를 따라 커피숍으로 들어왔다. 그리고 이번에도 그림이 잘 보이는 오른쪽 끝자락에 자리를 잡았다.

"커피 주세요."

갑자기 들린 남자 목소리 때문인지 졸던 다미가 깼다. 기지개를 쭉 켜기에 일어나는가 싶었는데 아예 테이블에 상체를 늘어뜨리고는 본격적으로 잠을 자기 시작했다. 다미는 편안해 보였다. 정말로 학교, 엄마의 기대, 공부 모두 다 내려놓은 건가? 그게 가능한 일일까?

미재는 남자에게 수건을 갖다주고 커피 내릴 준비를 했다. 다시 따뜻한 커피 향이 커피숍을 채우기 시작했다. 미재는 남자 손님에게 커피를 주고는 남은 커피를 여자에게 따라 주었다.

나는 남자가 커피를 마실지 궁금했다. 그래서 안 보는 척하며 남자 쪽을 의식했다. 그런데 이번에는 마셨다. 호호 부는 소리까지 들렸다. 비를 맞고 와서 그런지 살짝 몸을 떠는 것 같았다.

미재는 몇 번의 바느질을 더 하더니 테이블보를 나에게 흔들어 보였다. 노란색, 보라색, 초록색의 조합으로 이루어진 테이블보, 자주색, 핑크색, 파란색의 조합을 이룬 테이블보 등 콘셉트를 전혀 알 수 없는 스타일의 테이블보가 무려 열 개나 완성됐다. 그런데 살루스 커피숍에는 묘하게 아리송한 테이블보가 모두 잘 어울리는 것 같았다.

"예뻐요."

"정말요? 은주가 예쁘게 봐 주니까 예쁜 거겠죠."

나는 살짝 입꼬리를 올려 보였다.


우리는 어느 순간이 되자 다시 저마다의 고요로 젖어 들기 시작했다.

여자는 간간이 밖을 내다보기는 했지만 거의 책에서 눈을 떼지 않았으며,

미재는 가만히 눈을 감고는 무언가를 떠올리는 듯한 표정을 짓고 있었으며,

다미는 행복한 꿈이라도 꾸는지 이따금 웃어 대며 잠을 자고 있었으며,

남자는 커피 잔을 두 손으로 잡고는 그림을 바라보고 있었으며,

나는 내 주위에 있는 여자, 미재, 다미, 남자를 바라보고 있었다.


내 시선이 느껴졌는지 여자가 나를 바라봤고,

나는 여자의 시선을 내 눈에 그대로 담았다.

누군가와 눈을 마주치는 게 아직 낯설지만 두렵지 않았다.

그리고 나를 보지 않는 그들의 모습에 쓸쓸함을 느끼지 않았다.

여자가 씽긋 미소를 지었다. 나는 입꼬리 살짝 올려 답례했다.

여자는 짧은 눈맞춤을 하고 다시 자기 시간으로 젖어 들었다.


이 커피숍에 록 음악이 필요하다고 말했던 다미에게도 지금만큼은 음악이 필요 없는 것처럼 느껴졌다. 여기 있는 사람들은 음악을 필요로 하지 않을 것이다. 살루스 커피숍에 흐르는 고요를 아무도 두려워하지 않기 때문이다. 우리는 저마다 자신이 만든 고요에 빠져 있기 때문이다.

오늘의 고요에서 먼저 빠져나온 건 여자였다. 비가 잦아들 때 가는 게 좋을 것 같다면서 말이다.

"은주, 오늘 커피 잘 마셨어요."

나는 고개를 숙이며 인사했다. 남자도 자리에서 일어났다. 그러
자 여자가 남자에게 버스정류장까지 우산을 씌워 주겠다고 했다.
그렇게 둘이 떠나고 잠시 후 다미도 잠에서 깼다. 상체를 들어 올
리며 허리가 아프다고 앓은 소리를 하기는 했지만 기지개를 개운
하게 켰다.

"나 진짜 재밌고 행복한 꿈 꿨다."

"무슨 꿈인데?"

다미는 미재의 눈치를 보더니 나에게 가까이 다가와 입 모양으
로 말을 했다.

"내 꿈에 미재가 나왔어."

미재? 정말 다미가 미재를? 나는 미재와 다미의 표정을 번갈아
보았다. 다미의 마음을 종잡을 수가 없었다. 다미는 가겠다며 가
방을 멨다. 문 앞에 서서 비가 더 오는 걸 보고는 가방을 머리에 올
렸다.

"은주야, 나 너 만나러 또 와도 돼?"

나는 고개를 끄덕였다. 다미는 미재와 나에게 인사를 하고 뛰어
갔다. 나는 시야에서 사라질 때까지 다미의 뒷모습을 보고 있었다.
그리고 집에 가서 우산을 챙겨 나올걸, 하고 후회했다. 내 가방에
는 비가 올 때나 오지 않을 때나 늘 노란 우산이 들어 있다. 좀 오
래돼서 검은 때가 묻어 밝은 노랑은 아니지만 원래 노란색이었다

는 것을 의심하는 사람은 없을 것이다.

내 가방에 언제나 우산이 들어 있는 건 비가 와도 학교로 우산을 들고 올 수 없다는 것을 너무도 잘 알고 있는 엄마 때문이다. 무거워서 몰래 빼놓으면 엄마는 어느새 다시 가방에 넣어 둔다. 그런 실랑이에서 항복한 건 나였다. 그래도 지금껏 우산이 없어서 비를 맞은 적이 없으니 손해를 본 건 아니다.

# 11. 따뜻한 눈물

철커덕

새벽에 현관문이 열리고 잠기고

집 앞에 세워 둔 트럭에 시동이 걸리고

하나, 둘, 셋, 넷, 다섯

트럭이 출발한다.

언제나 그랬듯 이제부터 이 집에는 나 혼자다.

햇빛이 내 방으로 들어올 즈음 이불에서 나왔다. 나무로 된 문을 열자 오래돼 삐거덕거리는 소리가 났다. 오늘따라 그 소리가 다섯 평도 안 되는 집에서 메아리를 치는 것처럼 들렸다. 활짝 문이 열려 있는 안방, 문을 닫아 둔 화장실, 싱크대가 반을 차지하고 있는 주방 겸 거실 그리고 내가 등지고 서 있는 내 방에 따닥따닥 놓인 가구들이 점점 나와 멀어지는 기분이 들었다. 평소처럼 답답하기는커녕 집이 너무 크게 느껴졌다. 모두 그대로인데 말이다. 여기저기 늘어져 있는 옷가지며 현관을 가득 채운 신발 더미, 아침에 엄마와 아빠가 커피를 타 마셨던 컵 두 개까지. 얼른 미재가 있는 살루스 커피숍으로 가고 싶었다.

나는 어젯밤 빗물이 다리에 튀는 것도 모르고 커피숍으로 뛰어갔다. 미재는 커피를 마시고 있었다.

"은주, 일찍 왔네요. 근데 오늘은 머리를 푼 거예요?"

나는 끈이 머리 끝부분에 걸렸나 싶어 손으로 머리를 훑었다. 없었다. 흔한 노란 고무줄이지만 없으면 무지 아쉬운 법이다.

"흘렸나 봐요. 잠깐만요. 찾아올게요."

"내가 줄게요. 고무줄 엄청 많아요."

미재는 간이침대가 있는 커튼 뒤로 들어가 배낭만 한 크기의 손잡이가 달린 가방을 가지고 나왔다. 침대 머리맡에 있는 큰 가방 안에서 꺼내 온 것 같았다. 미재의 노트를 꺼낼 때 언뜻 본 기억이 있다.

미재가 가방을 커피숍 가운데에 있는 테이블에 올려놓더니 그 안에서 마구 꼬여 있는 고무줄 뭉텅이를 꺼냈다.

"이거 다 은주 가져요."

"괜찮아요. 하나면 돼요."

나는 미재에게 얻은 고무줄로 머리를 묶었다. 내 시선이 가방에 꽂혀 있다는 것을 알았는지 미재가 가방에서 물건을 하나씩 꺼내 보였다.

"이건 털실하고 바늘. 예전에 침대 가리는 커튼을 뜨개질로 만들려고 했거든요. 이건 보온병, 이건 고장 난 손목시계. 그래도 약만 넣으면 다시 움직여요. 그리고 여기서 제일 무거운 아크릴 물감 세트. 또 이건……."

"됐어요. 다 안 꺼내도 돼요."

그 정도면 가방에 대한 내 호기심도 어느 정도 해결됐다. 갑자기 미재가 양팔을 옆으로 쫙 폈다.

"갖고 싶은 거 있으면 골라 봐요. 선물할게요."

나는 그 옆에 앉아 관심 없는 척 시선을 밖으로 돌렸다.

"그거 미재가 필요 없으니까 주려는 거죠?"

"당연하죠."

뜻밖의 대답이었다. 나는 미재가 아끼는 건데 나를 생각해서 혹은 아르바이트비로 주는 거라고 말할 줄 알았다. 나는 아직도 미재에게 '이상한' '특이한'이라는 수식어밖에 붙여 주지 못할 정도로 미재를 모르고 있었다.

"이 물건들 다 좋은 건데 나랑 있으면 빛을 내지 못하잖아요. 제역할도 못 하고. 물건들도 자기를 자주 사용해 주는 주인을 만나야 행복하게 빛난다고요. 그러니까 은주도 여기서 적어도 열 번 이상은 사용할 물건을 골라야 해요."

그때 나는 필요한 게 없다고 말하면 간단했다. 그러나 미재에게
휩쓸리듯 내가 열 번 이상 사용할 수 있는 게 무엇인지를 생각하며
물건을 고르기 시작했다. 뜨개질에는 원래 취미가 없고, 시계는 내
팔목에도 있고……. 이제 골랐느냐는 미재의 말에 나는 보온병을
들었다. 그중에서 그래도 내가 가장 활용할 확률이 높을 것 같아서
다. 외출할 때 몇 번 물만 담아 가지고 다니면 될 테니까.

미재는 꺼낸 물건을 모두 가방에 넣고 원래 있던 커튼 뒤로 가지
고 갔다. 다시 커튼에서 나올 때는 천 가방을 메고 나왔다.

"어디 가게요?"

"네, 새벽이나 돼야 들어올 것 같은데 어쩌죠? 커피 혼자 마셔야
할 것 같은데."

나는 따라가고 싶다는 말이 입 가까이까지 올라왔지만 밖으로
뱉어내지는 못했다.

"근데 저 열쇠 없는데."

"열쇠요? 그런 거 없어요. 누구나 마음대로 오갈 수 있게 살루스
커피숍은 언제나 열려 있잖아요. 그러니까 이따가 문만 닫고 가면
돼요. 그럼 부탁할게요."

살루스 커피숍에 없는 게 하나 더 있었다. 열쇠.

미재가 나가고 나니 휑하니 허전한 기분이 들었다. 혼자 있는 게
싫어서 온 건데. 손님이 올까 하는 기대로 문 앞을 서성이거나 커

피숍에 놓인 의자를 바꾸며 시간을 때웠다. 나는 문 가까이 의자를 당겨 앉아 봤지만 오늘은 비둘기조차 보이지 않았다. 이럴 때는 커피 향으로라도 커피숍을 가득 채우는 게 좋을 것 같았다.

탁자로 가 보니 컵이며 커피를 내리는 기구들이 행주에 엎어져 있질 않았다. 아침에 설거지를 안 했나 보다. 나는 설거지부터 하려고 그릇들을 챙겨 수돗가로 갔다. 미재에게 선물 받은 보온병도 챙겼다. 그리고 깨끗이 닦아 모두 행주에 엎어 놓았다. 이제 물을 끓이고 원두를 갈면 된다. 몇 번 커피를 내린 경험 때문인지 이전처럼 망설이거나 주위를 둘러보는 거 없이 하나하나 준비하고 커피를 내렸다.

어느새 따뜻한 커피 향이 커피숍에 퍼지기 시작했다. 그런데 색이 좀 진해 보였다. 이러면 쓴맛이 강할 텐데. 나는 미재에게 배운 대로 커피가 담겨 있는 서버에 따뜻한 물과 소금을 넣어 커피를 부드럽게 만들었다. 그리고 잔에 커피를 담았다.

그런데 왜 불현듯 지금껏 한 번도 신경 쓴 적이 없는 엄마와 아빠의 커피 잔이 떠오른 걸까? 그저 커피의 찌든 때가 낀 컵 두 개일 뿐이었는데. 어제 다미에게 엄마의 이야기를 들어서일까? 어젯밤에 한참을 생각했지만 엄마가 왜 다미네 집을 찾아갔는지에 대한 시원한 답을 구하지 못했다.

왜 엄마는 그런 선택을 한 걸까? 그때 엄마의 마음은 어떤 거였을까? 그리고 나는 엄마에게 어떤 말을 해야 하는 걸까? 그냥 모른 척해 버릴까? 그래서 이전처럼 서로 아닌 척하며 지낼까? 또다시 셀 수 없는 물음표들이 내 머릿속에서 뒤엉켜지고 있었다. …… 도 저히 풀어낼 수가 없었다.

나는 따뜻한 커피를 한 모금 마셨다.

'엄마도 다미의 집에 가기 위해 높은 담이 이어져 있는 그 길을 걸었겠지?'

따뜻한 커피가 몸 안으로 퍼지는 게 느껴졌다.

'엄마도 다미 엄마가 있는 거실로 가기 위해 네 개의 문을 지났겠 지?'

커피 잔을 입에 갖다 댔다.

'엄마도 경멸하는 눈빛과 말투로 사람을 갈기갈기 찢는 다미 엄 마 앞에 앉았겠지?'

나는 커피를 마시지 않고 잔을 내려놨다. 지금 엄마한테 가야 할 것 같았다. 그러나 발이 쉽게 움직이지 않았다. 엄마의 얼굴을 보 고 뭐라고 말하지? 이내 고개를 젓고는 다시 커피 잔을 들었다.

커피, 커피…… 커피, 따뜻한 커피.

내가 내린 커피는 아직 따뜻했다. 나는 보온병에 커피를 담았다. 커피를 내리느라 어수선해진 탁자를 치우고 살루스 커피숍에서 나 왔다. 보온병도 잊지 않고 챙겼다.

나는 버스에 몸을 실었다. 엄마와 아빠가 장사하고 있는 시장에 가는 게 얼마만인지 모르겠다. 지금 내 마음은 설렘보다는 두려움이라고 표현하는 게 맞을 것이다. 그러기에 일곱 정거장밖에 안 되는 거리임에도 집에 돌아오는 길을 잊지 않으려는 아이처럼 창밖에서 눈을 떼지 않았다.

"이번 정거장은 밤골 시장 입구입니다."

벌써 도착했다. 나는 보온병을 가슴에 안고 버스에서 내렸다. 이제 저 앞에서 오른쪽으로 꺾어 들어가면 밤골 시장이다. 나는 보온병을 더 세게 안고 심호흡을 했다.

'나는 따뜻한 커피를 주러 온 것뿐이야.'

시장 입구에 서자 사람들로 북적였다. 나는 이리저리 피해 엄마와 아빠가 운영하는 채소 가게로 걸어갔다. 시장 안은 변한 게 거의 없는 것 같았다. 엄마가 오백 원짜리 순대를 사 주었던 가판의 할머니도 그대로 있었다. 따끈한 순대를 나무젓가락에 끼워서 먹던 맛이 생각났다. 지금은 천 원으로 올라 있었다. 예전에는 시장 골목이 넓고 길게 느껴졌는데 걸으며 사람들과 몇 번 부딪히고 나니 채소 가게 근처에 다 와 있었다.

그런데 그때 누군가가 나를 향해, 정확히 나를 보며 서 있었다. 엄마였다. 나도 모르게 걸음을 멈췄다.

엄마의 모습이 원래 이랬나? 늘 보던 대로 머리를 질끈 하나로 묶고 초록색 조끼에 펑퍼짐한 바지를 입었지만 내가 알던 사람이 아닌 것 같았다. 장소에 따라 사람이 달라 보인다고 하던데 그래서인가?

그런 엄마를 손님이 불렀다. 엄마는 채소를 팔면서도 보온병을 든 채 움직이지 않고 있는 나를 곁눈으로 살폈다. 무슨 의미일까? 은주니? 왜 왔니? 잠깐만 기다려? 돌아갈까 망설이다가 한 걸음 한 걸음 걸어 채소 가게 앞에 섰다. 커피를 주려고 온 것뿐이니까. 나를 먼저 알은체한 건 엄마가 아니라 그 앞에 있는 정육점 아저씨였다. 정육점 문이 열리자 시끄러운 음악 소리가 들렸다.

"이게 누구야? 은주야? 아이고, 많이 컸다. 은주 엄마 이제 걱정 없겠어. 애 다 키웠네."

아저씨는 대야에 가득 찼던 물을 가게 앞에 버리고는 세월이 빠르다는 말을 중얼거리며 정육점으로 들어갔다. 엄마는 손님이 휘젓고 간 버섯을 정리했다.

"학교 일찍 끝났어?"

나는 고개를 끄덕였다. 역시나 엄마는 사복을 입은 내 모습이 아닌 가게 입구에 놓은 콩나물 통, 벽에 쌓아 둔 배추와 무를 훑어보기 바빴다. 그렇게 채소 정리를 한 뒤 나에게 안으로 들어가자고 했다. 언제나 그랬듯 나는 엄마에게 돈이 되는 채소들보다 못한 존재인가 보다.

우리는 가게 안쪽에 칸막이로 쳐 놓은 곳으로 들어갔다. 그곳에는 칠이 벗겨진 회색의 작은 원탁과 때가 전 큰 의자 두 개, 영어로 골드스타 로고가 있는 소형 냉장고가 그대로 있었다.

"밥 먹었어?"

엄마는 이 질문을 하며 밥을 먹다가 미처 치우지 못한 멸치 쪼가리를 손으로 쓸어 버렸다. 나는 먹지 않았지만 대답하기 귀찮아 그냥 고개를 또 끄덕였다. 이번에는 엄마가 나를 본 것 같았다.

"아빠는 아파트에 트럭 장사 나갔어."

"알아."

사실 평소처럼 대충 응, 이라고 말하려다 말았다. 오늘은 밤골 시장에서 엄마와 아빠가 채소 장사를 하는 것도, 아빠가 낮에는 여러 동네를 돌아다니며 장사를 하는 것도 모른 척하고 싶지가 않았기 때문이다.

나는 만지작거리던 보온병을 작은 원탁에 올려놓았다.

"이거 내가 만든 커피야. 아빠랑 마셔."

엄마는 손을 의자 등받이에 걸쳐 두었던 수건에 닦고는 보온병을 열고 그 뚜껑에 커피를 따랐다. 엄마는 김이 나는 커피에 얼굴을 대고 가만히 바라보고 있었다. 커피가 검은색이라서 놀랐나?

"원두커피라 까만 거야."

엄마는 천천히 조심스럽게 커피를 마셨다.

"맛있다."

다행이다. 엄마는 뚜껑에 따른 커피를 음미하며 조금씩 나눠 마셨다.

그러나 나는 엄마에게 저 커피가 쓰다는 것을 안다. 믹스커피에도 설탕을 넣어 먹는 사람이니까. 하지만 나는 거짓말하지 말라며 따지지 않았다. 커피를 마실 때마다 입꼬리를 올리는 엄마의 얼굴을 조금 더 보고 싶어서다. 커피를 다 마신 엄마가 보온병에 뚜껑을 덮고, 가게 안에 퍼진 커피 향이 점차 사라지고 있을 즈음 나는 낮게 엄마를 불렀다.

"다미 우리 반으로 전학 왔어."

엄마가 나를 향해 고개를 돌렸다. 엄마의 입가에 미소가 사라졌다.

"무슨 국제중에, 외고 들어간다더니."

엄마는 무덤덤하게 말했다. 하지만 나는 단 한 번도 다미의 학교에 대해 말한 적이 없었다. 다미의 말대로 엄마는 다미 엄마를 만난 걸까?

"그걸 어떻게 알았어? 내가 학교에 가는지 안 가는지 관심도 없으면서."

"왜 관심이 없어? 네가 알아서 하니까."

이제 와서 그런 건 중요한 게 아니었다. 나는 더 망설이고 싶지 않았다.

"다미한테 다 들었어. 다미네 집에 왜 갔어? 나한테는 그렇게 말해 놓고 왜 간 거야?"

엄마, 얘기해 줘. 내 머릿속에서 엉킨 물음표들 엄마가 해결해 줘.

엄마가 그때처럼 내 팔을 붙잡았다.

"은주야, 잘 들어. 엄마는 다미네 집에 간 적 없어. 그럴 이유가 없잖아."

내 팔이 떨리기 시작했다. 그럴수록 엄마는 손에 더 힘을 주었다.

"그 일 때문에 간 거잖아. 내가 다훈 오빠한테……."

갑자기 엄마가 내 입을 막았다. 그러고는 김은주,라고 단호하게 말했다. 나는 엄마의 손을 치웠다.

"지금 와서 어떻게 하겠다는 게 아니야. 엄마가 나한테는 아무 일 없던 거라고 해 놓고 다미네에 갔다니까 나는 그게 이해가 안 돼서."

"은주야, 아무 일 없이 잘 지냈으면 된 거야. 그게 뭐가 중요해? 지금처럼 잘 지내면 되는 거야."

"엄마, 나 잘 지내지 않았어. 너무 힘들었어."

나는 갑자기 흐른 눈물 때문에 앞이 뿌옇게 보였지만 엄마의 눈에 눈물이 고인 것은 볼 수 있었다.

"그래도 우리 은주 씩씩하게 학교도 다니고, 반장도 하고, 공부도 잘하고."

"엄마는 왜 엄마가 보고 싶은 것만 봐? 왜 내가 아프고 무서워하는 건 안 봐? 그게 안 보여?"

엄마는 고개를 숙이고 호흡을 가다듬는 것 같았다.

"너 변호사 된다고 했잖아? 그럼 딴생각할 시간 없어. 지금처럼 공부에만 집중하면 변호사도 될 수 있고 그깟 일 있었나 싶게 다 잊게 돼."

"나도 잊었다고 생각한 적 있어. 그런데 나도 모르게 불쑥불쑥 떠올라. 나를 찢어 버리고 싶을 만큼 그 기억이 지워지지 않는다고. 아무리 도망쳐도 그 자리라고."

엄마는 두 손을 맞잡았다. 얼마나 힘을 주는지 엄마의 손이 떨리기 시작했다. 그러고는 천천히 시선을 아래로 내렸다. 나는 그 모습을 보자 화가 났다. 분명 다미 엄마 앞에 가서도 저런 표정으로 죄인처럼 앉아 있었을 거다.

"그런 표정 좀 짓지 마. 나는 엄마가 거기에 왜 갔는지 듣고 싶을 뿐이야."

나는 의자에서 벌떡 일어났다. 엄마의 모습을 보는 게 너무 답답했다.

"지켜 주려고. 내 딸 지키려고."

뭐라고? 나는 엄마의 말을 다시 듣고 싶었다. 그러나 숨소리조차 쉽게 뱉어지지가 않았다. 엄마의 눈에서 그렁거리던 눈물이 흐르기 시작했다.

"근데 은주야, 미안하다. 다른 엄마들처럼 신고도 하고, 재판하는 데에 몇 년이 걸려 돈이 억이 든대도 끝까지 싸워서 그놈 감옥에 처넣었어야 했는데. 미성년이고 뭐고 간에 부모까지 개망신을 시켰어야 했는데."

엄마의 호흡이 거칠어졌다. 그와 다르게 나는 숨이 멎는 것만 같았다.

엄마는 말했다. 지켜 주고 싶어서, 나를 지키려고 그랬다고. 내가 듣고 싶은 말을 이제 듣게 된 것이다. 그런데 이상했다. 물음표가 하나씩 해결되고 있는데 왜 내 속이 시원하지 않은 거지? 왜 내 가슴이 더 먹먹해지는 거지? 나는 의자에 힘없이 털썩 앉았다. 엄마는 그 자리에서 머리를 탁자에 대고 흐느끼기 시작했다. 그러더니 읊조리듯 그때의 일들을 고백성사처럼 풀어놓기 시작했다.

엄마는 내 이야기를 들은 뒤 바로 다미네 집으로 달려갔다. 그런 엄마에게 다미 엄마는 신고해도 돈이 없어서, 미성년자라서, 내가 그 방으로 스스로 가서 등의 이유를 대며 재판에서 이길 확률이 없다고 못을 박아 말한 것이다. 결국에는 나만 매스컴에서 우습게 다루어질 거라는 협박까지. 현실을 잘 알고 있던 엄마는 결국 돌아와서 아무 일도 없었다는 다짐을 나한테서 받아낸 것이다.

엄마가 눈물을 훔치며 내 손을 잡았다.

"그때 너 몰아세워서 미안해. 그런데 엄마는 그렇게 하면 너를 지킬 수 있을 거라고 생각했어. 내가 만든 최면으로 네가 겪은 나쁜 기억 사라지게 해 줄 수 있다고 믿었어. 그게 엄마가 널 지켜 줄 수 있는 최선이었어. 그리고…… 나는 네가 잘 지내기에 모두 잊었다고 생각했어."

엄마는 내 손을 눈물로 범벅이 된 자신의 얼굴에 갖다 댔다. 따뜻함이 전해졌다. 가슴이 저릿해지더니 무언가가 꿈틀대는 느낌이 들었다. 그런데 왜 나는 엄마의 눈물이 슬프지 않은 거지? 엄마가 내 손을 잡은 채 자신의 가슴께로 가져갔다. 따뜻했다. 그리고 엄마도 조금씩 진정돼 가고 있었다.

"가난이 부모 노릇도 못 하게 하네."

엄마는 손으로 내 얼굴에 번진 눈물을 쓸어 주기 시작했다. 그런데 엄마 손의 감촉이 달랐다. 아까는 따뜻했는데 지금은 거칠다. 얼굴이 긁히는 느낌이 들었다. 나는 엄마의 모습을 다시 눈에 담았다. 아침에 바른 립스틱 위에 한 번도 덧바르지 않아 입술 주름 사이에 붉은 흔적만 있는 입술, 한겨울도 아닌데 빨갛게 올라와 살짝 버짐이 잡힌 뺨, 새치가 삐죽삐죽 나온 머리카락…… 이게 다 가난이 지나간 자리일까? 세상은 왜 우리 엄마와 아빠에게 살루스를 주지 않았을까?

"엄마는 이런 인생이 지겹지도 않아? 매일 새벽 시장 다니면서 이 구석에서 채소 열심히 팔아 봤자 똑같잖아. 돈이 모이기는커녕 적당한 대가조차 받지 못하잖아. 늘 빚에 시달리잖아. 포기하고 싶지 않아?"

"왜에? 지겨울 때 많지. 그런데 힘들다 싶어 포기하려고 하면 좋은 일이 생기더라고. 죽을 만큼 힘들다 하니까 네 아빠가 나타나고."

엄마는 지금 아빠 만난 탓에 어디서 무엇을 하며 살고 있는지 정말 모르는 걸까?

"그게 좋은 일이야?"

"응, 그런데 너를 낳으니까 좋은 일이 더 자꾸 생기는 거야. 네가 아빠라고 처음 말했을 때 넌 기억 못 하지? 다른 애들과 달리 엄마가 아니라 아빠를 먼저 했어. 그리고 학교도 가기 전에 한글을 알았을 때, 학교에서 구구단 시험에 통과했을 때, 용돈 기입장, 글짓기상 받았을 때…… 셀 수도 없을 정도야. 이러니 내가 어떻게 인생 지겹다, 포기하고 싶단 말을 해. 물론 중간에 힘든 적도 있었지만 앞으로 더 열심히 살면 우리 은주 좋은 대학 가고 취직도 잘하고 좋은 사람 만나 결혼도 할 텐데. 아빠가 늘 말해, 우리가 성실하게 살아야 우리 은주 복 받는 거라고. 처음에는 무슨 소린가 했는데 내가 너 키워 보니까 딱 맞더라고."

엄마가 말한 일들은 거의 기억이 나지 않았다.

낯선 아줌마 목소리가 들렸다.

"오이 하나 더 넣어 줘요. 그 박스에 오이 딱 하나 남았네, 뭘."

칸막이 뒤에 있어 몰랐는데 아빠가 손님과 흥정을 하고 있었다. 언제 왔지? 우리가 말하는 걸 다 들었을까? 엄마가 칸막이를 나갈 때 나도 뒤따라 나갔다.

엄마는 손님 곁으로 가더니 오이를 손님 장바구니에 넣었다.

"원래 안 되는데 오늘만 드릴게. 다음에 또 오셔요."

손님은 당근 삼천 원어치를 사면서 오이를 서비스로 받아 갔다. 아빠는 손님들에게도 무뚝뚝한가 보다.

아빠는 나를 보고도 왔느냐는 말 한마디 하지 않았다. 나도 특별한 인사를 기대한 건 아니었다. 엄마가 새 오이 박스를 꺼내 놓았다.

"오늘 트럭에 얼마나 남았어요?"

아빠가 말없이 손가락으로 한쪽을 가리켰다. 그곳을 보니 양파한 자루만 덩그러니 있었다. 내 생각이 틀렸나 보다. 아빠는 장사수완이 좋은 것 같았다. 엄마는 가게 한쪽에 둔 배추와 오이를 아빠 앞에 있는 수레에 옮기기 시작했다.

"참사랑 봉사단체에서 배추 스물다섯 포기, 무 열 개 정도 더 필요하대요. 이것 좀 갖다주고 와요. 은주야, 아빠 트럭에 이거 싣고올 테니까 잠깐 가게 좀 보고 있어. 손님 오면 엄마 금방 온다고 하고."

나는 난생처음 채소 가게에 혼자 있게 됐다. 손님이 오면 어떻게하나 걱정했는데 다행히 엄마가 돌아올 때까지 아무도 오지 않았다. 아니, 안타까웠다.

엄마가 오자 손님들이 오기 시작했고 나는 마땅히 할 일이 없어칸막이 뒤에 있는 의자에 앉아 있었다. 보온병을 흔들어 보니 커피한 잔 정도가 남은 것 같았다.


어스름할 즈음 아빠가 돌아왔다. 엄마는 막바지 손님들을 맞았고 아빠는 팔고 남은 채소를 정리했다. 그래도 시계는 어느새 아홉시를 가리키고 있었다. 우리는 이제 트럭을 같이 타고 집으로 가야 한다.

오랜만에 우리 셋은 아빠의 트럭에 올라탔다. 내 엉덩이가 커진 걸까? 예전에는 자리가 남아 덜컹이는 차에 바로 앉아 있을 수가 없었다. 안전벨트를 매도 좌우로 움직이는 탓에 엄마가 팔로 나를 감싸야만 했다. 하지만 이제는 그런 수고를 하지 않아도 될 것 같았다. 엄마도 느꼈는지 팔로 내 몸을 감싸는 대신 내 왼팔에 자신의 오른팔을 끼웠다. 오랜만에 엄마의 살이 닿자 숨이 편히 쉬어지지 않았지만 나는 불편하다는 말을 하지 않았다. 그렇게 우리는 집으로 향했다.

엄마는 아직 나에게 말하지 않은 게 있다. 다미네 집에 두 번째 갔을 때 무슨 말을 듣고 왔는지 말이다. 사실 나는 엄마가 참을 수 없는 모욕을 당했을 거라는 걸 알고 있다. 나도 끝내 말하지 않은 게 있다. 내가 다미네 집을 찾아갔던 일. 나는 앞으로 계속 이 일에 대해 묻지도 말하지도 않을 것이다. 엄마와 나의 암묵적 약속인 것이다. 그런데 엄마한테 들은 이야기 중에 아빠한테 하나 확인하고 싶은 게 있었다.

"아빠가 너를 얼마나 생각한다고. 현관에 신발 쌓아 둔 것도 집에 사람 많아 보이게 하려는 거야. 혹시 도둑 들더라도 도망가라고. 너는 우산도 무겁다며 싫다고 했지? 그것도 네가 우산 빼놓으면 아빠가 너 몰래 가방에 넣어 두고 또 빼면 또 넣고. 비 맞으면 안 된다고. 내가 일기예보 보고 비 안 온다고 하면 그런 거 믿다가

218

비 맞으면 어떡하느냐고 도리어 화를 낸다니까. 네가 벤치에 늦게 갈 때면 몇 번이나 확인하고 온다니까."

그러나 나는 집으로 올라가는 비탈길을 지나 집에 다다를 때까지 묻지 못했다.

'학교에서 상장을 받아 와도 칭찬 한 번 해 준 적이 없고, 놀이동산은커녕 놀이터에 가자는 내 어리광 한 번 받아 준 적이 없던 아빠가 정말 나를 위해 그런 일을 한 게 맞냐고? 내가 아빠의 구세주라고 말한 게 진심이었냐고?'

이 질문에 혹시 아빠가 아니라고 말하게 될까 봐 겁이 났던 건지, 엄마가 이미 답을 알려 주었기에 물을 필요가 없었던 건지는 정확히 모르겠다. 그러나 엄마의 말을 들은 뒤부터는 아빠의 작은 숨소리, 투박한 손으로 차의 핸들을 만지는 소리, 운전을 하며 좌우로 살짝 고개를 돌릴 때마다 일어나는 바람이 예민하게 느껴졌다.

트럭에서 말을 한 사람은 나와 아빠 사이에 앉은 엄마뿐이었다.

"은주 아빠, 은주가 만든 이 커피 우리 내일 새벽에 마시고 일 나가요. 고소한 볶은 콩 냄새가 나는데 얼마나 맛있는지 몰라요."

아빠는 고개를 끄덕였다.

우리가 큰 소리를 내며 싸움을 하지 않는 것은 서로에게 무관심하기 때문이라고 생각했다. 삶의 의욕조차 없는 사람들끼리 어쩔 수 없이 한 공간, 그것도 너무 비좁은 곳에 모여 있게 된 거라고. 그러나 나만 모르고 있었다. 나를 제외하고 이 둘은 서로를, 나를 자기들의 방식대로 챙기고 있었다는 것을. 그 모습이 무덤덤해 보였을지라도 말이다. 이것도 내가 보지 않으려고 무시했던 것들 중에 하나였을까?

아빠가 트럭을 세우고 시동을 껐다. 우리는 트럭에서 내려 집으로 들어갔다. 내가 내 방으로 들어가려고 문고리를 잡았을 때 아빠가 은주야,라고 내 이름을 불렀다. 나는 선뜻 대답하지 못했다.

"미안하다."

아빠는 엄마와 내가 이야기하는 것을 모두 들었나 보다. 나는 마른침을 억지로 삼켰다. 그리고 문고리를 돌렸다.

"괜찮아."

나는 방으로 들어가 문을 닫았다. 그리고 이불에 얼굴을 묻고 숨을 죽이며 울기 시작했다. 아빠가 나를 처음으로 울게 만들었다. 나는 슬프지 않았다. 내 눈에서 흐르는 눈물이 너무도 따뜻했기 때문이다.

## 12. 은주의 선

밤이 되었다. 나는 여전히 눈을 뜨고 있었다. 잠을 자지 않은 지 삼 일째다. 예전처럼 양을 세지도 않았다. 물론 억지로라도 잘 수 는 있겠지만 밤에는 꼭 자야 한다는 의무감에 나를 꾸역꾸역 끼워 맞추고 싶지 않았다. 그래서 보이지도 않는 양을 세는 대신 창문으 로 들어오는 달빛을 감상했다. 오늘도 달빛이 밝았다.

그때 익숙한 소리가 낮게 내 방으로 퍼져 들어왔다.

"하아."

아빠의 한숨 소리다. 나를 천천히 낭떠러지로 밀어냈던 소리. 그 러나 이제 그 소리는 낭떠러지에서 나를 끌어올리려는 아빠의 사 투라는 것을 알게 됐다. 겨우 잡은 내 손의 끄트머리를 절대로 놓 치지 않겠다는 다짐.

그리고 그 소리는 그런 아빠가 안방에 있음을 확인시켜 주고 있다. 아빠가 벤치에 있던 나를 확인했던 것처럼 말이다. 나에게도 나를 딸이라고 부르는 엄마와 아빠가 있으며 그들은 지금 나와 한 집에서 밥을 먹고 잠을 자는 사이인 것이다.

툭툭.

누군가가 내 방 창문을 두드렸다. 창문에 드리워진 검은 그림자. 누구지? 창문 바깥에 쇠로 된 창살이 있지만 오래돼 마음만 먹으면 뜯을 수 있을 것이다. 내가 창문의 고리가 잠겼는지 확인하고 안방으로 가려는데 그 사람이 내 이름을 불렀다.

"은주, 자요? 미재예요."

나는 얼른 창문을 열었다. 정말 미재였다. 시계를 보니 새벽 세 시였다.

"왜 안 자고 이 시간에? 혹시 지금 온 거예요?"

"그런 은주는 왜 안 잤어요?"

"전 원래 불면증 있어서 잠을 잘 못 자요."

"그래요? 잠 잘 자는 방법 아는데 알려 줄까요? 나와 봐요."

나는 잠옷을 입은 채 밖으로 나갔다. 삼월의 새벽은 한겨울처럼 공기가 찼다. 우리는 서로를 보고 웃으며 커피숍으로 걸어갔다. 커피숍에 가까워질 즈음 커피숍 안에 있는 형광등이 깜빡거리는 게 보였다. 안으로 들어가자 깜빡거림은 더 심해졌다. 아무래도 곧 불이 꺼질 것 같았다.

"혹시 형광등 새것 있어요? 이거 갈아야 할 것 같은데."

미재가 형광등을 향해 손가락을 탁 튕기자 불이 환하게 들어왔다. 그러고는 나를 보며 장난을 치듯 손으로 브이 자를 만들어 보였다. 이렇게 우연히 켜진 불은 금세 또 나가고 만다. 나는 포기하기로 했다.

"근데 잠 잘 자는 방법이 뭐예요?"

"자고 싶다고 생각만 하면 안 돼요. 잠을 자려고 행동을 해야 돼요."

또 엉뚱한 말을 하는 것 같았지만 미재의 말대로 해 볼 생각이었다.

"어떻게요?"

"먼저 어떤 곳에서 자고 싶은지 말해 봐요."

미재가 탁자에 올라가 앉았다. 나는 미재의 물음에 잠을 자는 곳은 당연히 집이니까 내 방이요, 라고 말했다. 그러자 미재는 고개를 갸우뚱거렸다.

"진짜로 원하는 곳을 말해야 잠을 잘 수가 있어요. 그럼 우리 이곳을 잠자고 싶은 공간으로 같이 꾸며 보는 거 어때요?"

나는 우선 고개를 끄덕이고 미재 옆에 가서 앉았다. 그러자 미재가 손가락으로 모빌을 가리켰다.

"나는 모빌들이 맑은 소리를 내면서 춤을 췄으면 좋겠어요."

뭐, 그것도 나쁘지 않을 것 같았다. 그럼 나는 뭐라고 말하지?

주위를 둘러보고 있는데 잔잔한 바람이 내 볼을 스쳐 지나가는 게 느껴졌다. 그리고 모빌들이 정말로 움직이기 시작했다. 벽에 걸어 둔 유리병, 손수건, 장난감이 좌우로 흔들대며 소리를 냈다. 어? 여자가 차고 있던 낡은 팔찌가 걸려 있었다. 언제 걸어 둔 거지? 이제 손목에서 팔찌를 풀 수 있게 된 모양이다. 딱! 그 옆에 있던 유리병이 뱅그르르 돌더니 벽에 부딪쳤다. 그러자 맑은 소리가 커피숍에 퍼졌다.

"미재, 정말로 모빌들이 움직여요."

"우리가 정말 원하는 것을 말한다면 모두 이루어질 거예요."

나는 눈을 동그랗게 뜨고 미재를 바라봤다. 미재는 아무렇지 않은 듯 어깨를 들썩거렸다. 그러고는 손가락으로 커피숍 문을 가리켰다. 문이 살짝 열리고 별 하나, 둘, 셋, 넷…… 셀 수도 없을 정도로 많은 별이 한 줄로 들어왔다. 그 별들은 쏟아지듯 커피숍의 바닥에 떨어지며 또로롱 또롱 또로롱 하는 소리를 냈다. 내 발 아래 깔린 별들은 반짝반짝 빛이 났다. 그러나 나는 전혀 눈이 부시지 않았다. 그래서 그 별들을 하나하나 모두 볼 수가 있었다.

미재가 나에게 한번 해 보라고 눈짓했다. 나는 조심스럽게 내 발 아래 있는 테이블보를 가리켰다. 노란색과 파란색 그리고 주황색을 이어 만든 것이다. 그 테이블보는 바닥에 깔린 별을 담아 붕붕 뜨더니 내 손 위에 내려앉았다. 이 안에 별들이 들어 있었다.

정말 내가 원하는 대로 움직이고 있었다. 미재는 이상한 사람이 아니라 신기한 마술사인지도 모른다. 나는 별 하나를 입에 넣었다. 미재에게도 하나를 건넸다. 우리는 볼이 불룩해졌다. 내가 별을 먹다니? 별은 깨물기도 전에 사라졌다. 달콤했다. 우리는 별을 입에 하나씩 더 넣었다.

"은주는 각설탕과 별 중에 어떤 게 맛있어요?"

"별이요. 저 각설탕 안 먹은 지 좀 됐어요."

나는 예전에 주머니에 넣어 두었던 각설탕 하나를 꺼내 손에 들린 테이블보 위에 올렸다. 그리고 시선은 다시 모빌에 빼앗겼다.

또르르르– 또르르르.

모빌들이 이번에는 마치 바이킹을 타는 것처럼 움직이고 있었다.

"저러다 한 바퀴 휙 하고 돌면 재미있을 것 같아요."

갑자기 모빌들이 원을 그리며 돌기 시작했다. 정말 내가 말하고 생각하는 모든 게 이루어지고 있었다. 나는 속으로 생각했다. '춤추는 테이블보.'

모든 테이블보가 제 몸을 돌돌 말아 막대기 모양으로 만든 뒤 모빌이 만들어 내는 소리에 맞춰 춤을 추기 시작했다. 내 손에 들린 테이블보까지 춤을 추려고 해서 나는 손을 꽉 쥐었다. 내 손 안에서 꿈틀대는 모습이 어찌나 재미있는지 나는 소리 내어 웃기까지 했다.

언제 커피를 내렸는지 미재가 커피 잔을 건넸다. 하긴 지금은 무엇이든지 바로바로 될 테니까.

"정말 맛있어요. 근데 내가 생각한 '춤추는 테이블보' 어때요? 나는 어렸을 때 집에 있는 모든 물건이 움직였으면 좋겠다고 생각했어요. 밥도 같이 먹고, 숨바꼭질도 같이 하고, 구구단이나 영어 외울 때는 잘 맞는지 확인도 해 주고."

"멋진데요. 근데 왜 손에 있는 테이블보는 춤을 못 추게 해요?"

나는 꼭 쥐고 있는 테이블보를 바라봤다.

"여기에 각설탕이 들어 있거든요. 각설탕을 버리기도 그렇고 다시 주머니에 넣기도 그래서요."

"하나 남았던데 먹어 버리면 되잖아요."

사실 그 생각을 안 한 건 아니다. 하지만 각설탕을 입에 넣고 싶지 않았다. 내가 각설탕보다 더 맛있는 별을 맛봤기 때문일까? 그냥 각설탕일 뿐인데 나는 어떤 결정을 내리는 게 망설여졌다. 그래서 아무 말도 하지 못했다.

미재가 손가락으로 빙글빙글 돌고 있는 모빌들을 가리켰다.

"각설탕을 저기에 거는 건 어때요? 그럼 버리는 것도 아니고 은주가 계속 갖고 있는 것도 아닌데."

"정말 저기에 걸어도 돼요?"

"그럼요, 은주가 원한다면."

미재의 말대로 저기라면 각설탕을 마음 편하게 해결할 수 있을 것 같았다. 나는 테이블보를 보따리 싸듯 묶었다. 그리고 미재와 함께 테이블과 의자를 징검돌 삼아 모빌이 걸린 벽으로 다가갔다.

내가 유리병 옆에 걸자 옆에 있던 미재가 노트를 흔들어 보였다.

어! 계속 옆에 있었는데 언제 노트를 가져온 거지?

"나도 노트 걸려고요. 생각해 보니까 그동안 여기에 혼자서 걸 용기가 없었던 것 같아요. 같이 해 줘서 고마워요."

고맙다는 말이 나를 쑥스럽게 만들었다. 한편으로는 다행이라고 생각도 들었다. 허락을 받지 않고 미재의 노트를 본 게 계속 마음에 걸렸기 때문이다. 그래도 미안한 마음이 완전히 사라지지 않아 미재가 노트를 거는 모습은 보지 못했다. 대신 그림으로 눈을 돌렸다.

"미재, 이 그림 정말 다미 말처럼 록이에요?"

"그런가? 그럴 수도 있고, 아닐 수도 있고. 은주는 뭐처럼 보여요?"

나는 끝없이 이어지는 계단처럼 보였다. 노력할 때마다 한 계단씩 올라갈 수 있는 조건이 붙은 계단. 그러나 정상이 없는 뫼비우스의 띠 같은 계단.

"끝이 없는 원형 계단이요. 근데 이 선들의 시작은 어디예요?"

"은주는 어디 같은데요?"

"너무 선이 엉켜 있어서 모르겠어요."

"그럼 은주는 어디로 하고 싶어요?"

내가 머뭇대자 미재는 내 검지를 잡고 그림에 있는 한 선에 갖다 댔다.

"여기로 시작하는 건 어때요?"

나는 미재가 정해 준 선을 손가락으로 가만히 따라가 보았다. 파란색의 굵은 선이었다. 그런데 갑자기 나는 다른 선을 선택하고 싶었다. 이유는 모르겠다. 어쨌든 나는 미재가 정해 준 선에서 손가락을 떼고 왼쪽 끝에 있는 아주 가는 선 하나를 가리켰다.

"여기로 할래요."

"그래요. 그럼 거기가 은주의 선이 시작되는 곳이에요."

"제 선이요?"

이번에도 미재의 속임수에 넘어가는 건지는 모르겠지만 나도 이렇게 시작된 선이 어떤 모양으로 어디에서 끝이 나는지 궁금했다. 그래서 천천히 검지로 선을 따라가 보았다. 그러나 중간에 너무 구부러진 데도 있고, 선들끼리 뒤엉킨 데도 있어서 선을 놓치고 말았다.

"끝이 있기는 해요?"

나는 투정 부리듯 입술을 내밀고는 다시 처음에 짚었던 부분에 검지를 올렸다. 그러자 미재는 내 손을 내가 선을 놓친 부분으로 옮겨 놨다.

"여기서부터, 놓친 부분부터 다시 선을 따라가면 돼요. 선이 너무 뒤엉켜서 어지러우면 잠깐 쉬었다가 가도 되고, 누군가에게 같이 하자고 해도 되고요. 여기 이렇게 끊어진 데는 펜으로 그려 주기도 하고."

나는 미재가 끊어진 선을 펜으로 연결한 부분부터 이 선의 끝을 찾으러 가기 시작했다. 그러다 몇 번을 더 놓치고 또다시 시작하고를 반복했다. 그런데 아무런 기준 없이 둥글게 돌고, 위에서 아래로 내려오고, 오른쪽에서 왼쪽으로 구부러지는 선을 계속 보다 보니 눈이 감겼다 떴다 마음대로 움직였다.

"은주 졸려요? 잘래요?"

미재의 말도 메아리처럼 들리기 시작했다.

"아니요, 괜찮아요."

하지만 나도 모르게 하품까지 나오고 말았다. 내 눈에 희미하게 보이기 시작한 미재가 손가락으로 그림을 가리켰다. 그러자 그림이 카펫처럼 펴지더니 공중에 떴다. 미재는 카펫 위에 엉덩이를 걸쳤다. 나도 그 위로 올라가 미재를 바라보며 옆으로 누웠다.

나는 계속 누운 채 미재의 등을 쳐다보고 있었고 미재는 밖을 내다보고 있었다.

"미재, 오늘은 끝을 못 찾겠어요."

"천천히 해도 돼요."

"내일은 오늘처럼 길을 잃지 않고 갈 자신 있어요."

"잃어도 돼요. 은주가 포기하지만 않으면 몇 번이고 다시 시작할 수 있으니까."

미재가 고개를 돌려 나를 바라봤다.

"졸리면 자요."

"아니에요, 미재랑 더 말할래요. 나는 그 선의 끝이 어디인지 궁금해요. 그래서 내일 아침부터 찾아볼 거예요. 혹시 나처럼 그림에 있는 선의 시작과 끝을 찾아본 사람 있어요?"

"네."

스르륵 감기던 내 눈이 잠깐 번쩍 떠졌다.

"찾았어요? 얼마 만에요?"

"글쎄요, 사람마다 시작으로 정한 선의 길이, 모양이 다르니까 은주는 다른 사람하고 시간 같은 거 비교하지 않아도 돼요. 은주가 하고 싶을 때, 은주 마음대로 하면 돼요."

"그럼 미재, 이 그림에 있는 선 말이에요. 시작도 있으니까 끝도 있는 거죠?"

"그럼요."

"내가 못 찾으면 어떡하죠?"

점점 내 앞에 있는 미재의 모습이 흐릿해지고 있었다. 사라졌다, 보였다, 사라졌다 보였다. 결국 나는 무거워지는 눈꺼풀을 견디지 못했다. 미재의 모습도 사라졌다. 그래도 미재의 목소리는 어렴풋이 들렸다.

"찾을 수 있어요. 은주는 살루스도 찾았는걸요."

"사알, 루르…… 스으……."

눈을 다시 뜨고 싶었지만 눈에 힘을 줄 수가 없었다. 미재에게 더 궁금한 점이 있었지만 입이 움직이지 않았다. 미재의 목소리를 더 듣고 싶었지만 계속 윙윙 무언가가 울리기만 했다. 가끔씩 바람에 흔들리는 모빌 소리만 들릴 뿐. 마치 바이킹을 타듯 이제 내 각설탕도, 미재의 노트도 함께 흔들리고 있겠지?

나는 눈을 감은 채 힘겹게 손가락 하나를 펴 모빌이 있는 벽을 가리켰다.

'놀이기구처럼 빙글빙글 돌아라.'

바람이 내 등을 스쳐 지나가는 기분이 들었다. 아마 빙글빙글 돌겠지? 내일 미재에게 어떤 모빌이 가장 예쁘게 돌았는지 물어봐야겠다.

이제 생각하는 것조차 힘들었다. 몸이 점점 카펫 안으로, 그러니까 선 그림 안으로 들어가는 것만 같았다. 어디에 누워 있는지는 모르겠지만 아래로, 아래로 나를 끌어당기는 기분이 들었다. 나는 너무 졸려 힘을 줄 수가 없어서 그냥 몸을 맡기기로 했다. 그런데 점점 그림도 내 몸을 받치고 있는 것 같지가 않았다. 마치 공중에 떠 있는 느낌이었다. 마치 배 속으로 들어간 별들이 모여서 서서히 둥근 빛을 내어 나를 붕붕 떠오르게 하는 것 같았다. 이러다 혹 어딘가로 떨어지는 건 아니겠지? 그때 부드럽고 푹신한 바람이 내 몸 아래로 모이기 시작했다. 눈을 뜰 수가 없었지만 분명 바람이었다. 이것도 미재에게 내일 물어봐야겠다. 어쨌든 지금 나는 바람에 안겨 있다.

# 13. 은주의 살루스

커피 향이 내 코를 간지럽게 했다. 미재가 커피를 내리나 보다. 일어나야 하는데 눈이 떠지지가 않았다. 결국 나는 오 분만 더 자기로 했다.

이번에는 바람이 내 머리카락을 간지럽게 했다. 미재가 문을 열었나 보다. 이제는 일어나야겠지? 갑자기 피식하고 웃음이 나왔다. 내가 공중에 뜬 채로 자는 모습을 누군가 본다면 놀라서 기절할 거다. 그러나 마음같이 눈이 쉽게 떠지지 않았다. 그래서 눈을 감은 채로 미재를 불렀다.

그런데 대답이 없었다. 힘겹게 눈을 뜬 나는 몇 번이나 눈을 깜빡거리고서야 초점을 맞출 수 있었다. 시계가 먼저 눈에 띄었다. 열두 시가 넘은 시각이었다. 내가 여태 자다니? 나는 기지개를 쭉 켜며 미재를 다시 불렀다.

"미재."

역시 대답이 없었다. 어디 갔나? 그런데 커피숍에 시계가 있었나? 아니, 없었다. 나는 이불을 젖히고 벌떡 일어나 주위를 둘러봤다. 눈을 비비고 몇 번을 확인해도 여긴, 내 방이다. 왜 여기에 있지? 집에 온 기억이 없는데? 분명 커피숍에서 잤는데? 아무래도 미재한테 가 봐야 할 것 같았다. 대충 옷을 갈아입고 커피숍으로 뛰어갔다.

커피숍에 도착했지만 선뜻 안으로 들어갈 수가 없었다. 문 유리로 들여다본 커피숍에는 아무것도 없었기 때문이다. 바람에 쉽게 흔들리던 간판까지도 보이지 않았다. 어떻게 된 일인지, 왜 이렇게 됐는지 짐작조차 할 수가 없었다.

그래도 들어가서 확인해야 할 것 같아 문을 열었다. 끼익- 쇳소리를 내는 문은 그대로였다. 그러나 예전에 슈퍼 때부터 있던 긴 탁자와 수돗가를 제외하고는 커피숍을 가득 채웠던 플라스틱 골판지 테이블과 의자, 미재가 쓰던 간이침대와 그 주위를 둘렀던 커튼, 벽에 걸렸던 그림과 모빌 들은 모두 사라지고 없었다.

아무도 없었지만 나는 혹시 하는 마음에 미재를 부르며 커피숍으로 들어갔다. 그러나 기대했던 미재의 목소리는 들리지 않고 내 목소리만 텅 빈 공간에 울려 퍼졌다. 살루스 커피숍은 바닥에 원두 가루조차 보이지 않을 정도로 깨끗했다. 살루스 커피숍, 미재 모두 꿈이었나? 그렇다고 하기에는 내 머릿속에 미재뿐 아니라 커피 향까지 너무 또렷하게 남아 있었다. 할 수 없이 커피숍을 나왔지만 쉽게 발이 떨어지지 않았다. 그래서 그곳을 등진 채 문턱에 앉아 멍하니 내 신발의 앞코만 바라보고 있었다. 미재가 잠깐 어디에 간 것일 수도 있으니까.

"김은주!"

어디선가 나를 부르는 소리가 들렸다.

'미재?'

나는 얼른 고개를 들어 주위를 둘러봤다. 미재는 보이지 않았다. 실망스러워 다시 고개를 숙이다 바로 들었다. 석호가 벤치 등받이에 걸터앉아 나를 보고 있었기 때문이다. 쟤가 왜 저기 있지? 나만의 공간이었던 벤치에 다른 누군가가 있는 모습을 보니 낯설었다. 나는 움직일 생각도 못 하고 정면만 멍하니 바라봤다.

나와 눈이 마주친 석호는 몸을 들썩거리는 게 안절부절못하는 것처럼 보였다. 주저하는 석호와 달리 나는 모른 척하고 비탈길 쪽으로 걸어갔다. 우리가 기분 좋게 인사할 사이는 아니니까.

"은, 은주야."

석호가 나를 부르며 달려오는 소리가 들렸다. 나는 아랑곳하지 않았다. 그러자 석호가 내 앞을 가로막았다. 그러나 그것도 잠시 내가 석호를 째려보자 바로 멋쩍은 표정을 지으며 옆으로 비켜섰다. 나는 우리 집을 지나쳐 더 빠르게 걸어갔다. 석호는 내 뒤를 졸졸 따라오고 있었다.

"은주야, 내 얘기 한 번만 들어 주면 안 돼? 정말 그날은 오, 오해거든. 내가 네 가슴을, 을 만지, 아니 내 눈이 잠깐, 아주 잠깐 그리로 간 건……."

나는 멈춰 섰다.

"본 거 맞잖아? 나 너 같은 애랑 말 섞기 싫거든."

내가 쏘아붙이자 석호는 억울하다는 듯이 제 가슴을 쳐 댔다.

"그건 그때 네가 기분 나빠할까 봐 말을 해야 하나 말아야 하나 고민하다가 눈이 계속……. 아, 답답해. 나도 내가 무슨 말을 하려는 건지."

짜증 나. 나도 지금 석호가 무슨 말을 하려는 건지 모르겠다.

"왜 그때 그걸로 부족해? 보여 줘?"

나는 눈을 흘기고 석호를 지나쳐 갔다. 석호는 자신이 답답하다는 것을 보여 주려는 듯이 머리를 마구 헝클였다. 나는 신경 쓰지 않았다.

"야!"

석호가 버럭 소리를 질렀다. 나는 어이가 없었다.

"무슨 애가 그런 말을 그렇게 막 하냐? 아무리 오해해도 그렇지."

그러나 석호는 내 앞에 서자 다시 말을 더듬기 시작했다. 그래도 이번에는 알아들을 수는 있었다.

"내가 너, 좋아한다. 좋아하면 뽀뽀 그런 것도 하고 싶지. 으흠, 근데 난 아니야. 내가 뽀뽀를 싫어한다는 게 아니고, 아니 아무튼 그러니까 우리 엄마가 그랬어. 좋아할수록 더 아끼고 보호해 줘야 한다고. 나 마마보이는 아니니까 오해하면 안 되고. 사실 내가 생각한 걸 엄마가 먼저 말한 거라고, 말했을 뿐이라고."

석호의 얼굴은 홍당무가 되다 못해 폭발할 것만 같았다. 나를 좋아한다고 말한 게 진심일까? 석호는 나를 보지도 못하고 하늘로 고개를 들었다. 그리고 얼굴의 열을 식히려는 듯 입바람을 제 얼굴에 불어 댔다.

"그러니까 그때 그런 일이 생긴 건 네 교복이 좀 작아, 아니……."

석호는 또 횡설수설하더니 갑자기 작은 쇼핑백을 나에게 내밀었다. 내가 받지 않자 석호가 그 안에 있는 것을 꺼내 보였다. 가운데에 영어 로고가 적힌 반팔 흰 티셔츠였다. 나는 미간을 찌푸리고 석호와 티를 번갈아 바라봤다. 석호는 크게 심호흡을 했다.

"이게 유행이래. 요즘 학원 여자애들이 블라우스 안에 이런 티셔츠를 입고 단추는 풀고 다니더라고. 물론 난 네 스타일이 참 멋져보여. 근데 재미로 이런 거 따라 해도 좋을 것 같아서. 나중에 추억거리도 되고."

갑자기 뜬금없이 석호는 소리 내 웃기 시작했다. 하하, 하고 웃음소리까지 셀 수 있을 정도로 어색하게 말이다. 석호 말처럼 우리 반 아이들도 거의 메이커 로고가 박힌 티셔츠를 블라우스 안에 입고 다닌다. 그것을 보자 작은 내 블라우스가 생각났다. 사이즈가 작은 탓에 가슴 부분이 잘 벌어져 수시로 밑단을 잡고 아래로 당겨야 한다. 가끔 단추도 열려 안쪽에 작은 옷핀을 꽂은 적도 있었지만 살이 찔려 그것도 포기한 지 오래다. 얇은 티셔츠 하나에 몇만 원씩이나 하는 걸 사 입을 생각은 아예 한 적이 없었다.

그럼 석호가 그때 내 가슴이 아니라 블라우스의 단추가 터진 걸 봤던 걸까? 그랬다면 어느 정도 석호에 대한 오해가 풀리기는 한다. 그러나 나는 그것을 선뜻 받을 수가 없었다. 그러면 내가 오해했다는 걸 석호 앞에서 인정하는 꼴이 될 테니까.

"난 관심 없어."

"넌 유행 같은 거 안 좋아할 것 같더라고. 그런데 나를 용서한다는 의미로 받아 주면 안 돼? 내 시선이 그리로 갔다는 건 이유야 어찌 됐든 내가 잘못한 거니까. 용서해 줘."

이번에는 내가 멋쩍어졌다. 오해한 사람은 나인데 석호가 오히려 용서를 구하며 사과를 하고 있었다. 내 얼굴도 똑바로 바라보지 못해 고개는 푹 숙이고 팔은 앞으로 나란히 해 벌서는 것처럼 쭉 뻗고 있었다. 두 손으로 작은 쇼핑백을 든 채 말이다. 나는 망설였지만 끝내 쇼핑백에 손이 닿지는 않았다.

"너 학교 안 가?"

석호는 내가 말을 시켜 준 게 고맙다는 듯이 눈을 동그랗게 떴다.

"응, 아침에 학교 가서 조퇴하고 왔어. 오늘 아침에 다미가 저 벤치에 있으면 너 만날 수 있을 거라고 그러더라고. 학교 끝날 때까지 기다릴 수가 없어서. 또 네가 나타나는 시간도 안 알려 줬고."

말을 하다가 쑥스럽다는 듯이 입술을 오물오물 움직였다. 다미는 내가 가르쳐 주지 말라는 집 대신 벤치를 알려 주었나 보다. 다미다운 발상이다. 나는 절로 웃음이 나왔다. 석호는 내 기분이 풀렸다고 생각했는지 나를 따라 웃기 시작했다. 나는 그 모습이 웃겨 또 웃었다. 우리는 잠깐 동안 서로를 보며 웃었다.

우리의 웃음이 멎을 즈음 석호는 나에게 부탁 하나를 했다.

"나 한국 온 지 얼마 안 돼서 서울이 낯설어서 그러는데 종로에 있는 큰 서점에 같이 가 줄래?"

아까와 달리 말의 속도, 톤, 발음이 일정한 게 웃음이 나올 정도로 로봇 같았다. 직접 물어보지는 않았지만 미리 연습이라도 한 것 같았다. 나는 고개를 끄덕였다. 오해한 일에 대해 미안한 감정도 있으니까. 하지만 지금 당장은 오해였다고 말하고 싶지는 않았다.

우리는 비탈길을 내려가 버스 정류장으로 걸어갔다. 그런데 석호가 갑자기 허둥대기 시작했다.

"은주야, 저 버스 타야 해."

나는 석호를 따라 뛰어가 겨우 버스에 올라탔다. 다행히 뒷좌석에 자리가 남아 앉을 수가 있었다. 나는 자리에 앉자마자 창문을 열었다. 시원한 바람이 버스 안으로 들어왔다.

"바람 싫어?"

석호는 '응' '아니' 둘 중에 하나만 말하면 간단하게 끝날 것을 자기가 언제부터, 어떤 계기로 바람을 좋아하게 됐는지 주절주절 떠들어 댔다. 이상한 건, 내가 그 옆에서 경청하고 있다는 사실이다.

몇 개의 버스 정류장을 지나왔을까? 갑자기 석호가 휴대폰을 내밀었다.

-은주랑 같이 있어?

-응^^

사진을 보냈습니다.

석호가 사진을 클릭했다. 말도 안 돼. 옆에서 석호는 대박만 연달아 외쳐 댔다. 사진의 주인공은 다미였다. 반은 스포츠머리, 반은 노란색으로 염색한 머리를 하고 있었다. 피어싱도 보였으나 그건 하나밖에 없었다.

-나 자퇴하러 가는 중

피어싱은 못 하겠더라ㅠ

아픈 게 내 스타일 아닌 듯ㅋ

-대박 >.<

다미는 벌써 자퇴를 결심한 것 같았다. 나를 만난 다음 날에 다미는 담임과 나의 문제를 의논한 게 아니라 제 문제를 터트려 내 문제를 덮었나 보다. 석호는 휴대폰을 끄고 주머니에 넣었다.

"다미는 한다고 하면 진짜 한다니까. 오늘도, 아무튼 얘 완전 막 가파 스타일이야."

정말 다미는 행동으로 옮겼다. 제 엄마가 이혼을 결심하던 날이 마지막 기회라고 여긴 그때, 엄마에게 선선포고를 했나. 그리고 지금 머리 스타일로 모두를 놀라게 하겠다는 포부까지 안고 자신의 뜻대로 자퇴를 하러 가고 있는 중이다. 그에 반해 나는 지금 석호와 서점을 가겠다는 것밖에는 아직 결정한 게 아무것도 없다.

석호가 벨을 눌렀다.

"은주야, 여기서 내리면 돼."

나는 석호를 따라 버스에서 내렸다. 그러나 주위를 둘러봐도 서점 간판이 보이지 않았다. 누구한테 물어봐야 하나 하고 있는데 석호가 자신을 따라오라고 손짓했다. 석호를 따라가 보니 정말로 서점이 있었다. 석호는 서점에서도 익숙하게 어딘가로 향했다.

나는 대형 서점에 온 게 처음이다. 사실 그동안 버스를 타고 거의 사십 분이 넘는 거리를 가 본 적도, 갈 일도 없었다. 그저 서점은 나에게 '책을 사거나 파는 곳' 'a bookstore' '書店'이라는 시험과 관련된 단어로만 존재했다. 이곳에 있는 책들도 마찬가지였다. 시험을 대비하기 위해 교과서 관련 소설들만 읽었다. 그것도 도서관에서 빌린 주제와 인물, 줄거리가 잘 정리된 요약본으로 말이다.

잘 가던 석호가 갑자기 고개를 갸웃거렸다.

"이상하네. 이리 오는 게 맞는데. 소설 코너가 여기에서 꺾어서⋯⋯."

나는 이정표가 보이지 않아서 헤매고 있는 석호 대신 직원에게 위치를 물어봤다. 그랬더니 왼쪽이 아니라 오른쪽으로 꺾어야 한다고 했다. 석호는 그제야 맞다며 나를 소설 코너로 데리고 갔다.

"그때 분명 왼쪽이었는데. 미안."

나는 석호를 빤히 쳐다봤다.

"너 여기 처음 아니야?"

"처, 처음이지. 아아, 인터넷 보고."

석호는 묻지도 않은 말에 변명을 하더니 책으로 눈길을 돌렸다. 나는 웃음이 나오는 걸 입술을 깨물며 겨우 참았다. 석호는 책 제목을 하나씩 읊어 댔다.

"제목 다 멋지다. 너 작가 되고 싶다고 했었잖아? 그래서 너랑 서점에 한번 오고 싶었어."

내 꿈이 작가였다고? 석호는 내가 처음 쓴 글을 보여 주겠다며 휴대폰 사진첩에서 뭔가를 찾기 시작했다.

"오늘 정신없이 나오느라 종이는 깜빡했어. 네가 학원 앞에 오기로 한 날에는 가져왔는데 내가 그러는 바람에 못 보여 줬어. 이거 우리 오 학년 때 교실 뒤쪽 게시판에 붙어 있던 건데 내가 유학

가기 전날에 떼어 간 거야. 다미가 망봐 주고. 화 안 낼 거지?"

나는 고개를 끄덕였다. 얼른 그 시가 보고 싶었다. 석호가 사진 하나를 찾고서는 확대시켰다. 모음을 쓸 때 위를 꺾어서 내리는 게 내 글씨체가 맞았다. 어렸을 때 교과서 글씨처럼 쓰고 싶어서 그랬던 거다. 나는 천천히 한 글자씩 읽어 내려갔다.

"어!"

별 사탕

　　　　-김은주


내 방 천장에 매달린 별 사탕들
언제나 내 방을 환하게 비추죠

별 사탕 하나 물고
어둠 안녕 하면 또로롱
별 사탕 하나 물고
아픈 데 안녕 하면 또로롱
또 하나 물고
또로롱 또로롱……

눈이 부시지 않는 별 사탕들

내 눈이 휴대폰에서 쉽게 떼어지지가 않았다. 어렸을 때 동요처럼 흥얼거리던 건데…… 나는 잊고 있었다. 그때의 일을 잊으려고 애쓰다 나에게 소중했던 어쩌면 중요했을지 모를 기억까지 잊어버리고 있었나 보다. 하긴 내가 어떤 모습인지조차 잊고 살았으니까. 나는 석호에게 고맙다고 말했다.

"내가 고맙지. 네 거 훔쳐갔는데 화 안 낸 것도, 이런 글 읽게 해 준 것도. 너는 상상력이 많아서 앞으로 멋진 작가가 될 것 같아."

"난 허황된 상상 같은 거 싫어해."

석호는 뜬금없이 그 이유를 물었다. 당연한 걸 묻다니? 석호 같은 애와 나는 역시 다를지도 모른다.

"상상이라는 말뜻 몰라? 상상은 일어날 확률이 없는 걸 꿈꾸는 거잖아. 현실을 부정한 채 말이야. 속 편한 사람들이나 하는 거라고."

"그런데 상상이라는 게 꼭 그런 것 같지는 않아. 스타워즈 같은 영화 봐 봐. 거기에 나오는 일들을 예전에는 정말 네 말처럼 허황되고 있을 수 없는 일이라고 여겼지만, 시간이 지난 지금은 그 일들이 다 현실이 되고 있잖아. 상상한 대로 말이야."

나는 석호의 눈에서 눈을 뗄 수도 반론을 들 수도 없었다. 내 앞에서 벌벌 떨듯 횡설수설하던 석호가 아니었다. 차가운 말투는 아니지만 말이 다부지게 느껴졌다.

"상상한 걸 믿으면 정말로 허황된 것 같은 영화도 현실로 만들 수 있어. 물론 과학자들이 미친 듯이 노력을 한 거겠지만."

상상한 게 현실이 된다고? 정말 그럴까?

석호와 나는 책을 한 권씩 골라 책꽂이에 기대앉아 읽었다. 아무런 목적 없이 책을, 그것도 소설책을 읽는 것은 처음이었다. 나는 작가의 이력과 머리말이며 목차까지 세세하게 읽었다. 내가 첫 장을 거의 읽어 갈 때 석호가 내 어깨를 툭툭 건드렸다. 장난을 치는 줄 알고 고개를 돌려 보니 졸고 있었다. 상체를 앞으로 두 번, 옆으로 두 번씩 번갈아 흔들거리면서 말이다.

나지막하게 석호의 이름을 불렀다. 내 목소리가 잠을 자도 된다는 신호처럼 들렸는지 고개를 앞으로 푹 고꾸라트렸다. 이러다 목이 부러질 것 같았다. 나는 살짝 석호의 고개를 들어 내 어깨에 올렸다. 몇 번을 뒤척이는가 싶더니 이내 푹 잠들었다. 나는 최대한 어깨를 움직이지 않고 책을 읽었다.

책장을 넘길 때마다 풍기는 먼지와 종이 냄새 때문에 코가 간지러웠다. 마치 부드러운 깃털로 장난을 치는 것 같아서 기분이 나쁘지 않았다. 그러나 내 재채기에 석호가 깰까 봐 화난 것처럼 코를 찡긋거려야만 했다.


그날 저녁, 나는 석호와 헤어지고 살루스 커피숍으로 갔다. 달빛

덕분인지 그렇게 깜깜하지는 않았다.

아침에 본 그대로 모든 게 사라져 있었다. 여기에서 미재의 흔적을 찾을 수 있는 건 아무것도 없었다. 미재는 정말 떠난 걸까? 다시 돌아오지 않는 걸까? 어디로 간 걸까? 왜 아무 말도 없이……. 정말 미재는 이상한 사람이 틀림없다. 그런데 이상하다, 라는 단어가 왜 따뜻하게 들리는 거지? 아무래도 내가 이상해진 게 분명하다. 미재는 처음 만났을 때도 갑자기, 떠났을 때도 갑자기다. 이런 사람을 찾을 수는 없을 것이다. 이건 포기가 아니다. 미재의 트레이드마크인 '갑자기'를 존중해 주고 싶다는 마음이다.

나는 어제 미재와 앉았던 것처럼 긴 탁자에 올라앉았다. 그곳에 앉자 어제의 일들이 더 또렷하게 떠올랐다. 내 발아래에서 반짝반짝 빛나던 별들이며 춤을 추던 테이블보, 빙글빙글 돌던 모빌들, 미재가 밝게 만들어 준 형광등 빛까지. 나는 미재처럼 등을 향해 손가락을 튕겨 탁 소리를 냈다.

'켜져라!'

불은 켜지지 않았다. 하지만 나는 다시 미재와의 일들을 떠올리며 검지로 상상을 시작했다. 어수선하게 놓여 있던 테이블보와 의자, 전혀 어울리지 않은 색을 조합해 만든 천들, 아리송한 그림도. 벽에 캔버스를 크게 그리고 그 안에는 뒤엉켜 있는 곡선들로 채웠다. 그리고 이번에는 별들을 커피숍 바닥에서부터 천장까지 꽉 채웠다. 그러자 커피숍 안이 밝아졌다. 별들끼리 부딪치며 내는 소리는 또다시 아름다운 자장가가 됐다.

아, 졸립다. 나는 탁자에 그대로 쓰러져 누웠다. 탁자에 코가 가까이 닿자 은은하게 커피 향이 나는 것 같았다. 나는 향을 깊게 들이마셨다. 그리고 잠시 후 누군가가 나를 흔들었다.

"은주야, 일어나."

다미의 목소리였다. 나는 일어나다 놀라 탁자에서 떨어질 뻔했다. 휴, 다미가 그 머리를 하고 휴대폰에서 나오는 빛을 제 얼굴에 비추고 있었기 때문이다.

"놀랐잖아."

"미안, 여기 언제 왔어?"

"아까."

"근데 미재는?"

"떠났어."

나는 아쉽거나 쓸쓸하게 말하고 싶지 않았다. 언젠가는 미재를 만날 수 있다는 기대감 때문은 아니다. 물론 '갑자기'를 마음 한편에 담고 있는 건 사실이다. 하지만 지금 내 마음은 헤어짐의 아쉬움보다 미재가 어딘가에서 따뜻한 커피를 만들고 있기를 응원해주고 싶다.

다미도 탁자에 올라와 앉았다.

"우리 엄마가 나가 달라고 해서 그랬나 보다. 그런데 인사도 없이 가니까 마음이 좀 서운하다. 너랑은 송별회했어?"

"아니."

"미재 역시 쿨하다. 진짜 록 스피릿! 이러다 또 느닷없이 만나게 되는 거 아니야?"

"글쎄."

"참, 너 석호랑 데이트했다며?"

나는 당황해 아무 말도 못 했다. 데이트였나?

"너 만나서 계속 잤다고 석호 지금 완전 자학 중이더라.. 자기는 왜 너랑만 있으면 바보처럼 행동하는지 모르겠대. 너 주려던 선물도 그냥 가져오고."

다미는 탁자에서 떨어질 듯 말 듯 위태로운 모습으로 실컷 웃어 대고는 석호가 졸 수밖에 없었던 이유를 말해 주었다. 이건 다미의 말투 그대로다.

일, 다훈 그놈에게 복수하기로 함.

이, 은주 만날 수 있는 방법을 알려 주겠다는 조건으로 석호와 힘을 합함. 여기서 석호는 복수의 원인을 알지 못함.(걘 원래 말 안 하면 잘 안 물어봐.)

삼, 놈이 대학 인터뷰 준비 학원으로 가기 세 시간 전, 알람시계를 6시 30분으로 한 다음, 현금과 카드는 모두 숨기고 엄마 차바퀴에 구멍을 냄.

사, 다미는 허겁지겁하는 놈에게 버스 카드를 주며 버스를 타게

유도함.(수업 시작이 7시라 멘붕!)

오, 집 근처에서 새벽부터 잠복하던 석호가 놈의 행동 및 루트 파악.

육, 버스로 올라타는 놈과 다미. 석호도 올라탐. 석호는 놈 옆에 바짝 붙어서 감.


그러고는 다미는 동영상을 보여 주었다. 남자 엉덩이를 찍은 거였다.

"이거 석호 엉덩이. 이때 아저씨가 고맙게도 급브레이크를 한 거야."

그 바람에 버스 승객들이 웅성대며 앞으로 쏠린 몸을 바로잡고 있었다. 그때 한 남자의 손이 석호의 엉덩이에, 아니 석호가 자기 엉덩이를 남자의 손에 갖다 대는 것 같았다. 그러더니 굵직한 석호의 목소리가 들렸다. 나한테 하는 말투나 톤은 아니었지만 석호의 목소리였다.

"아이 씨, 짜증 나게 아침부터."

석호가 남자의 손목을 잡고 꺾으며 뒤를 돌았다.

"야, 이 새끼야, 좋냐? 좋아? 왜 남의 엉덩이를 만져?"

버스 안이 웅성대기 시작했다. 다훈 오빠의 목소리도 희미하게 들려왔다.

"It's the brakes!"


248

석호가 남자 앞으로 다가갔다. 석호 키가 큰 줄은 알았지만 다훈 오빠 옆에 있으니까 의젓한 어른 같았다.

"야, 영어 하면 남자 엉덩이 만져도 되냐?"

"어머, 뭐야? 왜 남의 엉덩이를 만지고 지랄이야!"

변조하기는 했지만 다미의 목소리였다.

다미가 동영상을 껐다. 하지만 이곳이 어둡다고 생각했는지 휴대폰 손전등을 밝게 켜 놨다.

"이렇게 하고 우리는 내렸어. 네가 지금껏 못 한 복수 내가 다 해 줄게. 돈 모아서 신고도 해 줄 테니까 걱정하지 마. 내가 알아보니까 공소시효도 없대."

다미가 환하게 웃어 보였다. 물론 이런 모습에 통쾌함을 느낀 것도 사실이다. 내 편이 돼서 복수를 해 준 게 기뻤다. 그러나 나는 다미처럼 웃을 수가 없었다. 뭉클함 때문이었다. 다미의 오빠라서 그런 건지, 갑자기 사라진 미재 때문인지는 모르겠다. 그래도 내가 다미 앞에서 미소를 보이려고 노력하는 건 나를 생각하고 나를 위해 이런 행동을 해 주는 친구가 있다는 게 고마워서다. 세상에서 사라지고 싶었던 나를 바라봐 주고 있는 게 말이다. 다미는 내 얼굴에 조명처럼 빛나고 있는 휴대폰을 가까이 댔다.

"빛이 좀 약해도 밝기는 하지. 네 얼굴, 내 얼굴 다 보이잖아."

"응."

다미와 내 웃음은 다른 의미를 갖고 있는지 모른다. 그러나 지금 우리가 서로를 생각하고 느끼는 마음은 같을 것이다.

"다미야, 우리 이제 집에 가자."

"그래, 너 이거 집에 가져가서 또 볼래?"

"아니, 됐어."

우리는 살루스 커피숍이었던 그 장소를 함께 나왔다. 문을 닫다가 나는 다시 안으로 들어갔다. 그리고 내 주머니에 하나 남아 있던 각설탕을 탁자에 올려 두고 나왔다. 이제 필요 없는 거니까. 그런데 뻑뻑한 문이 또 말썽이었다. 나는 다미의 도움으로 겨우 문을 닫았다. 다미는 내가 데려다주겠다는데도 괜찮다며 반만 긴 머리를 휘날리면서 비탈길로 뛰어갔다.

나는 고개를 들어 살루스 커피숍 간판이 있었던 데를 올려다봤다.

어쩌면 살루스 커피숍은 꿈처럼 멋진 상상인지도 모른다. 일주일 동안 꾸었던 꿈, 깨고 싶지 않은 꿈.

뭐, 현실이든 꿈이든 상상이든 상관없다. 나는 이곳에 있었던 작은 것도 다 기억하고 믿고 있으니까.

따뜻한 커피에서 향을 머금고 피어오르던 김까지 말이다.

그래, 얼마 지나지 않아 나는 다시 벤치로 갈지도 모른다.

그래도 상관없다.

석호가 헤어지며 했던 말에 나는 고개를 끄덕였기 때문이다.

"은주야, 이제 나 그 벤치에 매일 있을 거야. 그럼 너 매일 만날 수 있는 거지?"

며칠 뒤, 나는 엄마에게 경찰서에 가고 싶다고 말했다. 엄마가
괜찮겠냐고 물었고, 나는 고개를 끄덕였다. 그러나 무엇이 괜찮은
지는 모르겠다. 그냥 더 이상 나를 모른 척하지 않고 바라봐 주고
싶었다. 아직도 두려움이 내 시야를 깜깜하게 가리고 있기는 하다.
하지만 지금 나는 엄마의 손을 꽉 잡은 채 경찰 앞에 앉아 있다.
"지금까지의 진술이 모두 사실입니까?"
"네."
"김은주 양은 차다훈 군을 고소하시겠습니까?"
"네."

# 에필로그

따가운 볕이 내리쬐는 아침,

그 볕을 따라 집 밖으로 나온 나는 골목 끝에 있는 벤치로 걸어갔다.

풀럭-.

순간 내 앞으로 바람과 함께 무언가가 지나갔다. 그리고 곧바로 노란 머리가 펄럭-, 다미다.

다미는 나한테 인사도 없이 앞으로 달려가 그 무언가인 빨간 천 뭉텅이를 잡았다. 뭐지?

어느새 내 앞으로 온 다미는 특별한 말도 없이 나를 살루스 커피숍 앞까지 끌고 왔다. 그러고는 천을 나에게 내밀어 보였다.

"이게 뭔 줄 알아?"

다미가 빨간 천을 펼치자 하얀 글씨가 하나씩 보이기 시작했다. R, 루, 살······.

"살루스 Rock?"

"응, 이제 여기는 살루스 커피숍이 아니라 살루스 Rock이야. 록을 느끼는 장소. 들어가자."

나는 이번에도 다미에게 떠밀리듯 살루스 커피숍, 아니 살루스 Rock으로 들어갔다. 그러나 달라진 건 없었다. 그저 바닥에 페인트 스프레이가 많다는 것 정도. 빨간색, 검은색, 흰색, 노란색, 초록색. 다미는 그중에 하나를 집어 나에게 건넸다.

"이 마스크 쓰고 마음대로 아무 데나 막 그려. 난 간판 마무리할 테니까."

다미는 빨간 천을 활짝 펼치고는 페인트 스프레이로 그 위에 무언가를 그리기 시작했다. 나도 어색하게 마스크를 하고 페인트를 벽에 뿌리기 시작했다. 색깔만 바꿔 가면서 정말 말 그대로 마구 뿌렸다. 시원한 스프레이 발사 소리를 들으며, 벽에 낙서한다는 쾌감을 느끼며.

잠시 뒤, 다미의 "와우~!" 하는 감탄사와 동시에 나는 행동을 멈췄다.

"정말 대단하다. 어떻게 이런 그림이?"

그림? 다미의 표현이 과하다고 느껴졌다. 다미는 내 멋쩍음도 아랑곳하지 않고 손뼉까지 쳤다.

"직선과 곡선이 마구 뒤섞인 게 살루스 커피숍에 있던 그림이랑 비슷한 것 같아."

우리는 약속이라도 한 것처럼 동시에 한 걸음 뒤로 물러나 그 선들을 바라봤다.

미재의 그림과 다른 게 있다면, 물론 따지고 들면 전부 다르겠지만 지금은 적어도 내가 시작과 끝을 알고 있다는 것과 완전하게 끝나지 않았다는 것이 아닐까 싶다. 왜냐하면 아직도 하얀 도화지 같은 천장과 벽, 바닥 들이 남아 있으니까.

에취!

"은주야, 나 코 너무 간지럽다. 환기시키게 잠깐 나갔다 오자."

그러고 보니 나도 눈이 시큰거려 어느새 눈물까지 고였다.

우리는 밖으로 나와 문턱에 걸터앉았다. 나는 고개를 돌려서 가게 안을 바라봤다.

"저기 있을 때는 몰랐는데 나와서 보니까 저 안이 엄청 뿌옇다."

"그러게. 그래도 아까 페인트 아저씨가 저 스프레이는 인체에 무해하다고 했으니까 죽지는 않을 거야."

풋. 무슨 말이든 간단하고 쉽게 말하는 다미 때문에 작은 웃음이 새 나왔다.

"근데 너 왜 갑자기 여기에 살루스 Rock을 차린 거야?"

역시나 다미는 너무도 명료했다.

"엄마한테 받은 위자료. 물론 재개발 전까지만 유효한 거지만."

나는 조금 더 부연 설명이 듣고 싶었다. 그래서 "위자료?"라고 되물었다. 그러자 다미가 반쪽만 휘날리는 노란 머리를 묵직하게 뒤로 넘겼다. 마치 본격적으로 창업 유래라도 설명할 것처럼.

이번에도 다미의 말은 명료했지만 전혀 단순하진 않았다.

"그래, 위자료. 엄마가 나한테 준 고통의 대가. 그냥 뱉어 본 말인데 단번에 엄마가 알았다고 하더라. 나야 잘됐지. 이제 여기서 먹고 자면 되니까. 근데 이상해. 엄마랑 나는 무슨 사이일까? 지금처럼 말도 안 섞고 얼굴도 안 보면 남남처럼 지낼 줄 알았는데. 정말 이상해. 무슨 저주 걸린 실로 꼬여 있나 봐. 끊어도 또다시 엉킨 실이 나오고, 또 끊어도 또 나와 버려."

다미는 무릎을 제 가슴께에 바짝 붙였다. 그러고는 얼굴을 무릎에 기대고 눈을 감았다.

나도 다미처럼 얼굴을 무릎에 기댔다. 그리고 다미의 얼굴을 바라봤다. 다미는 피곤해 보이기도 하고 편안해 보이기도 했다. 나는 그 자세로 가만히 다미의 말을 되새겨 봤다.

이상한 실, 끊어도 또다시 나오는 엉킨 실.

나는 어설프게나마 '엉킨 실'이라는 표현을 이해할 수 있었다. 나역시도 그 실들에 엉켜 있기 때문이다.

엄마와 아빠와 다미와 석호와 사라진 미재 그리고 이름조차 거론하고 싶지 않은 사람들과…….

어쩌면 그 실들은 마음대로 끊을 수 있는 게 아닌지도 모르겠다.

만들어질 때도 내 의사에 의해 결정된 게 아니니까. 그럼 풀 수는 있을까?

다미가 나지막하게 내 이름을 부르고는 눈을 떴다.

"그 엉킨 실 말이야. 그렇게 끊어지지도, 풀어지지도 않는다면 그냥 그대로 들고 가는 건 어떨까?"

"그럼 찜찜하지 않을까?"

"나도 예전에는 그럴 것 같았는데 네 그림 보고서 생각이 달라졌어. 엉키고 뒤섞인 것도 나름 괜찮은 것 같아."

나름? 다미는 지금 포기한 걸까?

"나는 그렇게 하기로 선택할래."

나는 고개를 가볍게 떨구었다. 그리고 나지막하게 내뱉었다. 아, 선택이구나.

"앞으로는 여기 운영하는 거에만 집중할 거야. 은주야, 나랑 같이 하자."

나는 고개를 끄덕였다. 하지만 다미처럼 확고한 마음으로 선택이라는 것을 한 건 아니다. 아직 나는 엉킨 실을 든 채 고민하고 있기 때문이다. 그렇다고 그 실들을 모두 풀고 싶다는 마음도 아니다. 나도 모든 걸 다 풀고 끊고 할 수 없다는 것을 아니까. 나는 지금, 조금 천천히 하고 싶을 뿐이다.

"어? 은주야, 석호 온다."

고개를 돌려 보니 석호가 웬 큰 가방을 들고서 우리에게로 뛰어오고 있었다.

　석호가 숨을 헐떡거리면서 우리 앞에 섰다. 그러고는 가방을 다미에게 주었다. 다미는 그 자리에서 바로 가방을 열어 보았다.

　"와, 스피커 크다. 이걸로 음악 들으면 사운드 죽이겠다. 고마워."

　다미는 가게에 스피커를 두고 나오겠다면서 안으로 들어갔다. 그리고 그 자리에 석호와 나만 남게 됐다.

　"은주야, 저 아래 진달래 피었더라. 봤어?"

　"아니."

　"이따 같이 보러 갈래?"

　"응."

　"저기요?"

　깜짝이야. 갑자기 뒤에서 불쑥 남자 목소리가 들렸다. 뒤를 돌아보니 얼마 전에 살루스 커피숍에 왔던 남자였다. 여전히 야구 배트가 가방 밖으로 삐죽 나와 있었다.

　"살루스 없어졌어요?"

　나는 순간 머뭇거렸다.

　"살루스는, 아니요, 살루스는 그대로예요."

　"그럼 지금 커피 마실 수 있어요?"

　"근데요, 이제 살루스는 록 음악을 듣는 데로 바뀌었어요. 음악 듣고 가실래요?"

남자가 어리둥절한 표정으로 가만히 서 있었다. 사실 내 감정도 별반 다르지 않았다. 내가 호객 행위를 하다니. 살루스 Rock을 같이 하기로 선택했으니 당연한 거겠지만 쑥스러움은 감출 수가 없었다. 그럼에도 나는 한마디 더 덧붙였다.

"여기서도 살루스를 경험할 수 있을 거예요."

내 모습에 내가 적응이 안 돼 웃음이 나올 뻔했다. 지금 이 기분을 뭐라고 표현할 수 있을까? 남자에게 건넨 내 말들이 나를 톡톡 건드리는 듯한 묘한 느낌, 마치 상쾌한 바람결에 잠을 깬 기분이랄까? 이렇게 표현하면 지금 내가 내 입으로 한 말들이 상쾌한 바람결이라고 한 게 되잖아? 순간 민망함에 닭살이 돋았다.

남자는 잠깐 고민을 하고는 네, 라고 답했다. 나는 석호를 보고 '와, 첫 손님이다.'라는 의미를 담아서 옅은 미소를 지었다. 어느새 밖에 나와 있던 다미가 갑자기 빨간 천으로 만든 간판을 남자에게 내밀었다.

"음악 듣기 전에 간판 다는 것 좀 도와주실래요?"

남자는 석호와 함께 옥상으로 올라갔다. 우리는 아래에서 간판 위치를 보기로 했다.

살루스 Rock의 간판이 쫙 펴졌다. 간판에는 글씨뿐 아니라 모호한 그림들이 그려져 있었다. 다미에게 물어보니 예전에 살루스 커피숍에 있던 물건들을 그린 거란다. 가만 보니 원두도 있고 내 머리에 부딪힌 유리병도 있었다. 미재의 노트도 한쪽에 자리 잡고 있었고.

순서 없이 그린 그림 때문에 간판이 복잡해 보이지만 나름 매력 있는 것 같았다. 그런데 저 두 남자는 오늘 안에 간판을 달 수 있을까? 다미도 반듯하게 다는 건 포기한 것 같다.

"이제 고정해 주세요. 한쪽으로 올라간 게 더 '록 스타일'처럼 보이네요."

'Rock↗' 풋, 하고 나는 웃음이 나왔다. 미재가 여기 있었다면 이렇게 표현했을 것 같아서다. '상냥한 록이네요.' 우리는 간판을 고정시키고 가게로 들어왔다.

다미는 중앙에 스피커를 갖다 놓고 록 음악을 틀었다. 커피 향 대신 전자기타 소리가 이곳을 메우기 시작한 것이다. 기타 소리가 강하지만 괴상한 기계음이 들리지 않아서인지 듣기 부담스럽지 않았다. 선율이 부드럽다는 생각까지 들었다. 나는 가수와 곡명을 물어보려다 말았다. 스피커 옆에 자리를 잡고 음악을 감상하는 다미를 방해하고 싶지 않아서다.

나는 다미가 가지고 온 교과서에 기대앉아 음악을 듣고 있다. 내가 책을 버렸다는 것을 들은 다미가 가져온 것이다. 자퇴를 해서 쓸모없어졌다면서 말이다. 나는 책을 받으며 "열 번은 넘게 쓸게."라고 말했다. 아직 학교는 그만두지 않기로 했다. 그렇다고 예전처럼 미친 듯 공부하겠다는 말은 아니다. 이제는 누군가에게 인정받기 위해, 누군가를 곤란하게 하기 위해 내가 무언가를 할 생각은 없다는 것이다. 나는 책에 이름을 쓰려다 별 하나를 그렸다.

　남자는 문 근처에 자리를 잡았고, 석호는 자리를 찾는 듯 두리번거리다 내 옆으로 왔다. 그리고 문 유리로 들어오는 환한 햇빛이 우리 곁에 자리를 잡았다. 그렇게 우리는 같은 음악을 저마다 편한 자세로 듣기 시작했다. 아직 사라지지 않은 살루스에서.